大湾的乡愁

盛慧 著

花城出版社
中国·广州

图书在版编目（CIP）数据

大湾的乡愁 / 盛慧著. -- 广州：花城出版社，
2022.9
　　ISBN 978-7-5360-9744-5

　Ⅰ. ①大… Ⅱ. ①盛… Ⅲ. ①散文集－中国－当代
Ⅳ. ①I267

中国版本图书馆CIP数据核字(2022)第144787号

出 版 人：张　懿
责任编辑：李　谓　曹玛丽
技术编辑：薛伟民　凌春梅
装帧设计：林　希

书　　名	大湾的乡愁 DAWAN DE XIANGCHOU	
出版发行	花城出版社 （广州市环市东路水荫路 11 号）	
经　　销	全国新华书店	
印　　刷	广东鹏腾宇文化创新有限公司 （广东省珠海市高新区唐家湾镇科技九路 88 号 10 栋）	
开　　本	787 毫米 × 1092 毫米　16 开	
印　　张	17　1 插页	
字　　数	180,000 字	
版　　次	2022 年 9 月第 1 版　2022 年 9 月第 1 次印刷	
定　　价	88.00 元	

如发现印装质量问题，请直接与印刷厂联系调换。
购书热线：020-37604658　37602954
花城出版社网站：http://www.fcph.com.cn

大湾的乡愁

陆　日暮乡关何处是

一个人无论走多远，都走不出自己的祖籍；一个人无论走多远，都能听到故乡的房子在风中歌唱。

149

柒　莫道家国远万里

"万里穿云燕，归巢恋旧枝。"一代代的华侨远涉重洋，凭借着坚忍与勤劳，在异国他乡落地生根，可们无论走到何处，最仍然牵挂着生养他们的故土。

169

捌　清芬一抹留人间

人生一世，草木一秋。时光已远，隔着历史的迷雾，我们只能看着她们渐行渐远的背影。她们像幽谷中的兰花，无自开放，又无自凋零，只有冰清玉洁的余香残留在历史的记忆中。

183

玖　古风犹存惹人羡

每一项古老的民俗活动，都是在时间长河中凝结的珍珠，在大湾区这样的"珍珠"大大小小，数不胜数。体现的是大湾人对美好生活的向往。

199

拾　一味小吃解乡愁

思乡，大多数时候都是与食物有关的，勾起我们乡愁的，是那一味朝思暮想的小吃，而治愈乡愁的，也恰恰是生命之初的那一缕缕熟悉味道。

229

后记　此处安心是吾乡

一幢古建筑，一个古村落，除了物质的存在，更多的是精神的存在，它们静静地屹立在那里，日复一日地讲述着大湾区的故事，大湾区的往事。

257

大湾的乡愁 目录

壹　山环水抱必有炁　001

一间传统的民居，就是一曲曲人与建筑、建筑与自然的和声。它们是历史的肌理，文明的载体，是乡愁最温暖的居所。

贰　青砖黛瓦入画来　035

房子还是当年的房子，树或许还是当年的树，而人早已不是当年的人。抚摸着这些墙面，总有一种苍茫之感像潮水一样涌上心头。

叁　万年诗礼继先声　071

一脉源流先世泽，万年诗礼继先声。一座座古老的祠堂、一纸纸发黄的族谱、一句句高意丰的家训，都是中国文明的种子开出的灿烂繁花。

肆　一座祠堂一段古　091

如果每个人心中都有一座祠堂，那么，他的灵魂就有归宿，他的内心就有路标，他就是有福的人。

伍　一船生丝一船银　127

片片鱼塘，纵横交错；一畦畦桑树，青翠欲滴；一船船新丝，在碧绿的河涌里穿梭……这是桑基鱼塘最美好的时光，这曾是岭南水乡最美丽、最动人的田园诗。

壹

山环水抱必有气

一间间传统的民居,就是一曲曲人与建筑、建筑与自然的和声。它们是历史的肌理,文明的载体,是乡愁最温暖的居所。

第一章　山环水抱必有炁

我是一个怀旧的人，对老房子，有一种近乎偏执的热爱。细细想来，这或许与我出生在烟雨迷蒙的江南小镇有关。在很小的时候，我就觉得连绵起伏的老房子是小镇最神秘、最迷人的部分。在早年的散文《水像一个手势》中，我曾这样写道：

长岐

长岐

"我记得早晨灰暗的芦荡里清脆的拨橹声,记得五月里一天连着一天的缠绵的雨声,记得瓦楞里麻雀凄切的叫声。每一块青石板,每一扇雕花木窗,每一张夹心桃的椅子,每一挂橙色的钟摆,都浓缩成木楼梯上的吱嘎声,不知从哪一眼漆黑的月牙窗里出来,在巷子里悠悠地回荡……"

老房子之于一座城市,如老人之于一个家庭。俗话说:"家有一老,如有一宝。"老房子和老人一样,也是极其重要的宝贝,它是时间的印记,凝固的历史,贮存着逝去的旧日时光,彰显着城市的气质,是城市的"根与魂",是不可复生的珍贵资源。

粤港澳大湾区内那些像珍珠一样撒落的老房子,一直让我迷恋不已。只要一有时间,我就会像货郎一样走村串巷,探古寻幽,寻访那些布满时间痕迹的古老村落,寻找那些让我怦然心动的古老房子,寻找那些像轻烟一样消散在时间深处的故事……

我喜欢"行至水穷处,坐看云起时"的散淡与率性,喜欢邂逅时的那份美好与惊喜。我总会在古榕碧莲间,在茂林修竹间,在小桥流水间,遇见一个又一个历经沧桑的古老村落,它们掩映在山水之间,端庄、娴静、古朴,像一个个古典美女,惊艳之至,让我着迷,让我心醉。

古村静寂,浓荫匝地,巷子弯曲,幽深之至。巷子两边总是镶嵌着许多旧式的庭院,残破的门扉,像一本本被风翻旧的书,推门而入,就会邂逅一段旧日的时光,一段久远的故事。轻踏着悠长的麻石路,抚摸着被时光磨损的门环,仿佛走进了时间的迷宫之中,仿佛听到了历史的回响,一种遗落在时光之外的孤独与静寂涌上心头。

壹 山环水抱必有气

人们常说，建筑是文化的载体，文化是建筑的灵魂。我深深地知道，让我着迷的，并不是建筑本身，并不是冰冷的砖瓦，也不是残破的庭院，而是其中所蕴藏的博大精深的中国传统文化。那些古老的建筑，就是中国哲学和中国美学的化身。

在这些古村落中行走，我总会不由得感叹，建筑与自然竟然如此和谐，人与自然竟然是如此和谐。正所谓："天与我时，地与我所。"建筑也是有生命的，只有天、地、人和谐的建筑，才能称为有生命的建筑。于是，禁不住喟叹，原来现代人一直苦苦寻觅的人居智慧，早已被古人运用得出神入化。

中国的民居不仅具有美学的意义，更是具有多重的文化意味。

首先它代表的是中国人的一种宇宙观，代表着一种天人合一的哲学观，正如庄子所说："天地与我并存，万物与我为一。"这正是中国民居的灵魂所在。

其次，它代表着中国人的伦理。正所谓："乐者，天地之和；礼者，天地之序。"《后汉书·王扶传》中有言："所止聚落化其德"，意指聚落空间具有道德整合的精神功能。中国著名古建筑学家刘致平先生就曾指出，从汉代起我国一切建

竹影深处有人家

筑俱极注意整体的秩序礼仪制度。在中国文化中，伦理从来不是抽象的东西，而是一种秩序。比如，一个村落中的宗祠，就是宗族中的精神地标，它是至高无上的，而一个家庭中堂屋上方的神龛，则是一个家庭的精神内核，先人居于高处，俯视着后人，庇佑着后人。

再次，这些民居具有鲜明的地域特点，在千百年的岁月中，大湾人因地制宜，使居所更加适合当地的地理特点。比如，在中原一带的民居中，有"四水归堂"之说，取"肥水不流外人田"之意，而在大湾区，台风频至，雨水丰沛，如果一味地"抄作业"，天井就有可能变成了蓄水池，因此，必须将水排在房子外面。当然，水最后会流入村前的月塘，由此也体现大湾人根深蒂固的宗族文化观念。

《汉书·元帝纪》中有言："安土重迁，黎民之性；骨肉相附，人情所愿也。"移民是大湾人最典型的特点，大湾区的先民，大多由中原迁徙而来，深受中原文化滋养，有着安土重迁的观念，在选择栖息地时，可谓煞费苦心。因为，家族的繁衍，如椒衍瓜绵，是一场漫长的接力，村落的选址不仅关乎居住的舒适，更关乎宗族的兴旺，乃是百年大计。

大湾人历来重视风水，而在风水之中，最核心的是气。按照"气"对居住者

的不同作用,古代风水将"气"划分为"生气"和"煞气"。凡对居住者的身心有益之"气",统称"生气",相应地,住宅内外环境中对居住者有不良影响的因素统称为"煞气"。气从何来呢?最重要的是有山有水。正所谓"山环水抱必有气,有气万事方顺意"。山为阳,水为阴,阴阳和,则万物生;人伦和,则百事兴也。

中国的古人认为,万物负阴而抱阳。因此,村落的布局大多以坐北向南的背山、面水之处为最好的自然环境,称为"后有靠,前有照",背山可以挡住北方的寒流,而面水可以尽享夏日的南风。

在道家的修为中,"气"更多的时候是写作"炁",虽说"气""炁"二字相通,但后者更强调气场。而气场的说法就涉及周天理论。大自然中"山环水抱"形成的气的运行,可称之为大周天,人体内气血的运行可称之为小周天。若人体置于大周天中,感觉身心舒泰,就是其自身的小周天与所处的大周天在运行方向、节律都相同,大周天对小周天产生了良好的推摩作用。反之,若人体在某个大周天中感觉不适,则极可能是大小周天的运行相左了。

说到风水的营造,我觉得最有代表性的是肇庆高要回龙镇的黎槎村,这是一个

迷宫一样的村子，如果没有人带路，你很容易在其中迷路。黎槎村建村的历史十分久远，可以追溯到南宋时期，当时，村民们为避水患，便将房屋建于山腰。或许是水患甚多，村民又寄望于风水来保佑村庄的平安。站在高处俯瞰，黎槎古村呈八卦形状，布局精巧，暗藏洛书河图的玄机。村中的房屋依山而建，环水而设，以乾、坤、震、巽、坎、离、艮、兑等卦形排列，呈圆形分布，一座座、一排排，一圈接一圈，村庄最外一圈约有90间房，门口全部向内而建，屋背向外，这样精巧的构思，让整座古村变成了一间固若金汤的大围屋。房子之间略呈弧形分布，每进一圈，房屋递减，至圆心处，也是最高点，设有一台，名曰"鸿运台"。据说村中流传着一个习俗，只要在鸿运台以顺时针的方式诚心转上三圈，燃放鸿运爆竹，便可保佑人们身体健康、财运亨通、心随所愿。村里居住着两个姓氏的村民，以中心作为分界线，东边为苏姓村民，西边则为蔡姓村民。村中有数座古朴典雅的门楼，皆以儒家文化思想命名，分别是兴仁里、柔顺里、毓秀里、遂德坊、仁和里、东江里、遂愿里、仁华里、居和里、淳和里、尚仁里，俗称"十里一坊"。

离黎槎村不远，也有一个神秘的八卦村，叫蚬岗"八卦村"。蚬岗"八卦村"始建于明代天启年间，四面环水，村子就像一只巨大的砚盘置于水中。全村共有8个出口，8大水塘，每个出口均栽种古榕树，有福荫子孙之寓。圆形的环村大道上不同的方位建有16个祠堂，祠堂多寓意旺丁兴族，俗称"八卦十六祠"。位于"八卦村"中间的岗顶面积约二亩，设有由黑白两色铺砌成的"太极两仪图"，图案上雕有八卦生肖的动物图和文字图，并植有6棵古榕，据说暗含乾坤六爻的意思。

《蚬东李氏祠堂志》详细记载了先民们当年是如何找到这块水绕风和的宝地的。"至宋咸淳八年生胡妃之祸，故举族南迁避乱，辗转南海，后考地肇城南五十里一土岗：瑞蚬呈祥，望象其形，富贵其尊之图，而前面毡铺周山环卫，喟然曰：斯地实乃长远之基，可生家也，余定而名之曰：'蚬岗'。"

除了黎槎村和蚬岗村，高要还有宽郊村、澄湖村、同攸岗村等村子，均是用八卦来布局风水的。

东莞虎门的逆水流龟村堡，布局也十分别致，村堡布局取形长寿灵龟，北面有龙潭水迎面而来，龙潭水顺流而下，形成小河,村堡的位置是小河最后的积聚地,龟头向龙潭水逆水行走,故名"逆水流龟"。

逆水流龟村堡修建于明崇祯末年。虎门白沙人郑瑜辞官后回到家乡,为抵御兵乱,保护族人而修建。堡内共有72间格局统一的青砖瓦房,分布在正巷两边,代表72块龟鳞甲。堡内主巷道为一纵三横呈"丰"字形,据说是模仿龟腹甲之结构。村堡正门前面有一道桥,这也是出入

逆水流龟村堡

村堡的唯一通道。现在是水泥桥，以前是吊桥，像乌龟的尾巴，护墙以青砖构筑，高6米、厚0.6米，易守难攻。村子四面围水，但因设计精巧，数百年来，无论下多大的雨，村堡都未曾被水淹过。

江门蓬江区棠下镇的良溪古村开基久远，自北宋时已有谢、龚人氏居住。南宋绍兴元年（1131），罗贵率领36姓97户，从南雄珠玑巷迁徙至于此。明朝大儒理学家陈白沙曾为《罗氏族谱》撰写序文称"百粤之罗出良溪"，因此，这里被称为"后珠玑巷"。村中的罗氏大宗祠的对联是这样写的——"发迹珠玑，首领冯、黄、陈、麦、陆诸姓九十七人，历险济艰尝独任；开基萌底，分居广、肇、惠、韶、潮各郡万千百世，支流别派尽同源。"

良溪古村坐北朝南，整体的布局就像一张拉满弦的弓和箭：村的外形犹如一支箭，护村河则如一张弓，护村墙是弓上的弦，箭指西南，暗喻后人追求高远。罗氏后人果然不负众望，英才辈出，如清代道光六年进士"粤东四家"之一的罗天池、道光十五年恩科解元罗芳、新加坡开埠"七家头"之一的罗奇生、武举人罗始麟及近代画家罗良斋、清末国内第一位运用安布罗摄影法拍照人像的摄影师罗以礼等。

江门开平的马降龙村，也是一方不可多得的风水宝地，村子与山水交融在一起的，它面朝潭江，背倚百足山，百足山形似大一条大蜈蚣，百足为龙，村民们希望以马降龙，保一方兴旺发达，遂取名"马降龙"。

马降龙村风景美如油画，被联合国专家称为"世界上最美丽的村落"。村子前面是传统的广府民居，布局严谨，村后，则是带着时光包浆的灰色碉楼，碉楼自由散落，藏身于茂密的竹林之间，像是在捉迷藏一般。全村共有13座碉楼，最高的是天碌楼，高7层，21米，由村人集资修建。除了天碌楼之外，其他的碉楼均有日常居住的功能，房间讲究采光和通风，有着西式的阳台、拱券、敞廊和山花等元素相结合，都使用罗马柱式，铺意大利彩石，门和窗均加上了厚实的铁板，显示着主人曾经的富有，站在阳台上眺望，满目苍翠，清风徐来，让人神清气爽，心旷神怡。

佛山南海九江的烟桥，从空中俯视，烟桥村的布局如同一只展翅的飞燕，村子建于明代正统十四年（1449），至今已

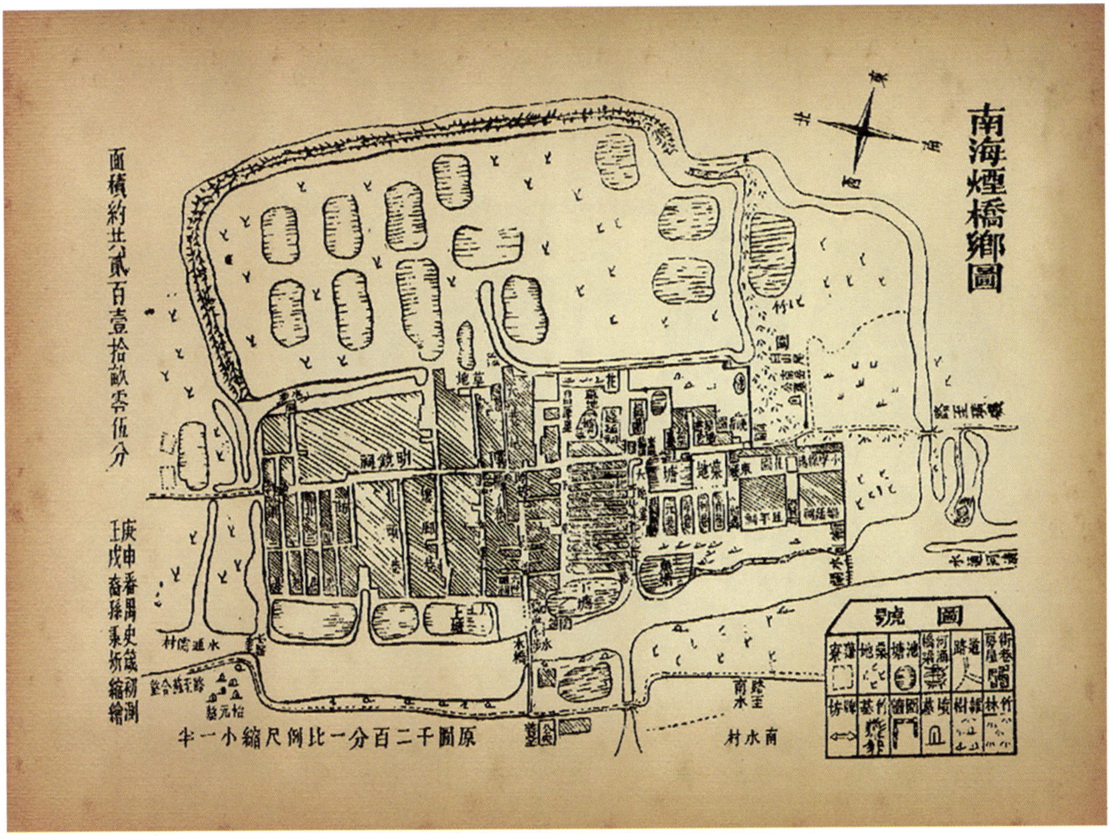

南海煙橋鄉圖

历经近六百年的沧桑，历史的沉淀，赋予了这座村庄静穆古朴的气质。在近六百年间，村子几经更名，开村时名里海，后改名燕桥村，因终年水汽蒸腾，雾气缭绕，宛如仙境，清乾隆年间已有"烟桥"之称。久而久之，村子亦改名为"烟桥村"。此名一改，村子便平添了一份烟雨朦胧的空灵诗意，引人遐想。

村子的布局严谨，寓意深远，体现了深厚的人文积淀。节孝牌坊后，就是以《周易》内容命名的元、亨、利、贞四巷道，"元巷""亨巷""利巷""贞巷"呈东西走向，四条巷道并列分布。这个布局就是古先民取《易经》中的"与天地准"来规划的。以前从北门开始东西两边后面有两排鱼塘，用石板路覆盖其上，下面纵横交错的水道能将全村的生活污水集中排到村后的池塘，而村前的护城河则

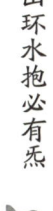

常年保持清冽不污染。水道与水道之间共种两层棘竹，厚密成墙，可以挡风和净化空气水源。

"一过烟桥，必行正道"，这是烟桥人人皆知的一句话。"烟桥正道"贯通南北，是村子的轴心，它由何氏先祖牧野公在清同治年间修建，他希望借此提示后人"知廉耻、行正道"。或许正因为如此，这里人才辈出。正如祠堂中对联所写的那样："距樵麓十里以南，有乡贤、有画师，胜地英豪齐鹊起；计男丁六百余口，若举人、若进士，秀才文武更蝉联"。如今，烟桥村每年都会为年满18岁的后辈举行成人礼仪式，在成人礼中，有一个最重要的环节，在长者的带领下走过烟桥正道。正所谓："道正而行远"，"烟桥正道"不仅是村子空间布局的轴心，也是烟桥人精神世界的轴心，它虽然静默无语，却又时刻提醒着后人，人生当行正道，当养浩然正气。

佛山高明的阮埇村四面环山——古耶山、凌云山、南蓬山、梅瓣山依次环绕，将阮埇呵护其间；一个小海、一条河涌，分内外两层，以"口字形"，将阮埇护佑中央；小海之北，又与西江交汇。按照古代风水的理论，四面环山、碧水环绕，

烟桥正道

便属于山水紧密契合、藏风纳水的形胜之地；而玉带层层回环，更令其成为集纳灵气的圣地。

历史上，阮埇文风鼎盛，阮埇的区氏人才辈出，有"高明第一望族"之称，先后出过15名进士、48名举人。其中，明朝进士区大相被称为明代岭南诗家之最，他的父亲区益和哥哥区大枢都是明朝的举人，他和弟弟区大伦则是明朝万历十七年（1589）同榜进士。正所谓："两朝四进

阮埇龙舟

士，一榜四文魁"。

"山管人丁，水管财"，大湾区的大部分地区地势平坦，山往往是可遇而不可求的，但几乎每一个古村落，都有蜿蜒的流水，水赋予村庄以灵性，也营造出小桥流水的意境。按照风水学来说，山水之间，水显得特别重要："未看山，先看水，有山无水休寻地。""风水之法，得水为上，藏风次之。"

古人一方面认识到水流会影响气场："气之阳者，从风而行；气之阴者，从水而行。""顺阴阳之气以尊民居。"另一方面又认为水主财，所以特别注重水口，把它看作保护神和生命线。水口包括流入口和流出口，入口称为天门，出口称为地户，入口宜明，出口宜暗。

佛山高明区的深水村就是一个很好的例证，深水村起初由李家四兄弟开村。据说当年这四兄弟来到深水村所在地择地开村，当时有位风水大师告诉兄弟四人，

阮埇

"若想发，村前要压"，意思是村口地势要低矮。四兄弟听从风水大师的话在低矮位置开村。后来四兄弟果然靠贩卖日用品发了家，便在村前低矮位置建起了青砖民居。

大湾区内，很多古村前面有水塘，这并非巧合，用古人的话说："塘之蓄水，足以荫地脉，养真气"，水塘的形状，也是有讲究的，从形状上说，半月形池塘较好，主钱谷丰盈。片钱半月塘，财谷百千仓。非但如此，水宜清，正所谓，塘清犹如镜，贵生聪明子。

水贵弯曲有情。正所谓："水见三弯，福寿安间；屈曲来潮，茶丰富饶。"在水的运用上，绿树掩映、鸡犬相闻的长岐村堪称典范。

从地图上看，珠江有一小支流九曲河，在九曲河流入北江之前，岔开了一条水路流向西江，佛山三水的长岐古村就在这开叉处临水而建。九曲河水从南流进

壹 山环水抱必有炁

向西流出，含情脉脉，依依不舍，旖旎而去。河水像浅绿色的丝绸擦拭着古老的陶器，它流经村子的两口方塘，一口塘中，古树的倒影，随风起伏。另一口塘中，荷花映日，风韵独具。村子正面两侧有两个山冈，与风水学说中"左青龙右白虎"之势相符。正所谓："白虎照塘，四代同堂，越照越远，拜爵封王。"

村后有一座小山，名曰文笔山，海拔不高，但山势秀美，郁郁葱葱，形似凤冠。屋子依山而建，古径在斜坡蜿蜒，像一段轻柔而舒缓的乐章。沿着布满青苔的石径，登上文笔山，俯视鳞次栉比的屋脊和远处银光闪闪的水面，顿觉豁然开朗。日复一日，年复一年，晨曦透过文笔顶的茂林影影绰绰地射落，而落日渐沉九曲河外时，绚烂的霞光又笼罩古村，极富诗情画意。在这里，时间静如止水，你会忘记它的存在，忘记它的流逝。

如此迷人的风光，也曾引发南宋诗人杨万里的诗情，杨万里行经此地时，观此两岸芦苇丛生、荻花瑟瑟，忍不住吟出诗句："芦荻叶深蒲叶浅，荔枝花暗楝花明。船行两岸山都动，水入诸村海旋成。"

长岐是著名的长寿之乡，在古榕树下，在巷口，随处可以见到白发苍苍的老人。其实，他们长寿的原因并不神秘，不外乎清新的空气，豁达的心态，鲜甜的鱼肉，新鲜的瓜果，除此之外，温泉也是

长寿的一大功臣。村中有一个泉眼，温泉从中汩汩涌出，日夜不息。这是我国目前发现的第三个氡温泉，温泉温度在42~46℃，水质中富含偏硅酸以及适量的氡等多种有益人体健康的元素。

在村子里，我遇见一位神采奕奕的老人。他告诉我，他是土生土长的长岐人，成年后去了广州工作，63岁那年，患了一场重病，医生告诉他，来日已经不多了，少则一年，多则两三年。于是，他决定搬回来住，没想到，一晃二十七年过去了，他已经90岁了，依旧安然无恙。而他的妻子，比他还大一岁，每天还买菜做饭，身体硬朗得很。

长岐村的另一个特点是"机关重重"。村中古屋中都有一条暗道，暗道一般通往邻里，平时作为下水道之用，有砖头掩盖，若是哪家人不小心遭遇暴徒强闯，居民便可推开砖头穿过暗道溜到邻居家里躲避。不仅如此，暗道也通向古屋

壹 山环水抱必有炁

间的巷道，每条小巷都有三两道栅门，并有更夫巡守，确是一夫当关，万夫莫开。放下栅门后强盗进不来，而进得门的便可以将其困于复杂交错的巷道内"瓮中捉鳖"。由是村中未曾遭遇盗贼洗劫。

每一块风水宝地，都有一个美丽的传说，长岐村自然也不例外。长岐村原来叫岐山村。据传，宋徽宗年间，国师赖文俊受到奸臣秦桧陷害，成为朝廷通缉的逃犯，于是他决定布衣打扮，游走江湖，一是躲避官兵通缉，二是寻龙点穴造福民间。后人称之为赖布衣。他来到此地，认为此地是风水宝地，并写了两句诗："长岐犬吠岩前月，众洞横拖迳底船。"到了清乾隆四十五年（1780），村民觉得人住的"岐山村"与神灵住的"岐山古庙"有冲撞，加之水患不断，农田歉收，多半是因为冒犯了北帝爷，遂提出改村名，其余姓氏亦觉得在理。钟氏讲起赖布衣点化之诗句"长岐犬吠岩前月，众洞横拖迳底船"，大家都觉得既不要冒犯北帝爷也要感谢赖布衣，于是顺应天意，况且"长岐"与"长期"谐音，意头又好，便达成共识，改名为"长岐村"。长岐村，这个古意盎然的村名中，蕴含着一种天长地久的意愿。

大湾先民聚族而居，房子呈梳状排列，有"连房广厦"之势。这一点，距离长岐村十五公里的大旗头村堪称典范。远远望去，整个村子就像列阵远帆的舰队，气势如虹。

在大湾区内，很多村落与建筑常依据环境的不同而改变朝向。佛山三水的大旗头村，为东西向的聚落布局，风水塘位于东面。这并非异想天开，而是由地势所决定的，该村地势东低西高，村落和建筑顺坡而建，前低后高，与"步步高升""枕厚视广"的风水格局相吻合。事实上，这种"前低后高"的整体态势在佛山地区很常见，其威严、稳固的格局，迎合了堪舆文化的风水图式。

要建造如此规模宏大的建筑群，并非易事。因此，每一个规模宏大的古村落，都有一段咸水史。大旗头的建造者并非泛泛之辈，而是清朝两广水师提督郑绍忠。据历史资料记载，郑绍忠原名郑金，因口大能容二拳，食量至伟，能尽粟一斗，故绰号"大口金"。他少时家贫，为帮补家计，只身去佛山打工，做过六七间米铺的舂米工，都不长久，因其能日食斗米，其老板厌之，往往借故辞退。有一天他在街市上与一相士偶遇，相士看他身材伟岸，

有将相之貌,故对其言:汝将来必是红顶戴翎一品大将,做个舂米工未免屈其才,汝不妨在社会上闯荡干一番事业乎?咸丰、同治年间,佛山武馆众多,时人好武,常以打斗比武为乐。"大口金"身材高大,善技击,很多朋友与人比武,都请他助拳,且逢打必赢。咸丰二年(1852)秋,有一次对手请来一道人与"大口金"比武,因失手打死道士,被迫返回乡里,最初投奔表兄陈金釭,咸丰四年(1854)六月随同陈金釭起义,后降清。由于他骁勇善战,很快得到了清廷的赏识。据《清史稿》记载,在左宗棠的大力保举下,1867年,他便获得了署南韶连镇总兵的官位。仅过两年,他便被任命为潮州镇总兵,后来甚至得到清廷的黄马褂赏赐。

大旗头村的兴建与慈禧皇太后渊源颇深。光绪二十年(1894),适逢慈禧皇太后60岁大寿,郑绍忠被赏加尚书衔,并赐予寿字、大缎帽缨,另有268万两白银。据说慈禧问及郑绍忠的家乡之事,郑答道:"长年在外征战,无法顾及家里,现在仍住'蜗居'。"于是,慈禧下旨要郑绍忠回乡修建私宅,所用款项均由慈禧皇太后拨给。时任水师提督的郑绍忠借重修虎门炮台而开辟石场的方便条件，动用二百多名石匠采石，并从水路运回大旗头村。并将原来夯土墙的旧房全部拆平，重建为石板铺巷道、石脚青砖镬耳屋群。房屋建成后，郑绍忠请郑姓族人聚居于此，不收房租，但规定不能随意改动房屋的格局。

郑绍忠在大旗头村的营造上可谓颇费苦心，"长兴""积善""安宁"三条巷子的巷名，以及随处可见的鳌鱼墙、金钱眼，无不呈现了主人的富贵之梦。

大旗头村是一座形似将军的村落。拾步其中，你往往会有一种幻觉，仿佛不是走进一个村子，而是一个中世纪的城堡。从村落的空间形态看，村落的主要建筑群形成了一个头顶战盔、身着戎装的将军形象。其中，村北为戴着头盔的将军头颅，古村核心部分，即郑绍忠家族的古建筑群位于村中部，是将军的胸膛；村南为将军的肚腹，中部自西向东的笔直道路为将军手持的长矛。1994年村东道路完工后，自北而南的弓形道路变为将军手上的弓，而中部笔直的道路则成为将军弓上蓄势待发的箭镞。将军威风凛凛，随时御侮护亲。

整个村子可用"固若金汤"来形容，郑绍忠及其四子和直系血亲的住房占据村落靠西和西北的位置，是"将军的心脏"，为村落和古建筑群的防御核心区。四五条深巷将古村分为几片，每条深巷一端堵死，另一端修有门楼，遇到外敌入侵，门楼上铁栅落下，村子便自成坚固的防守体系。据说，郑绍忠儿子的屋子坚固异常，墙裙以双层花岗岩筑成，中间夹有铁板，一般小贼若想钻墙盗财，绝非易事。长巷沿东西方向，如果所有家户的门都打开，立马就可形成南北向的通道，这些东西、南北向通道阡陌交通，宛如棋盘的布局。晚上全部下栅，每家只留一眼窗，称为猫窗。

郑绍忠武将出身，并不识字，但他深知读书的重要性。在他看来，只有让子弟偃武习文，以书礼传家，才能长葆子孙富贵。在大旗头村，便可以看到他精心营造的文房四宝。

村前有半亩方塘，一方面可以积蓄雨水，更重要的是寓意洗笔墨池。塘边有塔，三层六角，其形似笔，名曰文塔。文塔共三层，第一层供奉的是土地，第二层供奉的是文昌帝，第三层供奉的是魁星。民间传说，文塔是供奉文曲星、掌握文人骚客功名命运的神塔，也是风水观念的产物。兴建文塔，标志这个地方的人们重视

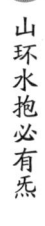

教育；文塔位居水口，是水门之华表。塔下有方石两块，一大一小，大者高三尺许，形似砚台，小者形似印。

对于这样的布局，大旗头村至今还流传着一个传说。郑绍忠发迹后，被追封三代，其父亲、祖父都是一品大员（曾祖父会秀公、祖父远周公和父亲志宏公被追封为振威将军，从一品）。郑绍忠父亲每当想起当年的境遇，远周公还葬在草坟内，就觉得内心十分不安，准备重新安葬远周公。他请风水先生来看风水，风水先生建议他不要重新安葬，破坏这里的风水，但志宏公坚持要这样做。于是风水先生说："既然你主意已定，在打开坟墓时要用蚊帐在外面罩住，一旦听到里面有动物的声音，就要马上用蚊帐扣住。"后来，果真在开墓时，从墓内飞出两只麻雀，他们赶紧用帐罩住，但其中一只麻雀飞走了。这样，郑绍忠的父亲命人将坟墓重新填上，不敢再有迁坟的念头了。据说，这两只麻雀本是一文、一武，飞走了一只文雀，留下了一只武雀。于是，郑家后来出了多位武将，如郑绍忠、郑继忠、郑润材、郑润琦等，却很少出现文人。郑绍忠修大旗头时，为了弥补此风水之不足，便在村口修建了一座文塔，期望后人能取得功名。事实上，郑绍忠的愿望最终实现了，此后，大旗头村人文昌盛，才俊辈出。

在漫长的岁月中，村子的风水布局，并非一成不变，而是可以进行调整的。这是一个系统工程，在风水布局变化的同时，村名往往也会跟着变换，从此，村子更加兴盛。其中，南海的松塘村，堪称典范。

松塘村素有"南海衣冠推望族，西樵灵秀萃吾门"之美誉。一走进村子，迎面而来的是大池塘，名曰月池。只见水面开阔，波光闪烁，气象非凡。整个村子，倚冈列建，百巷朝塘，古老的房子围塘而立，倒映其中，像是在对镜梳妆。到了初夏，池中更是美不胜收，荷花遍开，有接天莲叶无穷碧之气势。

松塘是典型的山水格局，东面为北江下游，西为西江下游，而西樵山在南面，形成山水合抱形胜之地。村中分布着大大小小十多处祠堂、书舍、家塾，行走其间，如行走在唐诗宋词的意境之中。长街深巷，清幽古朴；宗祠序列，庄严肃穆；书舍家塾，鳞次栉比；名人府第，遍布村中。荷香风送，鱼戏莲动，莺鸣榕荫，宁静祥和。

村中有一片连绵的古民居，气势非

凡，为桂阳坊民居。而桂阳郡（今浙江省湖州市吴兴区），正是松塘的先祖出发的地方，他们为躲避战乱迁至广东南雄珠玑巷。宋理宗年间，为避兵乱，区氏先祖又从南雄珠玑巷南迁到松塘村，算起来已有近八百年。

开村之初，松塘村中并没有月池。松塘村主风水的是松、冈，古松如巨人擎华盖，罩覆村子，丘冈展翅飞燕，故名飞燕冈，自古有"燕子傍岗飞，代代着朝衣"之说。据《松塘村古名胜纪》所载："村南舟华岗上有乔松，不知年代，高逾百尺，大可十围，秀丽如伞，凉飙乍起，则清声远播，满壑洪涛。"从文中得知，先有古松，后有村落，建村三百年后，松塘的先民在村中心，开挖了一片数十亩的水塘，由此，"松""塘"连理成就了这个村的名字。

"横塘月色"被称为松塘八景之一。每当夜深人静,月明如镜,高悬星空,只见楼台倒映在池心,随心起伏。泛舟池中,举杯邀月,光影迷离,天水难分。池边有散步的人,因为这美丽的月光,迟迟不肯入睡……

关于月池,村中流传着一个美丽的传说。石壁记载:明嘉靖二十八年(1549),村里的区次颜中了举人,返乡后"扶乩"得卜诗,神仙提示,需要在村中挖池。那首诗写道:"水泻倾盆不顾前,时来衰败几多年。若能作得清池鉴,自有鱼龙踊跃天。"于是,村民根据诗中提示,次年,开挖了村心大塘,就是现在入村便能见到的月池。从那时起,村名改叫了松塘。挖塘后又卜得诗,诗中,神仙认同了这开挖月池之事,而且还描绘了令村人欢欣鼓舞的前景:"月明净堪冰壶影,风细轻抽续绣文;宝鸭羽绒藏比偶,锦鳞头角累成群;一声雷动飞腾起,化作苍龙入五云。"这月池可以说是村中的绝妙风水之笔,犹如龙的眼睛。

说来也怪,自从这龙的眼睛被点上之后,松塘村便如诗里说的,"一声雷动飞腾起,化作苍龙入五云",一下子出了众多的显赫之士。仅在明、清两代,考取进士者五人,行伍出身而晋身府台者一人,考中举人以及获颁优贡者近二十人。其中,区玉麟、区谔良、区大典、区大原四人入职清代翰林院,使松塘获得了"翰林村"的美誉。

和广府民居的风格不同,客家人热衷于修建围屋,风格虽然不同,但在风水的营造上,有着异曲同工之妙。

《水龙经》中有言:"水积如山脉之住……水环流则气脉凝聚……后有河兜,荣华之宅;前逢池沼,富贵之象。左右环抱有情,堆金积玉。"客家围屋通常背靠山坡而建,前面则有半圆形的池塘,形似半月,天光云影,尽收其中。屋为阳,水为阴,阴阳和谐,故又称其为风水塘,有养人蓄财的美好寓意。后面,一般设有风水林,与之呼应。又名"伸手",也称"龙林"。客家先辈认为"林木兴则宅必发旺,林木败则宅必衰落"。因此,这些林木只许栽培,不许砍伐,以藏风得水。门前有禾坪,不仅可以晾晒稻谷,是农耕的需要,更可以举行各种宗族活动。逢年过节,舞龙舞狮,热闹非凡。

围屋建筑以正厅为中轴,以祖堂为核心,左右对称,秩序井然。正堂左右两旁有同样是方正结构的横屋,简称为

"横"。自正堂向外的房屋结构一层层扩张,每一层称为一"围"或一"围龙"。横屋房门均朝正厅开放,呈百鸟朝凤之态,反映出客家"慎终追远"的思想。

堂屋与围屋之间有一个"化胎",呈半月形,象征女人的"腹部",是全屋的风水宝地,围龙屋化胎一般用鹅卵石辅成,象征宗族的百子千孙,寄托着客家人世代兴旺的美好愿望。

惠州龙门的鹤湖围,颇具代表性,此处原为一片沼泽,栖息着许多白鹤,故得其名。鹤湖围的始建者洪仁公是一名中医师,他十分注重风水格局,建筑群后高前低,便于形成空气流通。鹤湖围于清同治二年(1863)竣工。背倚青山,三面围水,从正前方望过去,宛如一座风景秀美的小岛。围楼有108间房间,每间房都有小小的葫芦窗口,从窗户望出去,风景甚美。天街上铺满了鹅卵石,"鹅"与"儿"谐音,多鹅卵石寓意多"儿"有多子多福的寓意。内设有两间私塾,家族中无论男女,都可在此就读。鹤湖围在防御上做到了极致,仅在东北边仅设一斗门架石桥供出入。和很多围屋不同的是,这一是座活围屋,目前,还有300多人居住其间。

深圳的大万世居,是全国最大的方形客家围之一。由曾氏先祖曾端义始建,他是从五华迁到深圳大坪的。大万世居始建成于清代乾隆五十六年(1791),平面呈长方形,房屋400余间,整个建筑以祠堂、中楼、后楼为中轴线,两侧对称分布

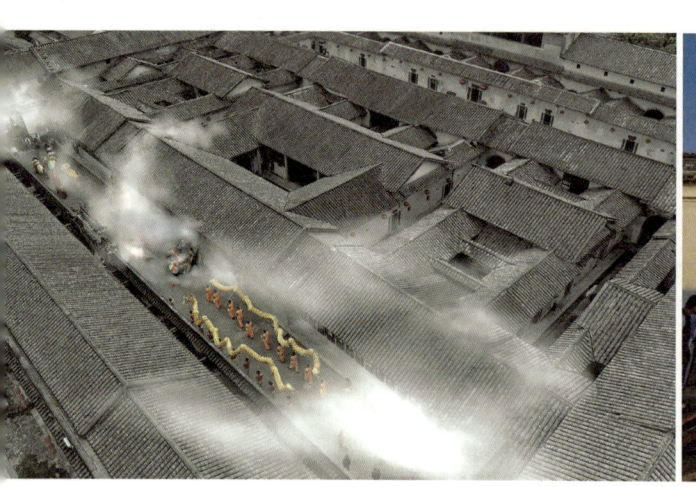

大万世居

两排硬山顶建筑形式、格局、大小一样的二层式房屋。建筑前有禾坪和月池，后有沙墩陂。围墙六米多高，四边合围，由三合土夯成，墙顶设走马廊，号称"十阁走马廊"。四周建有碉楼，枪眼广布。整座建筑物后墙筑成半圆弧形，与前面半月形的风水池遥相呼应……古墙斑驳、院落寂静，月池里倒映着懒洋洋的云朵。这里的每一砖、每一瓦都仿佛在向我们无声地诉说着历史的风云。

古人云，一命，二运，三风水。中国人历来讲究家居的风水，由此衍生出许多有趣的理论。比如,有人讲将"富"字笔画构件分解,宝盖头,是有靠后山的祠堂建筑,"一"字就是门前的屏风,"口"就是水塘,水塘之后就是良田。我对风水的研究不深,但非常认同顺德籍堪舆大师蔡伯励的一句话,他说舒服就是最好的风水。

大湾区这些古老的村落,大多风景如画,山绕水环,一间间传统的民居,就是一曲曲人与建筑、建筑与自然的和声。它们是历史的肌理,文明的载体,是乡愁最温暖的居所。

大万世居

贰

青砖黛瓦入画来

房子还是当年的房子,树或许还是当年的树,而人早已不是当年的人。抚摸着这些墙面,总有一种苍茫之感像潮水一样涌上心头。

第二章　青砖黛瓦入画来

粤港澳大湾区滨江临海，河网密布，碧波荡漾、曲折迂回的河道，给这里的村落增添了无限的诗意与柔情。每天清晨，一声悠长的橹声，推开村庄寂静的门。两排临河而立的房子，像漂浮的旧戏台，日复一日，上演同样宁静的曲目。一个桃花般少女打着呵欠到河边浣衣，雪白的足像银鱼一样在水中游动，一群水鸟掠过水面，躲在对岸的树枝上，偷偷看她。太阳挣脱了云朵的怀抱，光线像小狗一样欢快。炊烟在芭蕉丛里伸起淡蓝色的懒腰……这是最寻常的水乡风情画，宁静、和谐，令人神往。

在大湾区内，几乎无榕不成村。婆婆的古榕，是古村落的标志性景观。几乎每一个村子的村口都有榕树，上百年树龄的榕树十分常见，佛山南海罗村雄星村的开村古榕，树龄更是惊人，据说已有七百多年，要十三个人才能环抱，东莞寮步横坑古村有一株细叶榕，树龄也有六百多年了，那么，大湾人为何如此钟爱榕树？榕树又为何大多种在村口呢？

榕树，堪称南方的嘉木。嘉木钟灵，岭南第一才女冼玉清故谓："嘉木之下多流连。"它具有多重的文化意味。首先，榕树具有象征的意义，对于迁徙的族群来说，落地生根，开枝散叶，是家族中的头等大事，而榕树，生命力旺盛，是子孙繁衍、宗族兴旺的象征。其次，榕树是风水树，从风水的角度来说，植于水口，有锁气聚财功能。此外，村口的榕树下面是一块公共的空间，枝繁叶茂的榕树，遮住了骄阳，形成了一片清凉之境，满足村民日常交往的需要。晚餐之后，榕树下面就会变得热闹起来，大人们聚在一起吹水（侃大山），孩子们追逐玩耍。如果说祠堂是与祖先交流的地方，榕树下则是村民们日常交流的地方。前者，严肃而端庄，后者自由而放松。夏日的夜晚，流萤轻舞，蛙鸣阵阵，微风拂面，此情此景，有着"一径水塘清幽，古树挂月"的曼妙意境。

不知从何时起，榕树被称为神树。具体的成因，我们已无从考究，但是，有一个朋友曾经告诉我一个真实的故事，我的这位朋友小时候很淘气，并不相信榕树有奇异，有一天割草回来，不知为何，拿镰刀开始割榕树的气根。第二天，怪事就发生了，他在割草的时候，竟然不小心割破了自己的脚趾。从那以后，他开始对榕树充满了敬畏。

有的村子干脆就用榕树作为村名，比如佛山三水的独树岗，始建于元朝至大末年，据传因古时候村中山冈上有一棵巍然屹立的参天大榕树而得名。独树岗村多水塘，村中建筑沿着十余水塘而建，从空中俯瞰，像一片片枫叶撒落田间，古老的房子，点缀其中，使村子多了一份沉甸甸的历史感。

林头

在佛山南海烟桥村村口，一棵榕树独树成林，郁郁葱葱，村民叫它"树祖公"。这棵榕树在20世纪20年代栽种。"树祖公"大榕树又称"国事榕"，因为每逢历史大事，村民便从树上将气根引下地面成树：1945年日本军投降，平民百姓得以重新过上和平安定的生活，为纪念这个转折性时刻，村民从榕树上引种一气根；新中国成立时又引一枝；1982年为改革开放的形势所鼓舞，再引种一枝；1997年香港回归，1998年5月村子遇上大水灾，1999年澳门回归，2000年庆祝千禧年，为庆祝中国共产党成立90周年又引种一枝。村民用类似结绳记事的古老方法，通过引种老榕树气根，将每一个历史性时刻记录下来，体现了一种深深的家国情怀。

有的村子，还给榕树起了"别号"。佛山南海丹灶仙岗的村民们将"榕树"唤作"本树"或"吊笔树"。因为村民觉得"榕树"不能"容人"，而仙岗话中的"本树"又与"本事"（出人头地，有本

烟桥·国事榕

领）谐音，所以，每一声"本树"寄托的都是仙岗人对子孙后代的美好期望。

还有的村子，将榕树变成了一种精神的符号。在佛山南海丹灶的向南村，村前种榕树，村后种管树。村里老人说，这是有讲究的："村前种榕树，是希望向南村人在人前做人做事要心胸开阔，宽容大度，为人厚道，要有容人之心、容人之德。村后种管树，是希望向南村人在人后要学会管好自己，管好儿孙，管好家人，守德、守规、守纪。"

古榕青砖黛瓦，小桥流水人家。走进大湾区的广府古村落，让人印象最深的，除了古榕就要数水磨青砖了。它像一本本线装书，素雅、古朴、沉静，带上了时光的包浆。

大湾人为何爱用青砖呢？除了美观之外，更重要的是其实用性。其因主要有二，一是其使用的黏土土质密度大，不容易产生气泡，砖面光滑，有万年不腐之说。二是砌墙工艺十分讲究，首先要将青砖按规定尺寸磨平四边，使砖的尺寸大小一致。更重要的是砌墙用的灰料，主要是蚬壳烧成的灰，中间还混合了糯米粉和红糖粉，干透之后，坚硬异常。这样砌出来的砖路整齐划一，仅容手指甲插入，故称之为指甲线。砌好之后，工序并未结束，还要继续磨平砖子，磨得像镜子一样光滑，然后上蜡，使砖面长久不受腐蚀。此外，墙体很厚，剖面呈二或三层，既可以阻挡暑气，又可以阻挡湿气，墙的两层青砖之间还夹有一块块阶砖，挖一块，上面的一块又会滑下来，小偷永远也挖不通墙。

黎边·人字封火山墙

松塘

九江·吴家大院

镬耳墙也是大湾区广府古村落的标志之一，类似官帽的镬耳墙，有着"独占鳌头"的寓意，蕴含富贵吉祥、丰衣足食的吉兆，此外，其外形在五行中属金，而大湾区地处南方属火。因金生水，水克火，故山墙取金有镇火之意。镬耳墙并不是同样高的，古人在设计的时候，从南到北，依次增高，这样既可以吹拂海上清凉的南风，又能挡住寒冷的北风。远远望去，有层次感，具有很强的视觉冲击力，墙体的线条坚硬，镬耳的线条圆润，两相结合，有一种刚柔相济之美。

和北方的深宅大院相比，广府古民居大多朴拙素雅，玲珑通透。在乡间，单体的建筑，以三间两廊的格局最为普遍。以佛山三水大旗头村为例，天井两侧是行廊及厨房，正房三间，中间厅堂由一木屏风分隔为厅堂和卧房，卧房上为阁楼，放置杂物，木屏风前有简易神龛，供祭祖先。厅堂以木趟栊与天井相连，天井的墙面饰有砖雕，用以拜天官之用。山墙立面开窗少且小，山墙顶为镬耳式封火山墙，下有草尾装饰，入户门为框门，上有门罩，每栋住宅的墙裙至少有40厘米，且为大石板墙裙，加强防潮效果。

除三间两廊之外，还有四门朝厅的格

041

贰 青砖黛瓦入画来

局。这种格局以佛山高明的深水村为代表，房子四周没有一扇窗户，但身处其中却没有阴暗之感，这是由于房子采用了独特设计的缘故。这种设计使得天井与倾斜的瓦顶共同构成房子完善的采光系统，保证了白天任何时候都有阳光照射进房子。为了让房间里面也能享受到阳光，四个房门都被设计成朝向大厅的方向，空气可以自由流通，冬暖夏凉。

这些朴拙素雅的古民居，饱经了岁月的沧桑，是先民们与自然长期磨合的结果。从某种意义上说，这些民居与其说是建筑，倒不如说是生长在大地上的植物，它与周边环境的融合，好到几乎无以复加的程度。

大湾区内，地势平坦，南濒南海，又无高山阻挡，直接承受自南海吹来的季候风，这些季候风同时带来大量的雨水。这里气候最显著的特点是炎热、潮湿、多雨、多台风。大湾人用独特的智慧，化解这种气候的缺陷，最大限度地提升了生活的舒适性。

自然通风是古民居设计的重中之重。正所谓，通则畅，畅则和，和则万物兴。通风的最高境界就是不浪费任何一缕微风，让每一间房子都能自由地呼吸。

连房广厦是古民居的构造方式，除了建筑上的意义，更重要的是体现一种血肉相依的宗族归属感。从空中俯瞰，大多数村落的布局，就像一把梳子。从南面吹来的风，越过村前的池塘，吹进了每一间房舍。

房子之间有冷巷。在整个通风系统中，冷巷被誉为岭南传统建筑的精髓。冷巷有两种，一种是室内连接各房间的通道，此巷道长期不受太阳辐射，空气流通

大旗头

顺畅,生活余热少,称为"室内冷巷"。另一种是外墙与周围墙之间或相邻两屋之间狭窄的露天通道,此巷高而窄,受太阳照射的面积小,受晒时间短、温度较低,称为"露天冷巷",也称"青云巷",取"平步青云"之意。

巷子狭窄,宛如少女的腰肢,走在其间,你会感觉到一股阴湿的凉意,墙角生出了青苔,这是因为由于墙高巷子窄,光照的时间较短,成了被阳光遗忘的角落。当风穿巷而过时,受到挤压,流速加快,将房子里的热空气带走,与此同时,冷空气趁机进入屋中,达到通风的效果。

大湾区的古民居中,天井是另一个重要元素。古人认为:"天井乃一宅之要,财源攸关,须端方平正,不可深陷落槽,不可潮湿污秽。大厅两边有衔,二墙门常闭,以养气也。""天井是藏蓄之所,要端方平正，不可深陷落槽，以养生气，确保阴阳交合。"天井在宅内微气候的营造中，起到了关键的作用。从高处俯瞰，古村落犹如一眼被岁月冲刷的古井，人就像在其中自由穿梭的鱼儿。

几乎每家每户的天井里都凿有一口水井。挖井可以降低地下水的水位。平日淘米、洗菜和清洗衣物，以至热天男人、小孩淋浴，都用天井内的井水。天井的地面一般采用地方材料天然麻石板或鹅卵石铺砌，经雨水和井水长年冲刷，非常清洁透亮；地上虽然总是湿湿的，却不打滑，反令人觉得清新滋润。

天井除了实用的功能之外，还能体现大湾人的闲情雅趣。各家天井边用条石砌几条石架子，上面摆放着各色盆栽花卉，面积大的靠墙还搭个竹棚子，种上紫藤、炮仗花之类的攀藤植物，十分雅致。天井虽小，却是内有乾坤。清代诗人黎简有诗曰："水景动深树，山光窥短墙。秋村黄叶满，一半入斜阳。幽竹如人静，寒花为我芳。小园宜小立，新月似新霜。"大湾人在拥挤中求疏朗，在流动中求静观，在朴实中求轻巧，在繁丽中求淡雅，在自己

的一方小天地里，营造生活的意境。

　　天井的开口一般较窄，有利于防止"横风横雨"入室。它是一个私密的空间，也是一个诗意的空间。冬日的下午，坐在天井中，享受着阳光的沐浴，风被挡在了围墙之外，甜酒般的阳光照得人昏昏欲睡。夏日的晚上，用井水反复冲洗地面，将暑气驱散殆尽，一家人坐在天井中，或喝茶，或吃着时令生果，月光皎洁，繁星密布，屋外，蛙鸣阵阵，空空的瓷杯里，蓄满银色的月光，颇有"一钩新月天如水"的意境。即使是下雨的夜晚，也是有诗意的，下大雨时，雨水噼啪作响，声如鞭炮；下小雨时，点点滴滴，在石板上绽放出一朵朵透明的莲花。

　　大湾区特殊的气候决定了这里的房子白天要隔热，晚上要散热快。其中，接受阳光直射的屋顶至关重要。广府的古民居一般采用双层瓦屋面的做法，制造了屋面内外的气压差、保证了屋顶的空气流通，增强了隔热和防雨的效果。瓦垄与瓦坑高低错落间隔，高出的瓦垄在阳光下形成阴影落在瓦坑上，作为有效的遮挡。

　　此外，防暑的秘方，还体现在门窗的选择上。窗很小，避免热量的大量涌入。最有特色的，当数脚门和趟栊。夏天酷热难当，算盘一样的趟栊，在防盗的同时，可以保持屋内空气的通畅，阳光、凉风、新鲜的空气均能自由出入。趟栊上的圆木，一定是单数，而非双数，因为在粤语

中，"双"与"伤"同音。

古民居还讲究"过白"，坐在堂屋之中，就可以看到天空上的云朵与飞鸟，这巧妙的匠心，类似中国画的留白，让内部空间与外部空间形成一种沟通与对话的关系。后栋建筑与前栋建筑的距离要足够大，使坐于后进建筑中的人通过门楣可以看到前一进的屋脊，即在阴影中的屋脊与门楣之间要看得见一道发白的天光，此做法称之为"过白"。"过白"从物理学意义上还有避免厅堂地面"翻潮"，改善内部光、热环境等作用。阳光以一定角度照耀入建筑里的地面，和其中的"阴"相调和平衡，才能起到《易经·系辞》所说的"日月之道，贞明者也"的效果。而在阴阳平衡的空间中，人才会健康。

除此之外，地面出于防潮的考虑，多采用对水蒸气和冷凝水有"呼吸作用"的黏土大阶砖。地势的选择，也是防潮的良方。比如：三水大塘镇梅花村，因村前有五个池塘，呈梅花状分布而得名。池水很清，池塘后的村庄整齐地排成数列，最值得一提的是房子依山而建，微微向下倾斜，全村前低后高，每家院子的地面也是斜的，这样的设计，可以让雨水无法逗留，保证了室内的干燥。

在我国的传统文化中，吉祥文化是重要的组成部分，吉祥按照字面的解释，就是"吉利"与"祥和"。古人云，所谓"吉者，福善之事；祥者，嘉庆之征"。

芦苞祖庙牌坊

这是一种朴素的意愿,代表了对幸福生活的祈盼和向往。

在广府古村落里,吉祥文化无处不在。比如,新屋建成后,在屋中央烧一锅水,拿扇子不停地扇,意指风生水起。又比如,居室一般是长者住前房,后辈住后房,谓之留后,寓意香火不断。再比如,乡人尚简,镬耳山墙边的装饰,常是黑色为底的水草、草龙图纹,俗谓之"扫乌烟画草尾"。这些装饰只是点到为止,绝不是繁复。除了装饰之用,屋檐画亦有用于风水上的趋吉避凶。古人会针对风水五行之说,在房屋不同方位的屋檐下画上所缺的元素,以达到五行平衡。

在我看来,在这些古老的建筑中,可谓处处充满了智慧,充满了恰到好处的分寸感,其中的一砖一瓦,均非寻常,处处见机心,处处显智慧。

百年一日,一日百年。数百年的时光,就像流水一样,不知不觉地流走了,一代一代的人,在这些村落里繁衍生息。房子还是当年的房子,树或许还是当年

孔西·古建筑群

的树，而人早已不是当年的人。时光的牙齿，将青砖的墙面啃噬得凹凸不平，抚摸着这些墙面，总有一种苍茫之感像潮水一样涌上心头。

粤港澳大湾区，是中西方文明的交汇之地，乾隆二十二年（1757），出于国防安全的考虑，清政府关闭闽、浙、江三大海关，由粤海关一口对外通商。此令一出，全国进出口货物皆汇集到了广州，一时间商贾云集，货如轮转，繁荣的贸易不仅带来了巨额的财富，也形成了大湾区人开放包容的性格。鸦片战争以后，大量的劳工到海外打拼，事业有成后衣锦还乡，买地修屋，大胆地将西方建筑的特色与中国传统建筑结合，形成了中西合璧的独特风格。其中，最具代表性的便是江门地区的碉楼。

江门是大湾区著名的侨乡，因下辖新

会、台山、开平、恩平、鹤山五个县级行政区，又被称为五邑。在这片大地上行走，风景格外令人愉快。在这里，几乎每一个村子都有宏伟的碉楼，有的还有好几座。它们高高耸立于天际，像母亲守护自己的孩子一样守护着村庄。

开平赤坎芦阳村的迎龙楼是五邑地区最早的碉楼，建于明代嘉靖年间。每当遇到匪情或洪灾，村民都躲进楼里暂避。据文献记载，清光绪九年（1883）和三十二年（1906），开平曾遭遇了两次大水灾，洪水淹过屋顶，但因有迎龙楼的庇护，本村的乡亲都平安无事，故又称为"救命楼"。

现存的碉楼，大多修建于20世纪20年代至40年代，它们在五邑大地上星罗棋布，随处可见，据专家考证，最多的时候有近万座，目前尚存的有三千多座，其中又以开平市境内最多，有2019座。它们风格迥异，有的宏伟、有的华丽、有的简洁，有的繁复……具体细划，又可以分为众楼、居楼和更楼。其中，众楼为全村人家或若干户人家集资共同兴建，每户分房一间；居楼由富人家独资建造，它很好地结合了碉楼的防卫和居住两大功能，艺术价值最高，目前，存量最多；更楼，楼主要建在村口或村外山冈、河岸，高耸挺立，视野开阔，主要作用为发出预警，是周边村落联防需要的产物。四角一般设有燕子窝，还有让人倒吸冷气的射击孔，一旦盗匪来犯，便可开枪射击，其使用的建筑材料，十分讲究，其中的红毛（水）泥和钢筋，均是从国外运回来的。

作为一种防御性建筑，碉楼最大的特点是坚固，开平碉楼有多坚固呢？曾经发生在开平赤坎的南楼一次惨烈战斗，或许可以告诉我们答案。南楼是开平司徒家族1913年在开平赤坎腾蛟村建立的一座碉楼，南临潭江，楼高7层19.06米，1945年，抗日战争进入反攻阶段，为阻止日军溃逃，司徒乡七勇士在此，战斗八天七夜，弹粮用尽，因碉楼牢不可破，日军气急败坏，最后，放毒气，打毒炮弹，将七勇士毒昏后俘虏，但七勇士宁死不屈，英勇就义，书写了气壮山河的抗战篇章。时至今日，碉楼墙壁上硕大的炮弹孔，仍让人触目惊心，让人肃然起敬。

时间流逝，碉楼屹立，一座座的碉楼，饱经沧桑，色泽如一件洗旧的青灰色衣衫，有着别样的美，每次遇见，我总会生出一种莫名的感动。在我看来，这些美丽的碉楼，无不带着一种悲壮的色彩，

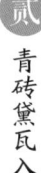

它是大洋彼岸的华侨们为了保护自己的亲人而修建的，像是一个巨大的保险箱，让侨亲们深藏其中，躲过了一次又一次的劫难。

碉楼是一种感人至深的建筑，也是华侨们凝固的乡愁。碉楼的修建，需要花费巨资，很多人甚至付出了毕生的心血。一座座人去楼空的碉楼，仿佛在提醒着我们，那些不堪回首的往事。

碉楼越密集，说明此地以前的社会治安越差。江门地区的碉楼，最集中是在开平。清末民初的开平，社会动荡，盗匪奇多，当地曾流传着"一个脚印三个贼"的说法，华侨就是他们眼中的"大肥肉"，华侨们的脚刚踏上故土，盗匪们便开始闻风而动。

《开平县志》卷二十三写道："非此则牛猪谷米不能保存，妇人孺子不能安睡，故合数家或数十家建一楼。"20世纪初的开平，社会动荡，匪患成灾，据不完全统计，1912年至1930年间，开平较大的匪劫事件约有71宗，杀人百余，掳耕牛210余头，掠夺其他财物无数，曾3次攻陷当时的县城苍城，连县长朱建章竟也曾被土匪掳去了。

1922年，开平县立中学曾有十几个学生被劫匪绑架。赤坎的鹰村，被碉楼上的人看见了，马上敲锣打鼓通知周围村落的碉楼，然后到碉楼上用探照灯照射贼人，贼人丢下人质仓皇逃了回去。这次事件，在社会上引发了巨大的震动，牵动着华侨们的心，让他们觉得修建碉楼、拱卫家乡十分迫切。由此，私人碉楼的兴建进入了高峰期，一座座碉楼拔地而起。统计显示，仅1921至1926年6年间，开平就诞生了608座碉楼。

这些碉楼确实起到了一定的保护作用，《开平县志》中记载：政府"出示晓谕，合村庄墟镇市搭盖望楼令更夫轮流瞭望，一有盗警鸣锣击鼓，齐集救护则各匪无间可称不敢复行觊觎，水陆路如指臂之相使，首尾之相应，官民联为一气地方岂有不安静者哉"。

不过，后来，开平境内还是发生了一起令人震惊的惨案，据民国二十二年《开平县志》载："民国十七年（1928）六月，匪动古宅骑龙马方姓，掳男妇二十多人，毙十多人，焚屋二十三间。"民间称为"火烧骑龙马"。一时间，人心惶惶，民怨沸腾，国民党当局开展了大规模的清匪行动。碉楼治标，清匪治本，双管齐下，社会逐渐安定，开平终于开始太平起来。

"喜鹊唱，贺新年。阿爸金山去赚钱，赚得金银千万两，送来起屋兼买田。"这是江门当地的一首童谣，起屋买田，是当时的华侨们的共同心愿，也是他乡拼搏的动力所在。华侨们将大量的资金用来建设碉楼，实在是一种无奈之举、权宜之举。匪患消失以后，家人的安全得到了保障，生活品质便成了新的追求，诗意的安居成了一种风尚，一种新型建筑开始在五邑大地上应运而生，当地人称之为"居庐"。居庐和传统的碉楼一样，都具有防御的功能，不同的是，它开始加入了居住的元素，在防护的同时，讲究舒适性，其艺术性也开始凸显出来。这是中西方文化在五邑大地上奇妙幻合，华侨们似乎都变成了具有浪漫情怀的艺术家，他们将客居国所见的建筑风格和元素带回了家乡，形成了独一无二的混血建筑，与此同时，还带来了新的观念和新的生活方式。西洋花纹地砖、意大利彩色玻璃等得到了广泛使用，屋里还有抽水马桶、浴缸、电灯、电话等现代生活的元素。

居庐的大面积修建，一方面是中国人的故乡情结，另一方面是因为客居国的排华法案。19世纪后期，美国爆发经济危机，开放市场走向了萎缩，很多美国人失了业，他们便把失业的矛头气愤指向华工，认为是勤劳的中国人去了美国，导致他们的失业，排华浪潮愈演愈烈。1882年美国国会正式通过了排华法案，这个法案竟然长达61年，直到1943年11月26日才被废除。排华法案，对华侨来说，无异于晴天霹雳，让他们在客居生根的梦想破灭了，他们像是浮萍一样，漂浮于异乡的土地上，最后，带着屈辱与不甘，回到故土，营造家园，光宗耀祖，找回自己做人的尊严。

开平塘口的自力村现存碉楼和居庐十五座，它们散落在村子各处，排列有序，相映成趣。远远看去，就像一个个威武的战士守护着整条村落。村子周围，有良田万顷，清晨飘忽不定的雾，像是在田野上方打着太极，让远处的碉楼显得有几分神秘。到了稻子成熟的时节，无边无际的金灿灿的光芒，又为它增添了别样的韵味。村中最高的是铭石楼，楼主方润文先在三藩市打工，接着在纽约附近做生意，后来又去了芝加哥。以其昌隆杂货铺发家致富后，他回乡用十多万银圆盖起了铭石楼。1948年年底，方润文在美国病逝后，应他的要求，姜杨氏及其子女将其遗体进行防腐

处理后,雇船运回自力村,葬于该村斜对面不远的小山丘里。

开平蚬冈的锦江里有瑞石楼、升峰楼、锦江楼三座碉楼,其中,又以瑞石楼气势最为恢宏,最为奢华,其高九层,"号称开平第一楼",见到它的人无不为之震撼,为之惊叹。瑞石楼的始建人黄璧秀,号瑞石。他和两个儿子一起在香港经营药材铺和钱庄,事业成功。他的父母和妻子在家乡居住,为了家人的安全,不惜投入三万多元港币的巨资,历时三年,于1925年落成。楼顶是三层亭阁,融合了

自力村碉楼

罗马穹窿顶、拜占庭穹窿顶造型，远远望去，就如同一顶华丽的皇冠。据说，瑞石楼落成后，黄璧秀在村里摆了三天流水宴，花费甚巨。

岭南多雨，经年的雨水染黑了碉楼的屋顶和廊柱，让墙壁生出了霉迹，然而，却赋予了它另一种怦然心动的美。即使是同一天中，它们的美也是不同的。清晨，三座碉楼，在成片的竹林、芭蕉的簇拥之下，美得像中世纪的城堡。夏日的傍晚，则是霞光万丈，三座碉楼闪闪发光，仿佛由金砖砌成。

贰 青砖黛瓦入画来

台山的浮月村，村子的名字颇有诗意。村里有15座气势恢宏的碉楼，这些碉楼最早的惠华居建于1917年，最晚的觉庐建于1936年，高低不一，风格迥异，都充满着浓郁的异国风情。夕阳下，碉楼像喝醉酒的老人一样，脸色微醺，满脸慈祥地看着眼前的一草一木。风像浪迹天涯的游子一样归来，满含深情地从每一个房间掠过，抚摸着房间里的每一件家具……

　　边筹筑楼，位于开平市蚬冈镇春一村委会南兴里，开平本地人称之为"斜楼"。该楼建成至今已近百年，碉楼的中心线向东南偏离2米多远，倾斜角度达15度。不过，这一百年中，此楼不论遭遇大地震还是强台风的袭击，仍然安然无恙。20世纪60年代，刮过一次十二级台风，

居庐·浮月

它也挺了过来。如今该楼每年仍以2厘米的速度继续向东南方向倾斜，堪称中国的"比萨斜塔"。

时光的脚步，一路向前，一刻也不停留。如今，这些华美的房子，早已人去楼空，主人们的故事和他们的肉体一起化作了尘埃，每次走上吱嘎作响的楼梯，我都会将脚步放到最轻，仿佛怕惊醒一屋沉睡的时间。

"良人在北美，重利轻别离，令奴寂寞守香闺，屈了风流年廿二。真激气，衾寒难入寐，挑灯又写家书寄，问郎曾定否归期。"这是当地民歌中的一段唱词。听着这首歌，我仿佛看到，月光之下，一个面容姣好的年轻女子，满面愁容地望着遥远的夜空，迟迟无法入睡。

这样的女子，在五邑地区实在太多太多，有的连结婚也没见过丈夫一面。她们一直在等待，一天又一天，一年又一年，在漫长的等待中，青春容颜不在了，原本细葱似的手指，变成了干柴，岁月吸干了汁液，只留下满脸梯田般的皱纹。有的等到了丈夫的归来，有的永远也等不到，带着永远的遗憾离开了这个世界……

这些中西合璧的房子，绝不仅仅只是建筑，而是一种刻骨铭心的记忆，是一个时代的遗照，是时间给予我们的珍贵馈赠。2007年6月28日，"开平碉楼与古村落"申请世界文化遗产项目在新西兰第31届世界遗产大会上获得通过，正式列入《世界遗产名录》，成为中国第35处世界遗产，中国由此诞生了首个华侨文化的世界遗产项目。

除了江门，广州的花都、番禺、增城，深圳、佛山、中山、东莞等地的华侨，为了自卫，也建有碉楼。广州花都的飞机楼、佛山九江的吴家大院皆保存得比较完好。

在大湾区内，还有一种独特的建筑群——华侨村。这些村落，最突出的有两点特色，一是科学规划，一是村民公约，其造型虽然传统，但营造的理念已注入了现代性。

在江门市区，有一个叫"启明里"的地方，这里的建筑既保留中国传统的结构，又具有浓郁的西洋风格。它们多数为二三层钢筋水泥结构，人们称之为洋楼或洋房，看上去有点像今天的联排别墅，封闭式管理，设有更楼，有专人负责治安巡逻和打更。

据记载，1914年，旅居新西兰华侨集资组建集成置业公司，在石湾村附近置

地，华侨黄黎阁在此首建一所4座3层楼房，取名"启明楼"，片区因而得名"启明里"。

在倩娜、文青所著的《墟顶，掀开的时光书中》，记录了一个令人感伤的故事，有一个华侨托人在这里买了楼，但他生意太忙，一直没有回来看看，让人拍了照片，放在口袋里，有空就拿出来看，一直到他去世，都没有回来。他们只是希望在故乡能有一个家，这个家或许不能安放自己的身体，却可以安放自己的灵魂。

台山端芬的琼林里，比启明里建设得更早，早在1905年，华侨们就买地规划，有意思的是，购地之前，有一个前提条件，遵守建村章程，章程有32条，明确规定了所建房屋的式样和规格，横为街竖为巷，每六间房屋为一厢，以一条横街为间隔，每一条巷建12间房子，后面一家的地基比前面一家高出一个青砖，以利于排水。此外，还规定大家要和谐，要团结，

不能吵闹，不准赌博，等等。

这样的侨村，在大湾区还有很多，新会的五福里、朗坡村，开平三埠的邓边村，鹤山古劳的李氏祖居等，都是其中的代表之作。

启明里

在五邑大地上，还有一种常见的建筑——骑楼，这在大湾区内并不罕见，但在这里，其密度之大，规模之巨，让人叹为观止。

据专家考证，骑楼源于印度的贝尼亚普库尔，是英国殖民者首先建造的，称之为"廊房"。19世纪初，新加坡总督莱佛士在新加坡城的设计中，规定临街的店屋在临街面要留出五英尺的公共空间，从此，新加坡出现了连接的外廊式建筑，称之为"店屋"或"五脚基"，后被下南洋的华侨引入到自己的家乡。

骑楼与墟市是密不可分的，它是墟市的外壳，见证了商业的繁华，也见证了乡村的活力。墟市，在江门地区的历史十分悠久，明代陈白沙在《江门墟》一诗中就

曾这描述:"十步一茅橡,非村非市廛。行人思店饭,过鸟避墟烟。"在江门地区,有些地名,就直接以"趁墟"的日期命名,比如,台山的四九镇,每个月农历四日、九日来"趁墟"。

在当时的台山,墟市大多是华侨以股份集资的形式投资兴建,故又被称为"侨墟"。丰厚的侨汇像源源不断的活水,滋润着这片土地,也给当地的市场带来了繁荣。二十世纪二三十年代,仅台山就有100多处侨墟。台城侨墟建筑均是按中西合璧式样建设而成,由近1000多栋中西结合式的骑楼连贯而成,有"小广州"的美誉。

在电影《让子弹飞》中,有梅家大院红遍了全国。其实,它并不是有钱人家的大院,而是一个墟市,当地人称之为汀江墟,这里有108幢骑楼,气势非凡,中间的广场占地40亩,骑楼里开设的是固定的商铺,广场上则是临时的铺位。

梅家大院

关于它的建设，还有一段故事。1925年，以阮姓为主的海内外乡亲沿端芬的大同河建起了大同集市，周围的村民都来赶这个集市。因为人太多，每到墟日，拥挤不堪。阮姓的人渐渐生出了意见，尤其对梅姓意见更大。梅姓人咽不下这口气，于是，发动海内外乡亲集资，于1932年紧挨着大同集市建起了一座规模宏大的集市，取名汀江墟。如今，这里虽满目沧桑，仍然掩饰不了当年的繁华。除了汀江墟，台山水步镇冈宁墟、斗山镇斗山墟、三合镇温泉墟也颇具特色。

开平赤坎临江的骑楼，也美得惊艳，这里的墟市比较特别，最初在赤坎设墟的是司徒氏，选定的赶集日期是逢三、八日。后来关姓族人也将原设于他处的市墟迁至赤坎。两墟一开始便一东一西，相互竞争。最有意义的是中华东路与牛墟路交接处，有一段30米长的窄街，这里不出售商品，而是介绍对象的，因此被称为"媒人墟"。有一个姓关的婆婆，做了60多年媒，撮合了1500多对姻缘。

在大湾区内，以前骑楼随处可见的，如今，大多已经淡出了历史的舞台，广州西濠口骑楼、中山孙文西街骑楼街、珠海的斗门墟、东莞的大西路骑楼等都是历史

的珍贵遗存。

在我看来，骑楼是一种了不起的建筑设计，它一方面适应独特的气候条件，另一方面，又扬长避短，带动了商业的繁荣。如今，在香港中环的各个商场之间，大多以长廊相连，或许，这也是从骑楼建筑中获得的有益启发吧。

日头升起又落下，周而复始，时间的

赤坎骑楼

册页一页一页缓缓地翻过,一代代的人在其中渐渐消隐,化作了尘埃,而房子依旧屹立不倒,依旧深情地向我们讲述着如烟的往事……

在大湾区内,除了广府民居,还有特色鲜明的客家民居。俗话说:"未见客家人,先见客家楼。"客家围屋,是中国最具乡土风情的五大传统住宅建筑形式之一,和江门五邑地区的碉楼一样,都属于防御性建筑,和碉楼不同的是,客家人不向天空生长,而是让建筑在大地上诗意铺展,让居住与防御的功能合二为一。

"鹅卵石,糯米浆,青砖红砂垒成墙;门套门,房连房,砌座围楼四四方;圆灯笼,方池塘,一口老井作中央;房前树,屋后窗,一轮明月挂天上……"客家先民聚族而居,抱团取暖,让族人像石榴籽一样紧密地团结在一起,这种聚族而居的方式,最早可以追溯到东汉的"庄园制"。

围屋大多坐落在青山绿水之间,宛如世外桃源,其规模宏伟、布局严谨,内部的房间是严格按照长幼尊卑秩序分配的,中轴线上的房屋为嫡子嫡孙居住,庶辈按亲疏居于偏房。

大湾区的客家围屋,主要集中在惠州和深圳,在香港也有不少遗存。

惠州地区是客家人的聚集区,这里的围屋众多,历史久远,崇林世居、碧滟楼、会龙楼、会水楼、皇思杨古围村、石狗屋和老屋、官山楼阁(东、西)、大福地、吉水围、南阳世居等,皆十分出名。

崇林世居是惠州最大的客家围屋,呈"回"字形围龙,为夯土砖木结构的建

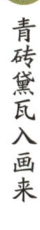

崇林世居

筑，9厅18井的格局，内有262间住房，面积相当于三个乔家大院，创建者叫叶文昭，号崇林，靠卖盐致富，据说这块风水宝地，是他梦里梦到的。

崇林世居位于大光山下，依山而建，如披盔戴甲的骑士一字排开，建筑前低后高，共由五大部分组成：第一部分为池塘，面积约9亩，半月形；第二部分为禾场，面积1536平方米；第三部分为首围；第四部分为以祠堂为中心的保斗部分；第五部分为有望楼的后围。第三、四、五部分是围屋的主体。正面开3扇大门，门框均是花岗岩。四周围墙高9米，下半部分为灰沙墙，上部为砖砌墙，厚80厘米，围墙内上部设有"走马道"连接四个角楼以作防御、联络之用。角楼与"走马道"均设有射击孔，风吹过这些孔洞，发出呜呜的声音，仿佛充满了警惕与不安。整个建筑最壮观、最精华的望楼，为二进七间、高三层，夯土砖木结构镬耳封火山墙，其中还融入了伊斯兰风格的拱门。

叶文昭十分重视教育，早在乾隆中期，就在村中创办私塾，以后一再扩大，他还买下八间店铺，将利息作为教育专项资金。崇林世居建成时，叶文昭已经双目失明，他让子孙抬着他围天街绕了一圈，脸上终于露出了欣慰的笑容。

在罗浮山脚下，有一座古村落，因

"向挹罗峰,诸山环绕,熠熠红光万丈,巍峨碧嶂,宜长久乐居,故名曰'旭日'"。村中曾经出过一个大富豪,叫陈瑞,人称陈百万。他3岁丧父,8岁开始跟随伯父外出经商,15岁白手起家,经营粮、油、糖、日杂、中草药、建材等生意。

村中有一片古建筑群,均呈矩形格局,两侧房形对称,户与户间房檐相连、走廊相通,麻石半墙,青砖到栋,其中,规模最大的是陈百万故居,又被称为蔚园,取"蔚为大器,园值其芳"之意。

这些建筑建于清朝乾隆十一年(1746),坐南向北,通面阔46米,通进深32米,占地面积达1472多平方米。硬山顶,龙船脊,阴阳瓦。墙下部花岗石砌、上部青砖清水墙。头进大门为凹斗门,入门为下堂,堂中设屏门,两侧为耳房。中间天井地面均用花岗石铺成。二进中堂两侧置厢房。三进上堂内设神龛供奉祖先牌位,两侧置厢房。

值得一说的是,建筑十分坚固,青石墙壁分为三层,表面一层花岗岩,里面二层青砖,人称"三重礼"。栋、梁、木柱以及屏风都是名贵的日本东京木。屋中的金库,由八间厢房组成,可见主人财富之巨。

关于陈百万,还有一个故事流传至今。据老人们说,当年,陈百万将女儿嫁至镇上的一户人家,可由于道路崎岖、泥泞,女儿不愿意嫁,陈百万便斥巨资从福建购置回大量麻石,历时一年,从村口开始铺设了一条麻石路,一直通到男方家的大门。这条路也被称为"千金出阁"大道。

深圳的客家围屋,也数量众多。据不完全统计,有三百多座,主要分布在龙岗区的布吉、横岗、龙岗、坪山、坪地、坑梓、葵涌等地,之所以有如此多的客家围屋,是因为清朝的"迁海复界"政策。与这个政策相对应的是"迁界禁海",为了剿灭郑成功,收复台湾,清政府于1655年颁布"禁海令"、1661年又颁布"迁界令",强令东南沿海居民内迁(距离海边三十里到二三百里不等),这一政策持续了二十三年,让濒海地区变成无人区,直接导致许多人家破人亡,流离失所,逝者难以计数。屈大均在《广东新语》中记载:"东起大虎门,西迄防城,地方三千余里,以为大界。民有阑出咫尺者执而诛戮。而民之以误出墙外死者又不知几何万矣。自有粤东以来,生灵之祸莫惨于

此。"直到1683年,朝廷正式宣布废止"迁界令",次年又解除"禁海令",史称"迁海复界"。漫长的二十三年,如膏沃土,变成了荒野蓬蒿,需要移民垦荒,正是因为这个政策,大量的客家人,走出大山,迁到了海边。学者们称他们为"滨海客家"。

据《宝安县志》记载,1979年深圳刚建市的时候,客家人占了总人口的56%,就连深圳这座城市的名字,也源于客家,因为,初来时,深圳到处都是水沟,而客家人将水沟,称之为"圳"。

在深圳的客家围屋中,最有代表性的非鹤湖新居莫属,包括月池、禾坪,占地25000平方米,是中国目前规模最大的客家民居建筑群。这座灰黄色的宏伟建筑,围墙高达六米,厚一米,十分坚固,大门口,有两门土炮,宛如一座坚固的城池。

鹤湖新居工程浩大,历经三代才修建完成。它始建于清嘉庆二十二年(1817)年,为龙岗罗氏祖宅。其建筑外围前宽后窄,略呈梯形。内部建筑主体为三堂两横结构,分内外两围,规模宏大。围墙内屋宇、厅、堂、房、井、廊院布局错落有致,号称"九天十八井,十阁走马廊"。

始建者叫罗瑞凤,清乾隆年间从兴宁迁至龙岗,时至今日,他勤俭兴家的故事仍被人津津乐道。当时,他做小本生意,每天很早就出门,挑担里会带两样东西,一样是用盐水浸过的鹅卵石,一样是土坯砖,这两样东西有什么作用呢?用餐时,就舔鹅卵石下饭,小解时,就尿在土坯砖,带回家,用作肥料。后来,他创办了瑞合商号,富甲一方,遂兴建大围。

在深圳的客家围屋中,横岗的茂盛世居是比较特别的,它以多元风格特色称道,除了传统的客家建筑的风格之外,还糅合了广府建筑中的镬耳墙和欧式大拱。茂盛世居始建于清嘉庆年间,为矩形围城式建筑,占地10000余平方米。始建者为何维松、何维柏,他们从兴宁迁来横岗,最初做的只是蓄豆芽、磨豆腐、卖烧酒肩挑等小生意,后来开货栈、建酒坊,养猪屠宰综合经营,创办"茂盛"商号,富甲一方。

龙岗坑梓有一座新乔世居,站在高处俯视,其形状甚美,宛如一方砚台。世居坐北朝南,为三堂、四横、一倒座、一围龙、四碉楼、一望楼建筑,整个建筑用三合土夯筑,间用石料,且从前到后依次升高,有步步高升的寓意。太平天国运动期间,太平军曾攻打到坑梓,有人提议放火

茂盛世居

烧宅。说来也巧，起义军的头领中，有位姓黄的，是迁移到广西武鸣县的黄氏后代，遂下令"这是我们的老祖，不能烧"。新乔世居这才幸免于难，得以完整保留下来。

在我看来，围屋是大地上最温暖的建筑，暮晚时分，是它一天最迷人的时刻，安静了一天的围屋喧闹起来，男人们从田间劳作归来，妇女们在井旁一边洗菜一边聊天，孩子们在一起嬉闹，发出一串串爽脆的笑声。天色渐暗，月牙挂在树梢，围龙屋里飘起袅袅炊烟，梅菜扣肉、猪肉丸、酿豆腐……各家各户的饭菜香味亲密地交织在一起，宁静而又和美。客家的先民是为了躲避战乱而走上迁徙之路的，一走就走了千年，而越是经历了战乱与动荡的人们，就越向往平和安宁的生活，从这个意义上说，围屋就是客家人梦中的家园。

"八月啊十五呀月光光，阿妈同涯拜呀拜月光，阿妈就问涯一声，故乡就在乃方啊？月光呀月光光你照呀照四方，请你讲涯滴呀，哪子系涯介故乡……"围屋是许多客家人"胞衣迹"，是母亲为他们流血的血地。如今，很多围屋在风雨的剥蚀下已经残破不堪，到处都长满了杂草与青苔，但子孙们走得再远，都永远惦记着这里的一草一木，每到重要节庆，他们会从世界各地赶来祭拜祖先，缅怀祖先的功德，共叙血浓于水的亲情。

正所谓屋近人亲，在我看来，围屋不仅是一种建筑，更是客家人团结友爱、同心同德的象征，香港也有许多围屋，现今保存最完整、规模也最大的是曾大屋，原名山下围，位于新界沙田东部狮子山隧道公路旁，因全村居民都姓曾而得名曾大屋。始建于1848年，开村始祖曾贯万与其弟1830年到香港谋生。起初兄弟俩在筲箕湾开打石坊，后在沙田东部隔田村购买山地及田亩，兴建围屋，建筑方式以屋连屋，围成长方形的村寨。大屋四角建有茶桶耳形碉堡，围墙抵御外敌入侵之用。屋与屋之间有信道及天井相连；围墙上有排列整齐之枪孔及瞭望孔，围的四角有更楼和炮楼，用以防御外敌入侵。北面的围墙有三个入口，门顶作圆拱形，正中的是正门，直接通往祠堂。祠堂位于最后一进排屋的中央，是举行祭典及仪式的地方。

位于锦田吉庆围是香港一个著名的客家围村，围墙以青砖砌成，四周有碉堡，其旁边有护城河。据族谱记载，邓氏远祖邓符协早于北宋时来此定居，后来族人邓伯经与另外两人于明朝成化年间（1465年至1487年）建筑围村居住，至今已500多年历史。围村呈方形，长100米，宽约90米，里面是一幢幢整齐排列的家屋。到清朝康熙年间为了防御盗匪，便在四周用青砖筑了一道坚固的城墙，四角还有炮楼，墙外并有护城河，是具有高度防御作用的建筑。在锦田区同样的村围还有好几座，如北围、南围、永隆围、泰庆围等合称"锦田六围"，但以吉庆围最完整。

香港还有众多的围村，等到重要的时刻，村民们会用盆菜来庆祝。盆菜像一个聚宝盆，有盆满钵满的美好寓意，又有上下和睦，不分彼此的意思。

盆菜以香港新界和深圳下沙最为有名，每逢喜庆节日，例如新居入伙、祠堂开光或新年点灯，新界的乡村均会举行盆菜宴。最初放在木盆里的，传统的盆菜通常需要花三天去准备，第一天上山砍柴，第二天购入新鲜材料及做准备工作，第三天才是正式开锅煮菜。

盆菜是有层次的，最上面有鲍鱼、花胶、海参、大虾、发菜、瑶柱、烧鹅、鸡块、猪手等，色彩明快，争奇斗妍，下面是鹅掌、腐竹、猪皮、冬菇，最下面是娃

娃菜、莲藕、萝卜或者鸡腿菇,最后淋上诱人的鲍汁,热气上升,浓汁下流,像派利是一样,将浓郁的鲜香派给每一样食材,让每一样食材都鲜美起来。鲍鱼汁渗入到底部,口味融合,各有馥郁,萝卜尤其丰腴饱满。热气腾腾的盆菜,食材极其丰富,包裹着浓情,也寄托对于美好生活的朴素向往。

一棵棵古榕,见证着一个个宗族的兴盛;一块块青砖,承载着一段段辉煌的往昔;一片片瓦砾,掩盖着一个个传奇的故事。这些古老的房子,都是历史的沉淀。它们不事张扬,没有雕梁画栋的华丽,有的只是朴拙雅致的静美,有的只是天人合一的智慧。老子说:"五色令人目盲。"确实,朴实无华,就是美的极致。在我看来,这不仅是大湾民居的风格,也正是大湾人性格的底色。

叁

万年诗礼继先声

一脉源流先世泽,万年诗礼继先声。一座座古老的祠堂,一纸纸发黄的族谱,一句句言简意丰的家训,都是中国文明的种子开出的灿烂繁花。

第三章　万年诗礼继先声

"青砖祠堂石板路，水田鱼塘绿蔗林，古树榕荫卧水牛，喧闹嬉戏鸡鸭群。"在大湾区的乡间行走，我经常会有意外的惊喜。信步走进一个村落，总能在郁郁葱葱的古榕旁，在三三两两的芭蕉旁，在碧波荡漾的河涌边，偶遇祠堂古朴

佛山祖庙·瓦脊

的身影。每当此时，我的心头都会生出一种柔软。漫长的岁月在它们身上留下了沧桑，经年的雨水在它们脸上留下了霉点，但它们依然气宇非凡，依然光彩照人，一如既往地慰藉着族人的心田，温暖着族人的心巢。

聚族而居，族必有祠，宗必有谱。这样的生活方式，在大湾区已经传承了千年。大湾人对于宗族文化的推崇，与先民的迁徙历程是密不可分的。对于古代的中国人来说，世代定居是常态，迁移则是变态。对于最初的迁徙者来说，总希望有一天可以还乡，可是，让他们没想到的，转身即是天涯。随着时间的推移，他们的子孙离故乡越来越远，家是永远回不去了，他们的乡愁成了永恒的乡愁，只能希望子孙们永远不要忘记回家的路。比如：广州沙湾的何氏一族，源自安徽庐江，村落中不仅有庐江周巷，连祠堂上方的鳌鱼头，也朝向故乡的方向。

《尔雅·释亲》有言："父之党为宗族。"在大湾区，宗族文化是一个极其重要现象，香港中文大学历史系主任科大卫在《皇帝与祖宗：华南的国家与宗族》一书指出："佛山是珠三角宗族的中心，佛山非城非村，其运作深受宗族影响。佛山的私人企业与官府需求共存的生存公式，便是由宗族构思出来的，而这一方程式也适用于整个珠三角。"

宗族的确在佛山历史上扮演着极其重要的角色，古代佛山的社会治理，主要是由宗族来完成的，宗族除了负责基层的社会治理，还要代政府收纳赋税和维护治安。

古时佛山只有为数不多的水上土著居民，并以"鸡田布老"四大古姓为主。南宋以后，随着中原人口大量南迁，外来姓氏开始拥入佛山。今天绝大多数大湾人的祖先，均由南雄珠玑巷南迁而来。

据中山黄慈博先生遗稿《珠玑巷民族南迁记》载，有家谱族谱可查，先后由南雄珠玑巷南迁珠江三角洲一带的有76姓、166族。由于佛山为北江正干所经，故珠玑巷迁民不少在此登陆上岸，找地栖身。其中，南海就有23姓38族，包括九江的关氏，河清的陈氏，金瓯松塘的区氏等；顺德有17姓19族，包括马齐、大良的陈氏，逢简的李氏，古楼的冯氏等。

浩浩荡荡的西江，日夜奔腾，川流不息，在流经佛山南海九江时拐了一个弯，名曰"大洋湾"，湾之一侧有地名为"破排角"。据史料记载，南宋咸淳十年（1274），关贞、关俊兄弟携父母骨殖从南雄珠玑巷南迁时，乘竹筏顺滇江、北

江转入西江下行至九江大洋湾，突遇风浪大作，排筏经过数十天的漂流，扎索已有多处霉烂，经不住大风雨的袭击，一不小心，排筏散破，搁在大洋湾浅滩上。他们索性弃筏登岸，在岸边埋葬好父母的骨殖，在九江相地而居，关贞、关俊分别成了九江关氏树德堂和世美堂的开堂先祖。破排角成了南雄珠玑巷人南迁的见证，而九江关氏的迁徙路线，正是大多数大湾区先民的迁徙路线，九江关氏的迁徙历程，正是大湾区许许多多家族迁徙的缩影。

在今天在大湾区，很多地名中都带有"沙"字，如南沙、丫髻沙、沙园、沙湾、沙头等等，这些地方历史上大多是沙田。明代礼部尚书霍韬有一个很有趣的说法，他将民田比作"家兔"，将沙田比作"野兔"。按照当时朝廷的规定，因江水退却，淤积出来的无主荒地，谁首先去开垦，然后依照规定，向朝廷交纳赋税，谁就有了永久拥有的权利。

翻开历史书，我们会发现，许多家族正是通过沙田的开垦，成了显赫的巨族。叶显恩在《明清珠江三角洲土地制度、宗族与商业化》一文中指出，早在南宋庆元元年（1195），新会沇水豪山村张立创立蒸尝业田。明代以后，族田制度日渐成熟，成为维系宗族动作和发展的物质基础。

正所谓："聚则兴，散则毁。"沙田的围垦艰辛异常，光凭个体的力量无法胜任，佛山的先民深知这一点，于是，他们选择了聚族而居，这种聚族而居的村落形态，为宗族的组织化提供了有利的"生存土壤"，也成为佛山祠堂兴盛的前提。中国近代历史学家、国学大师吕思勉先生就说："聚居之风，古代北盛于南，近世南盛于北。"对于一个宗族来说，安全是头等要务，正所谓，一有百有，一无百无。从外地迁来的移民，初来乍到，难免受人欺凌，为求自保，必须聚族而居，建立封闭的建筑群。

在佛山，宗族文化极其深厚，祠堂、族谱、家规、家训均是其重要的组成部分。

英国著名人类学家弗里德曼认为，"宗族其实是法人""宗族划定其领土边界，靠的不是执行谱牒规条，而是追溯共同祖先"。祠堂是宗族文化凝固的音符，代表着一个姓氏的精神表征。

"无祠则无宗，无宗则无祖"，祠堂铭记祖先的创业之功，它是一个神圣的地方，关乎整个家族的命运。修祠必须讲究风水三法：形法、理法和日法。所谓形法，就是祠堂的选址，一般来说，选择的均是村中最好的位置，以向阳、面水、背山为佳，前种榕树。池塘为阴，建筑为阳，阴阳和谐。地势上一般为前低后高，如古人所说："家庙不比寻常，人家子弟贤否能在此外钟秀，又且寝堂及听雨廊至三门，只可步步高，儿孙方有尊卑。"所谓礼法，是祠堂的内部格局。这是极其讲究的，正如萧默先生在《建筑的意境》一书中说："空间的形状、大小、方向、开敞或封闭、明亮或黑暗都可以对情绪产生直接的作用。"祠堂的格局，必须要引发族人庄重、肃穆的情绪，以唤起他们对祖先的缅怀与敬意。而所谓日法指的是动土的良辰吉日。凡此种种，均要一丝不苟。

国学大师钱穆说，中国文化的核心，就是一个"礼"字。祠堂是家族血脉与精神的双重象征，它用建筑的方式来表现礼制。镬耳山墙或人字山墙，青砖墙体，抬梁穿斗式梁架，布局严谨，层次分明，表现的是礼制中的秩序与和谐，整体上呈现一种庄重与淡雅的美。屋脊是建筑的冠冕，乃重中之重。大湾人爱扒龙舟，因此多用龙船脊。线条简洁而舒缓，脊上有上灰塑浅浮雕的卷草纹，富有吉祥的寓意。另外，还有博古脊，图案一般是龙、鳌鱼、仙鹤以及其他一些花草、吉祥动物等组成，寓意美好吉祥、长寿、生生不息。鳌鱼吞脊的样式也是比较常见的。因为鳌鱼作为传说中的龙子之一，它具有吞火灭灾的本领，作为科举时代高中状元的代名词，它寄予了人们祈盼子孙科举登榜的美好愿望。此外还有卷云式和直线式等。祠堂的檐柱一般用四方形花岗岩，气宇轩昂，角边的饰线，给坚硬的石块，增加几分灵性。金柱一般为圆形，廊柱多为海棠式四方形。斗拱像一朵朵灿烂莲花，美轮美奂，驼峰饰浮雕如意卷云纹，舒展自如。虾弓梁转折有力，上有石狮嬉戏。因"狮"与"师"同音，借谐音太师少师，寓意辈辈做高官。

祠堂祖宗神灵的栖息之所，为了表达敬意，任何繁复的雕饰都不为过。在佛山的祠堂里，三雕一塑随处可见。三雕一塑，指的是木雕、石雕和砖雕，一塑指提灰塑。佛山的木雕，刀法利落，线条简练流畅，涂上金漆，尤显富丽堂皇。佛山的砖雕线条细腻、层次丰富，刀味浓郁，具有很强的纵深感。佛山的石雕，浑厚粗犷。而灰塑更是精装，其色用矿物制成，经久不褪色，其内容均有寓意，绝无半点闲笔。比如蝙蝠寓意福，鹿寓意禄，佛手寓意多福，牡丹寓意荣华富贵，葫芦寓意子孙不断，桃寓意长寿，松柏寓意青春常驻等。

除"崇宗祀祖"之用外，祠堂还有多种

金漆木雕

砖雕

用途。各房子孙平时要办理婚、丧、寿、喜等事时，便利用这些宽阔的祠堂以作为活动之用。另外，族亲们有时为了商议族内的重要事务，也利用祠堂作为会聚场所。

祠堂也是有等级的，它分为总祠、支祠、分祠。梁姓为佛山第一大姓，"十个顺德人一个姓梁"。据民国《佛山忠义乡志·氏族志》记载，佛山镇（堡）有梁姓祠堂、家庙58座，居佛山各氏族之首，为佛山镇内第一大姓。修建祠堂，需要巨大的投入，因此，祠堂也是宗族富足程度的一种体现。

祠堂是维系宗族的根，这个根，不仅仅是指血亲意义上的根，更是文化的根、道德的根。拆毁祠堂，是大逆不道的事情，是绝不允许的，如顺德碧江苏氏《金精族谱》开篇的"族例"中最重的处罚就是"毁拆祠宇，本身及子孙永远出族"。

拂去历史厚厚的尘埃，我们可以看到祠堂的演变历程。"祠堂"一词最早出现在汉朝，最早的祠堂是在墓前建造的一种用于祭祀祖先或长期守孝居住的享堂（享堂，就是祖堂，《佛学大辞典》解释为"安置祖之像牌以祭享之"）、石祠，称作"家庙"；到南宋时期，士大夫等人的家族伦理观念更加深刻，著名理学大师朱熹在其著述《家礼》中首先制订了祠堂的制度，由此开始，原来修建在墓地的家祠改称祠堂。广府人称宗祠为祖祠或祠堂。"堂"字出现较早，原意是相对内室而言，指建筑物前部

砖雕

中国砖雕是由东周瓦、秦砖和汉代画像砖发展而来的建筑装饰艺术形式，是我国民间工艺的瑰宝。广东砖雕是我国北京、天津、山西、徽州、苏州、临夏（河州）等主要流派之一。广东的砖雕工艺历史悠久，据广州发掘的古遗址出土物，如古南越王宫署遗址便出土了部分刻有花纹的汉砖，特别是具代表性的作品菊纹空心砖，将广东砖雕的历史追溯到了汉代。而作为有深浅层次的砖雕相仿始于宋代，这一时期中国的砖雕已达到相当高的水平。到了明清二代砖雕已在广东各地最为活跃，内容表现更加丰富，技艺更加精湛，尤以珠三角一带，凡祠堂、庙宇和豪门大宅都作为重要的工艺装饰。

广东砖雕按工艺技法较之北方砖雕更显纤细、深厚。广东砖雕显出刀工锐利、纤巧玲珑，雕镂得精细如丝，誉为"挂线砖雕"之称。

对外敞开的部分。堂的左右有序、有夹，室的两旁有房、有厢。这样的一组建筑，又统称为堂。宗祠每进均是较为敞开的建筑，因此有"祠堂"之称。

祠堂是从宗族文化的沃土中生长起来的。纵观佛山祠堂的发展历程，我们会发现一个重要的历史节点——明代。据史料记载，宋、元时期只有祠堂5所，明代宣德到正德年间5所，佛山的祠堂，大多修建于明嘉靖以后。这并非偶然，而是礼制的原因。《周礼》中对家庙祠堂有着严格规定，"天子七庙""诸侯五庙""大夫三庙""士一庙"，各有等差，平民不得立庙，祭于寝。直到嘉靖十九年（1540），礼部尚书夏言上疏，建议"祈诏天下臣民冬日得祭始祖"，废除庶民不准建祠庙的限制，修建祠堂之风迅速在民间普及。佛山《岭南冼氏家谱》中《宗庙谱》记："明大礼议成，世宗思以尊亲之义广天下，采夏言议，令天下大姓皆得联宗建庙祀其始祖。于是宗祠遍天下……我族各祠亦多建于嘉靖年代。"

明朝是佛山宗族发展最美好的朝代。佛山的先民，从珠玑巷迁至佛山后，开疆辟土，繁衍生息，但仍属于流民的范畴。黄萧养起义失败之后，里甲制在佛山系统化推进，为宗族的兴起，起到推波助澜的作用，因为凡被编入里甲者，其田产将得到王朝国家的承认，亦得到王朝国家的保护。有历史学家表示，在明朝，岭南开始了一场造族运动，岭南逐渐超越黄河流域和长江流域而发展成为亚洲最大宗族和族产的集中地。这项运动的推手，就是"南海士大夫集团"，而其中，最值得一说的代表就是霍韬，霍韬重构了宗族组织的模式，影响深远，其标志物是宗祠、族产、书院、家训等。

俗语说："顺德祠堂南海庙"，那

么，大湾人为何如此热衷于修建祠堂呢？总的来说，主要有追远、收族、教化、象征等四大功能。

我们常常说，人不能忘本，这个本又是指的什么呢？《大戴礼记》中有言："礼有三本：天地者，生之本也；先祖者，类之本也；君师者，治之本也。"而"报本之礼，祠祀为大"。祠堂是祭祀祖先的地方，其首要功能慎终追远。这种追远，又分为几个层次。首先是对于根的追思。"我是谁？我从哪里来？我到哪里去？"这不仅是一个哲学的命题，更是人类共同的命题。翻开佛山各个氏族的族谱，可以看到清晰的迁徙路线。大湾人这种根的意识，极其强烈。对于迁徙者来说，身体虽然离开了故乡，但是心却永远怀念着故乡。大兴土木，建造祠堂，就是要告诫后人，即使走得再远，也不要忘记自己的初地，不要忘记出发的地方。其次，是缅怀祖先的功德。迁徙的道路，漫长而艰辛，创业的过程，曲折而辛酸，祖先筚路蓝缕，掘石筑巢，垦荒造田，纪念祖先，其实就是要继承祖先的精神。再则，祈求祖先的恩泽，在中国人的观念中，祖先逝去之后，就会成为神，可以庇护家族，使家族永久地兴旺昌盛。从这个意义上说，在一个宗族中，祠堂是至高无上的，是族权和神权交织的圣殿。

源远流长的农耕文明史，决定了中华文化的特征，决定了中国人的价值观。农耕生产需要大量强壮的劳动力，因此，多子多福曾是中国人最普遍的一种追求。但是，人口的繁衍，族群的扩张，也给宗族的管理带来了挑战。如何将子孙们凝聚起来，形成合力，成了重中之重。"使一族如一家，一家如一人"成为一种共同的追求，宗祠的修建对于敬宗收族大有裨益。清人屈大均指出："庶人而有始祖之庙，

追远也，收族也。追远，孝也；收族，仁也。匪潜也，匪谄也。"又说："今天下宗子之制不可复，大率有族而无宗。宗废故宜重族，族乱故宜重祠。有祠而子姓以为归，一家以为根本，仁孝之道，由之而生。吾粤其庶几近古者也。"收族除了增强凝聚力之外，还有约束族人的意思，与祠堂相配套的，还有族规和家训。佛山的祠堂，素有"小衙门"之称，是商讨宗族大事的地方，也是执行家法的地方。

有人将中国的祠堂与西方的教堂相比，可见其中蕴含着深长的教化功能。这些功能包括：慎终追远、报本思源、敦宗睦族、凝集血亲、光前裕后、规范伦理……中国古代士人的理想是"修身齐家治国平天下"，祠堂就是齐家的重要场所。对于远离朝廷的边地来说，这种教化，具有双重性。在中原主流文化看来，岭南乃蛮夷之地。一方面，是朝廷的"汉化"和"儒化"，另一方面是佛山宗族的国家认同，强调中原血统，从而确立血缘和地缘组织合法性。

祠堂的堂号，有画龙点睛之作用，总的来说，不外乎三大功能：一是彰显祖先的功业道德。二是显示家族宗亲的特点。南海九江的关氏世美堂，除了福祥延续之意，更因"世"与"细"谐音，含有开堂先祖是两兄弟中的细佬（弟弟）之意。三是训诫子弟继承发扬先祖之余烈。比如，顺德乐从沙滘的陈氏大宗祠堂，堂号为"本仁堂"，取的是以仁为本之意。南海大沥钟边钟氏宗祠堂号为"有序堂"，意指钟氏兄弟多房，长幼有序。禅城张槎聚边吴氏宗祠堂号为"绍德堂"，意指世代传承祖先的仁德。三水金竹陆氏大宗祠堂号为"敦睦堂"，取的是亲善和睦之意。佛山南海大沥镇白沙的杜氏大宗祠，其正厅"孔安堂"就有"得夫子训诲而得安"之义。

"国有史书，邑有县志，民有家谱。"一本族谱，就像一条河流，记录着一个家族的来处，记录着一个家族的血脉。泛黄的纸张上，每一个娟秀的名字，都是一条支流。对于游子来说，行囊中最珍贵的就是族谱，在岁月的长河中，那些失散在外的亲人，正是通过族谱重新回归到家族的怀抱中。

族谱记载着家族的历史，其中往往还记有家训，这是一笔重要的精神财富。如果你要问大湾人的性格基因来源于何处，这些家训就是源头所在。岭南虽然远离中原，但是从中原迁居而来的人，不但带来了先进的耕作方式，更带来了中原的文化，由于山高水远，受外界的侵扰甚少，这些优秀的文化基因得以一代代延续下来。这就是佛山民风淳朴的最重要原因。

如果将一个家族比作一个人，那么家训就像血液一样重要。家训主要有三大主题，包括"齐家治国之道""为人处世之道""读书治学之道"。在历史上，佛山有几本家训，举国闻名，流传甚广。比如，霍韬所撰的《家训》，庞尚鹏的《庞氏家训》和冼桂奇的《冼氏家训》。

先贤们认为，一代兴盛，并不代表代代兴盛，恰恰相反，"富不过三代"像一个魔咒一样笼罩在家族上空，为了延续家族的辉煌，必须居安思危。因此，家训的倡导者大多是带着居安思危的心态来做这一项工作的。庞尚鹏正是在官场失利之后，回到家乡南海叠滘，对于宗族的子弟，他深感忧虑地说："童仆习于燕安溺于浮靡，三年之后不知有宗族，十年以后不知有农桑。"

霍韬的家训，影响深远，他所撰的

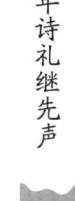

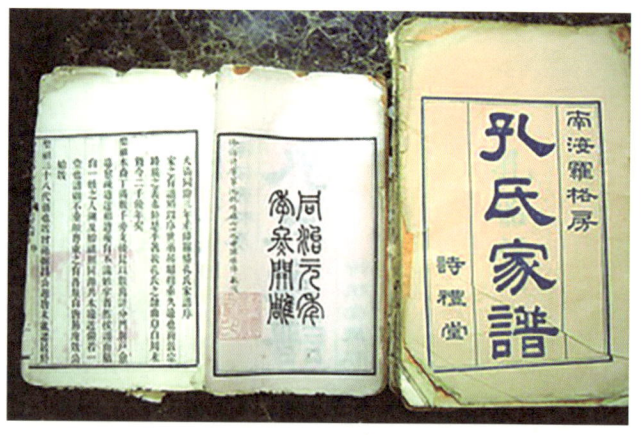

《家训》有两个系统，一个是《霍渭涯家训》单行一卷本，另一个是霍韬于万历四年（1576）所刊《渭涯文集》本家训。"雍睦第一"是霍韬这种追求最集中的体现，将家众能忍、家长治家作为保家之道。南开大学历史学教授常建华先生认为："霍韬的宗族建设既是佛山宗族制度化的先导，其家训传统不仅是礼教，更是一套由家及乡、由乡及国以至天下的理念，体现出他应对社会现实、尝试宗族组织化的痕迹。"他认为，霍韬《家训》对广东人，特别是广府一带百姓的家风形成产生了根本性的影响，当代广府一带的民众那种宽容、知礼、豁达、勤劳、好学等优秀品质，可以说和霍韬《家训》有密切关系。

"堂前父母大如天，须知万善孝为先。"在佛山，孝老爱亲的文化传承久远，成为许多家族的家训。明代一代名臣，庞尚鹏在《庞氏家训》中开篇就指出："孝、友、勤、俭四字，最为立身第一义。"晚清大儒简朝亮在《粤东简氏大同谱》中指出："行

孝悌，存忠厚，贵朴实，勉勤俭，严族法，防赌博，戒酒色，察刻薄，端闺门，正立嗣，谨称谓，尚含忍。"在佛山延续900多年梁氏的家训为："忠孝传家久，诗书继世长""凡入而为孝子悌者，出则必为义士忠臣"，高明区更合镇松塘李氏家训为"出悌入孝"，而禅城区张槎聚边村的吴氏家训则为"尊敬长上，孝敬父母，和睦乡里，毋作非为"。

佛山文脉鼎盛，明清时为"气标两广的

人文之邦"。唐宋以来广东出过九个文状元，佛山占其五。他们分别是南汉乾亨二年戊寅科状元简文会、宋朝咸淳七年辛未科状元张镇孙、明朝弘治十二年己未科状元伦文叙、明朝万历三十五年丁未科状元黄士俊、清朝道光三年癸未科状元梁耀枢。

最让佛山人津津乐道的有"一井两状元"的掌故。禅城区澜石黎涌村，有一口古井，虽然历经了千年的历史，至今仍蓄满清冽甘甜的井水，这口井，被称为"状元井"，是佛山文脉昌盛的见证者，有两位状元是喝这里的水长大的。他们分别是南汉简文会和明代伦文叙，两人的家仅隔了一条小巷。据《黎涌乡陈氏谱载》介绍，状元井建于南汉年间，其形方，故名方井，又名鳌头井，平地穴石出泉底有耸起如鳌。泉水清而香，亢旱不渴，南汉简文会、明朝伦文叙，家于此汲焉。如今，当地每逢有学童行开笔礼，都喜欢取"状元水"洗脸、调墨，以传承用"状元水，中状元"之意。

"耕为本务，读可荣身"，在佛山许多家族的族谱中，都将读书抬到极高的位置。《南海芦排梁氏家谱》中这样写道："读书起家之本，循理保家之本，勤俭治家之本，和顺齐家之本。"禅城南庄的罗格孔家村，800年前，由孔子五十三代孙孔阜林开村定居。孔家村最初叫文宗里，随着发展后改为文宗村，村人又习惯自称孔家村，建村以来，该村就有"拜文昌"的习俗。孔家村共培育出翰林1人，进士1人，举人8人，副贡生3人，七品以上文官40多人，将军3人。村内的岳雪楼曾是清末"广东四大藏书楼"之一，其藏书鼎盛时达23万册。

在佛山很多家族的族谱中，都有"给族贤膏火与生童应试卷金，举人会试路费"等记载，千百年来，这种耕读文化一直深深渗透在这片土地上，绵延不绝。

在被称为岭南"曲阜"的南海松塘村，历史上有四人进入翰林院，进村即见"积德读书"四个大字，村中的翰林门上两侧对联书写着："古来数百年世家无非积德，天下第一等事业还是读书"，崇文的美德不仅刻在石头上，更刻在村民心中。"家有两斗糠，送儿上学堂"的古训常常挂在他们口中。松塘村中除了祠堂，还保留着多间古色古香的"书舍""舍学"。更让人欣喜的是，村中每年还举办孔子诞，拜孔圣庙、步青云路、登翰林门、领翰林利是、品翰林学宴……崇文重学的传统，亘古不变，让人感动。

一脉源流先世泽，万年诗礼继先声。一座座古老的祠堂，一纸纸发黄的族谱，一句句言简意丰的家训，都是中国文明的种子开出的灿烂繁花。如今，佛山的许多村落里都开始翻修祠堂、重修族谱……这是一种信仰的回归，是对精神家园的重建。秉承家风，凝聚亲情，古老的宗族文化正在焕发新的生机。

松塘·孔子诞

肆 一座祠堂一段古

如果每个人心中都有一座祠堂,那么,他的灵魂就有归宿,他的内心就有路标,他就是有福的人。

第四章　一座祠堂一段古

参天之树，必有其根；怀山之水，必有其源。祠堂文化，从本质上说就是"根"的文化。祠堂者，祖宗英灵所由栖，子孙昭穆所由序，尊祖敬宗之道、报本追源之情所由达也。祠堂就是祖先的化身，是一个村庄的灵魂，是一个宗族的

根，如同江河之水流转不竭。

大湾区的先民热衷于祠堂的修建。据张渠成书于乾隆三年（1738）的《粤东闻见录》载："粤多聚族而居，宗祠、祭田家家有之。如大族则祠凡数十所，小姓亦有数所。"

祠堂不是一般的建筑，而是与祖先对话的圣域。朱熹在《家礼》中规定："君子将营宫室，先立祠堂于正寝之东。"又说，"或有水盗，则先救祠堂，迁神主遗书，次及祭品，后及家财"。

祠堂内的一牌、一碑、一匾、一柱、一础、一墙，都具有神圣的意味。时至今日，我仍然忘不了第一次遇见古老祠堂时的那种震撼。那是一个夏日的午后，阳光像银针一样刺痛皮肤。走进祠堂，倾听木与石的绝响，我仿佛走进了另一种时间，另一个世界。祠堂安静，像在午睡，外墙上的石灰已掉落大半，墙根布满青苔，散发出古旧的湿意，幽暗渗入皮肤，让我沉入时间的凉。繁复的雕花，收藏起往日的绮丽与繁华，收藏起一个兴旺的姓氏。粗壮的木柱，像有力的手臂，支撑起巨大的空旷与庄严。它就像是一株参天的古树，子孙们是上面长出的叶子。离去时，屋脊之上，芳草随风而舞，仿佛与我们作别，我的内心空空荡荡，却又无比充盈……于是我在想，其实，每个人心中都有一座祠堂，总在月华如霜的晚上，唤着我们的乳名带我们回家。

今天，大湾区内的祠堂数量到底有多少，我没有找到确切数据，但是，有资料显示，在全盛时期，仅佛山顺德一地就曾有一万多间家庙和宗祠。这是一个令人震撼的数字。

追溯祠堂文化，有一个人物是绕不过去的，他就是霍韬。在许多历史学家的笔下，他的名字一再被提起。他是广府文化的重要代表，对全国宗祠文化的发展有着推动作用。

在霍韬的故里佛山石头村，至今还保存着一组家庙祠堂群，气势宏伟、庄重规整，讲述着家族曾经的辉煌。它们始建于明嘉靖四年（1525），清嘉庆年间重修。从左至右依次为霍勉斋公家庙、椿林霍公祠、霍氏家庙和石头书院。房屋错落有致、雕梁画栋、青石台基，中堂高大雄伟，左右厢房平缓舒展，屋前建有广场，整个建筑群宽大宏阔，肃穆壮观。而这只是冰山一角，历史上，霍氏宗祠、家庙共计五十座。

"霍邑传旌，俊彦鸿儒立德兴仁荣梓

霍韬像

里；仪曹显达，齐家治国高风大略激云天。"一副气势如虹的对联铭记了家族的威名。霍氏先祖迁居石头村的历史，可以追溯至元末年间。当时，霍氏始祖霍刚可迁入石头村，成为石头村霍氏始迁祖。族谱记载了一件奇事，刚可乘船搭运粮食，途中遇到如白蛇形状的旋涡，卷入河中旋涡中，似乎可见龙穴，于是，被冲上河岸后，刚可则定居下来。

霍韬被石头村的霍氏后人称为六世祖。正德九年（1514）会试第一（会

石头村霍氏大宗祠

元），嘉靖十八年（1539）官至礼部尚书、太子少保。明代前后延续十多年的"大礼议"事件中，霍韬是其中重要的领军人物，其中重要改变的一点是废除了关于建祠及追祭世代的限制，从明初的家庙式祠堂开放到可以建立宗祠，从而使明代后期到清朝推动了各地方的宗祠建设，使祠堂遍地开花。

查阅历史文献，我们发现，霍韬不仅是祠堂的倡导者，更是亲力亲为的设计者，如今广为流行的三进式的祠堂格局，均出自他的设计。他的《合爨男女异路图说》可能是最早表达宗族同姓村落格局的文件。在霍韬的设想中，由大门进入，是"中轴线"："前厅—天井—中堂—天井—寝堂。"而"寝堂"，就是供奉祖先

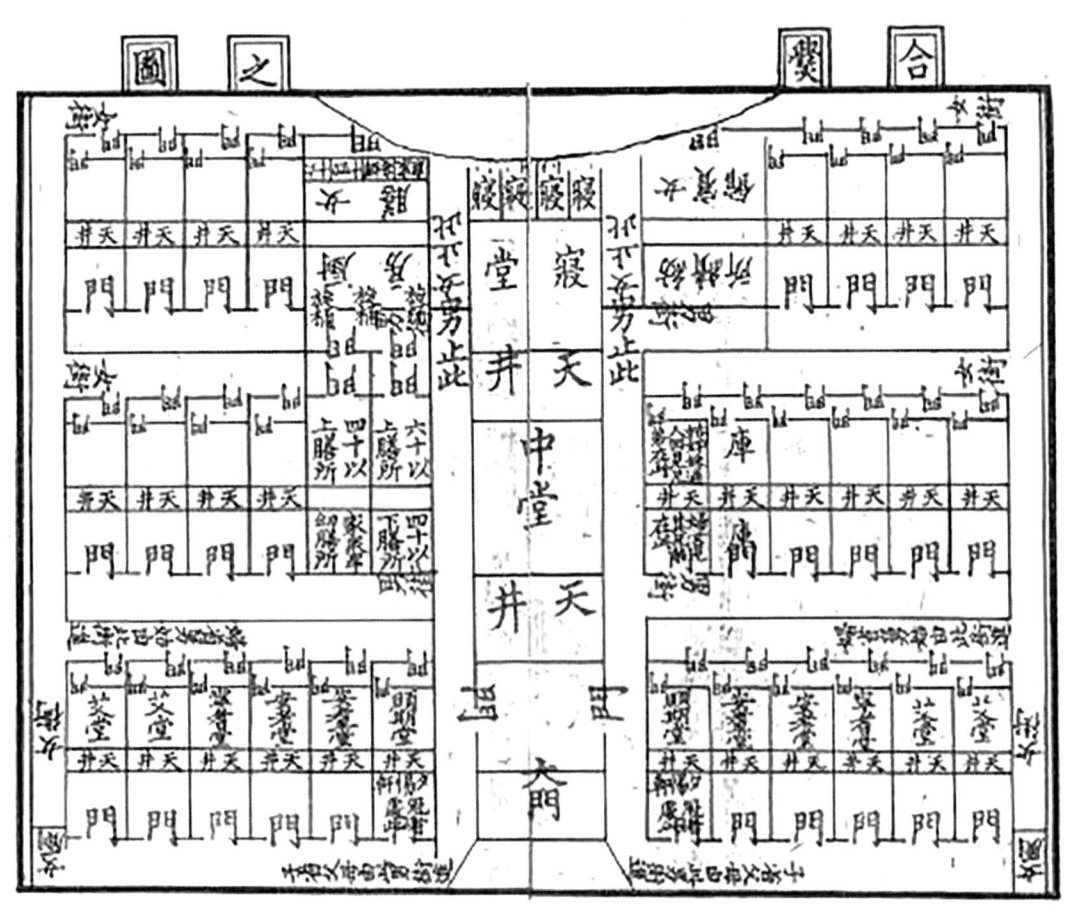

合爨男女异路图说

灵位的祠堂。在中轴线的两侧，对称分布着同姓族人的居家。

香港中文大学历史系主任科大卫指出："霍韬在《合爨男女异路图说》，把一座有大门、中堂、寝室的三进房子放到三列住宅中间，可以看到，在他的观念里，乡村是围绕祠堂建立的。"

祠堂是一个家族兴旺的晴雨表。中国的古人认为，祠堂风水的好坏，左右着子孙后代的财富、名誉、官运、身体健康、寿夭等一切家族人丁兴旺盛衰。

广东人口最多的姓氏是陈氏。广州的陈家祠是广东现存祠堂中最富有广东特色的艺术建筑群，采用的是"三进三路九堂两厢抄"布设，占地面积15000平方米，主体建筑面积为6400平方米，由大小19座单体建筑组成，祠堂运用木雕、砖雕、石雕、灰塑、陶塑、铜铁铸和彩绘等多种装饰艺术，装饰精巧，富丽堂皇，几乎到了无以复加的程度。

广州陈家祠为广东陈姓合族祠堂，修建时得到了广东全省72县陈姓家族的响应。特别有意思的是，祠堂中轴线上的建筑就要完工时，突然传来一个好消息——东莞的陈伯陶殿试高中探花，并被封为翰林院编修。陈姓族人以为这是建祠风水有灵，东莞陈姓合族前往广州庆贺，气氛非常热烈。祠堂落成后，一直作为陈姓子弟读书办学的地方，故又被称为"陈氏书院"。

广州从化的广裕祠坐落于太平镇钱岗村，始建于明朝永乐四年（1406），与北京故宫同年兴建。由南宋宰相陆秀夫第十一代孙陆广裕出资。祠堂共三进，坐北向南，主座均为木构架，两旁山墙承重、屋面素瓦、悬山屋顶，有明显的北方风格。广裕祠曾经维修过六次，每次维修的时间都刻在房顶脊梁上，这是广东第一次发现有确切建筑年代的古建筑，因此，被著名考古学家麦英豪称为"非常宝贵的建筑标本"。

番禺沙湾何氏的留耕堂，堂名得自于该祠堂的对联："阴德远从祖宗种，心田留与子孙耕。"整座建筑五开五进，气势恢宏，在岭南的祠堂家庙中十分少见，一砖一瓦仿佛都在诉说何氏家族曾经的无限辉煌。

留耕堂计有112条石柱和木柱。这些木柱的原料，当时是从东南亚国家采购回来的，十分坚硬，摸上去感觉不像木材，倒像是铸铁一般。此外，留耕堂保留了非常精致的石雕、木雕、砖雕、灰塑，令人

沙湾·留耕堂

眼花缭乱，叹为观止。

何氏家族的富有与沙田开垦密不可分。南宋年间，沙湾还只是一片滩涂，何氏先祖何德明应朋友之邀来到这里，看到无数的白鹤正在浅滩觅食，美不胜收，他慧眼独具，想在这里筑堤围田，于是，买下三百多顷滩涂，将何氏族人迁居至此。此后，何氏不断购置廉价滩涂，土地日广，收入愈丰，成了岭南巨族。新中国成立前，何氏拥有近60000亩族田。

族内每年的公尝收纳额巨大，主要用于六个方面的开支：一是分荫，二是奖学，三是养老，四是恤孤，五是治安，六为管理。

宗族中，每一男孩出生，即向值理报生，注入簿中，即谓之"丁"，每丁在留耕堂分得一"荫"，相当于七亩田租之值。

宗族鼓励后人读书，考取功名，如考取生员可得荫二份，举人四份、进士八份，可以终身享用。科举考试取消之后，改为中学毕业者，可得荫二份（相当于14亩田租之值），大学毕业者可得荫四份（相当于28亩田租之值），留学外国者，可得荫八份。

族中每十年举行敬老宴，宗族中的老人可领取荫钱，按年纪分，60岁得两份，70岁得三份，80岁得四份，每一份为七亩田租之值，甚为可观。年纪最长的"寿头"还可以捧银，放满金银珠宝的"聚宝盆"里面用双手捧起金银，自己捧着走出祠堂大门。

在何氏族内，结婚有"大床金"，开学读书有"学金"，生子女有"姜醋金"，去世有"帛金"……生有所养，长

有所教，老有所赡，死有所恤，何氏的宗族管理井然有序，堪称典范。

在历史的长河中，堆积如山的财富都已成了如烟的往事，如今，何氏家族最为人称道的是音乐。何氏与音乐结缘，最早可追溯到南宋先祖何起龙。何起龙曾任官太常寺正卿，主管宫廷礼乐，精通音律，擅长演奏琵琶。音乐的基因代代相传，清代的何博众，以弹奏十指琵琶著称。当时，何博众曾专门到广州，拜一位著名的七弦琴艺人为师，并邀请他到沙湾来授课。由于坐船的时间比较长，在船上，何博众就让师傅演奏几曲，师傅便答应了。弹了几曲之后，何博众说："我也来试着弹一下。"没想到这一弹，可把师傅吓坏了。船靠岸时，师傅说："我当不了你的师傅了。"说完，调转船头回广州去了。有学者认为，广东音乐经典名曲《雨打芭蕉》《饿马摇铃》《赛龙夺锦》的创作灵感均来自于何博众，由他完成初稿后再经其孙辈何柳堂、何与年、何少霞 共同创作修改而成，成了广东音乐的经典之作，沙湾也成了广东音乐的圣地。

祠堂是大湾区乡间最具生命力的建筑，众多的祠堂，穿越了岁月的风雨，见证着历史变迁和家族兴衰史。

在佛山众多姓氏中，梁姓是第一大姓。梁姓是源出西北，成长中原，发展壮大于南方的大姓。据梁氏族谱记载，南宋时期，石梁始祖梁勋由山东东原迁居而来，嗣后在石梁定居繁衍至今，成为佛山梁氏的一大望族。

人口众多，祠堂自然也多，据《民国佛山忠义乡志·氏族志》记载，佛山镇（堡）有梁姓祠堂、家庙58座，居佛山各氏族之首，为佛山镇内第一大姓，总堂号"安定堂"。

佛山比较有代表性的梁氏宗祠有顺德高赞梁氏大宗祠，它建于清代乾隆十三年（1748），迄今已有近300年历史，它高大威猛，气势恢宏。据载，高赞梁姓之始祖为世豪公，宋时居南雄府保昌县百顺里大井头柯树下，相传因宋宫人苏氏事件，举家逐队而来。至连州江口，又被风雨破舟，住陈侯太尉之庙，已而浮至广州府属香山黄角，从流而上，直达高赞，遂定居于此。

禅城区的石梁村现存有梁氏家庙和梁氏祠堂八座，分别为梁氏家庙，长房渔隐公祠、榕庄公祠、日明公祠、海桢公祠，二房梅庄家塾，三房居石公祠、朗盛公祠和贤恕公祠。这些祠堂座座修缮完好，祭祀香火鼎盛。

龙眼·梁氏大宗祠

梁姓遍布佛山五区,以顺德、南海为最。主要有"郡马梁""红花梁""梁园梁"等分支。

在佛山的梁姓中,"郡马梁"曾是最兴旺的一支。族人们至今流传着一个善有善报的美丽故事。话说唐朝末年烽烟四起,人们四处逃难,佛山镇上挤满了从中原各地逃避兵灾的人。在普君墟附近,住着一个叫梁接的人,年过三十,尚未成家,其父从军远征,战死沙场,只留下孤儿寡母,相依为命。家虽贫寒,但梁接宅心仁厚,为乡亲所称道。一年冬天的清晨,梁接像往常一样早早起床。打开门,就发现家门口躺着一个女子,她昏迷不醒,气若游丝。他将其抱进家中,盖上棉被、喂之热米汤,终于将其救活。女子只说自己姓赵,其他事情一概不知。她感谢梁接的救命之恩,最终以身相许,与梁接喜结良缘。一晃几年过去了，赵匡胤夺取天下，并开始四处寻找走散的亲人。已身为梁家儿媳的赵姑娘也被认祖归宗，成为宋朝郡主。赵匡胤为感谢梁接母子的大仁大义，赐梁接为"郡马梁"。此事很快传遍全国，成为传世佳话。

佛山梁姓人才辈出，其中，最有代表性的当数梁储和梁耀枢。

梁储自幼才思敏捷，清代《五山志林》中记述了这样一件事情。梁储六岁时，一天不小心扑倒在地，父亲扶起他说："跌倒小书生。"梁储应声道："扶起大学士。"七岁时，父亲曾经出个上联让几个儿子试对："晚浴池塘，涌动一天星斗。"梁储稍加思索，后对道："早登台阁，挽回三代乾坤。"

梁储成化十年中举，十四年参加会试登榜首，选为庶吉士，由翰林编修累官至特进光禄大夫、左柱国、少师兼太子太师、吏部尚书、华盖殿大学士，赠太师，入参机务，一度出任台阁首辅（丞相）。相传他在位的时候，为广东做了不少好事，所以，尽管有些省份演梁储是白面，而广东粤剧演梁储，一定是红面的，是忠臣。

话说广东历来都是缺粮省份，全靠两湖供给，但是每年还是要向朝廷缴粮。明朝倭寇横行，粮食的运输不能走海运，只能靠翻山越岭。但南岭山脉道路狭窄，舟车不通，只能步行，加上盗贼风行，粮食运输损耗极大。更不合理的是，粮食从两湖运至广东，又运去朝廷，非常劳民伤财。为此，梁储想了一个办法，正德皇帝喜欢下棋，每次与正德皇帝下棋时，梁储就喊："将、将、将，广东免征粮。"喊得多了，正德皇帝也当口头禅了，也跟着喊："将、将、将，广东免征粮。"梁储赶紧上去谢主隆恩。正德皇帝就说："我学你喊而已。"梁储说："皇帝金口说了就要做。"广东不征粮，又怕其他省份不服气，最后想了一个变通的办法——缴官银代替缴粮。再后来，所有边远省份都学广东，以银代粮。

梁耀枢是广东历史上最后一位状元郎，他相貌出众，犀角隆起，额圆如月，耳白于面，两颧高下与鼻端齐，彩现眉睫间。县志记载了一则奇闻，梁耀枢出生时，屋里的人闻到一阵异香，天空中隐隐响起美妙的乐音，一时传为美谈。他起初受业于勒流名儒廖亮祖（伯雪），随后与四兄耀藜、六弟耀宸同到省城学海堂求学，后来又转到著名学者、教育家南海九江人朱次琦门下深造。同治十年

（1871），上京参加辛未科会试，大魁天下，高中状元，授翰林院修撰。

梁耀枢酷爱书法，据《梁耀枢行状》载，他视短而明，能于粒谷作蚊足小字，初抚欧阳率更(欧阳询)书，寻写《闲邪公家传》、《道德经》（赵孟頫法帖），兼通王（羲之）、赵（孟頫）笔意，腕力圜妙。后来，深厚的书法功底给他带来了好运，据《翁同龢日记》记载，当年梁耀枢的殿试卷虽然名列前十名，但并非卷首。由于同治皇帝身体不舒服，就由军机大臣和阅卷官一起定夺状元人选。他们发现梁耀枢的试卷行文流畅、书法又佳。最后，恭亲王奕䜣力荐梁耀枢为状元人选，阅卷官看到他的文章虽然平实，但也无可挑剔。最终，梁耀枢得以高中状元。

梁耀枢深受慈禧太后赏识，慈禧太后曾在南书房众多翰林面前夸他："梁耀枢，金玉君子也。"一时间，大家都称他为"梁金玉"。梁耀枢五十寿辰时，慈禧又赐赠四言寿屏，上书："及第芙蓉，冠众香国。校书天禄，为清平官。"

和梁姓一样，陈姓也是佛山的大姓，佛山市户籍部门的统计数据显示，陈姓人口排名第二，仅比梁姓少800人。在佛山的陈氏宗祠中，三水白坭祠巷村的陈氏大宗祠建于1511年，经历了500多年的风雨和六次重修，当地有"未有祠巷村，先有陈家祠"的说法。

在佛山所有的陈氏宗祠中，规模最大的当数乐从沙滘的陈家祠。沙滘陈家祠建

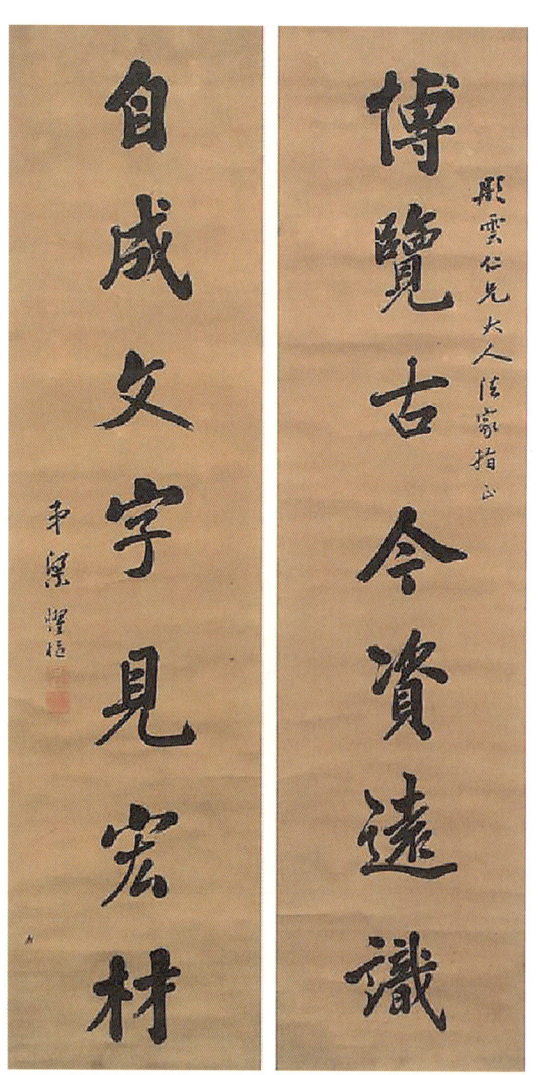

梁耀枢书法

成于清代光绪二十一年（1895），建筑布局和雕刻风格相似，规模上与广州的陈家祠比较接近，被称为姐妹祠。

沙滘村于南宋绍兴二十七年正式开村。一开始，村名叫"沙溪"，但是明代有两位高中功名的村民认为，"溪"字意境小，故改沙滘。后来，陈氏一族才迁移到此，并逐渐成为村中的第一大姓。

顺德乐从沙滘创基立业的陈姓先人，是北宋徽宗时户部尚书陈显之九世孙陈贵卿。当时族人南下到岭南珠玑巷，并于宋靖康二年南迁至佛山，继而迁至水乡顺德，在沙滘临近的几个沙洲择地开村安家落户。之后，他们就以种桑养蚕为业，过着男耕女织的生活。

陈家祠建筑面积近4000平方米，面阔五间两路、深三进，属于典型的岭南抬梁式木结构硬山顶建筑。建筑装饰亦是采用了传统经典的"三雕一塑"，即木雕、石雕、砖雕和灰塑。尤其值得一提的是，屋脊上的花鸟人物雕塑全部是灰塑，整间祠堂建筑连一根铁钉也没用过，有大、小、正、横、侧门98道。

陈家祠的美，用语言是难以表达的，只有身临其境，你才能感受到它的气势、华丽。它从光绪二十一年奠基开

沙滘陈家祠

沙滘陈家祠

始,每日近千人开工,花了五年时间才落成,由时任乡长的举人陈文蔚及南洋经商的富商陈泰等人倡议,得到旅居各国的同族和乡村兄弟支持集资,总费用20万两白银。据说:陈家祠内所有酸枝、坤甸、柚木、花梨、东京等木料,是当年旅居南洋的华侨陈泰捐赠。为了选购良材,他远渡泰国等地,深入林区,亲自挑选,最后经新加坡运抵香港,转运沙滘使用。大门分为上下两部分,下部分仅1.5米高,中间有横梁,进去需弯腰,以示对祖先的恭敬。

和许多古老的祠堂一样,陈家祠也有很多传说。传说屋脊上的一对石狮子,雕刻得非常逼真,后来成了真狮子。天黑之后,就开始作恶,毁坏庄稼,甚至还伤及小孩。村民们便想了一个办法,用黑狗血淋石狮子,并砍伤了石狮的腿。从此以后,石狮就再也不能作恶了。

祠堂是光前裕后的丰碑,是血脉延伸的渊薮。距离乐从沙滘20余公里外,有一个叫甘竹滩的地方,峙立着一座"气势恢宏非凡辈,梁檐穿斗尽贴金"的祠堂——杏坛黄氏大宗祠。如果说,乐从沙滘的陈家祠以规模宏大而著称,那么,杏坛黄氏大宗祠则以深厚的文化积淀而成名。

杏坛黄氏大宗祠,风水布局甚佳。前面的池塘碧波荡漾,后面的象牙山郁郁葱葱。初次寻访它,是一个雨后的下午,道路有积水,像一面面小镜子,映照着清新的天空,祠堂笼罩在烟雨中,少了一份肃穆,多了一份隽永,像是从

唐诗宋词中走来。踏着微光闪烁的石板路,我忍不住放慢了脚步,因为,这里是顺德最有文气的地方之一,这里的每一块石板都有一段故事。

祠堂前门广场中央的大型石碑,雕刻着许多祥瑞图案,上面插着一支长约五米的旗杆,旗杆上的红色彩旗颜色鲜亮、迎风飘扬,旁边还有一排排旗杆石。中间的是状元旗杆石,旁边的小型石碑则是举人的旗杆石。它们毕恭毕敬,像是在聆听着状元的教诲。

祠堂始建于明代,大气简洁,雄浑敦厚,占地1614平方米,为三门五间三进砖木结构,间距十分开阔,颇显大家风范,硬山顶式建筑,梁式制式古朴,抬梁穿斗,双步梁、四架梁、七架梁均有通花插檩条,施以人物、花鸟,工艺精巧,繁复而华丽。门口的石狮,活灵活现,足有一人多高。两侧门额上分别混雕花鸟纹饰和"兆启鳌头""徽流燕翼"八字,处处显示着它与众不同的尊贵,隐含着一股鳌头折桂、大魁天下的状元气象。

这里曾走出了顺德的第一个文科状元黄士俊。他历任国史馆修撰、侍读学士、礼部尚书,明崇祯年间一度入阁被拜为宰辅。黄士俊为官三十载,处事公正,有"清正"美誉。黄士俊少负伟志,好学上进,尤敦孝悌,关于他的故事很多。

相传黄士俊的父亲黄镐磨豆腐为生,经常带他走街串巷卖豆腐,指着商铺的牌匾,教他识字。一年除夕,家家户户要贴春联,黄镐为了考儿子,让他写一副对联。黄士俊略加思忖,挥笔写道:"一肩

挑日月,双手磨乾坤。"此联一贴出,邻居大为赞赏,认为他前程无量。

黄士俊天资聪慧,10岁那年,县官出了"渭绕筠城呈旭日"征集下联,对上可获五担稻谷奖赏,黄士俊看到后就去应对。令主考官没想到,10岁的小士俊写的"源流古洲映横烟"实在太妙,最后宣布黄士俊夺魁。

黄士俊不负众望,27岁时夺广东乡试第一,在赴京会试途中,闻兄长病重叹道:"恶得急功名而缓吾兄哉!"遂放弃会试机会,回乡为其兄寻医问药,尽心调治。万历三十四年(1606),黄士俊再度赴京,参加会试,因无盘缠,便去找岳父借钱,可是,岳父正在家中请客,嫌他穿着不雅,连客厅都没有让他进,让仆人拿了两个鸭蛋给他。倒是仆人看不过,把自己平日的积蓄拿给了他。殿试时,黄士俊以条对称旨,卷字精楷,被神宗擢为第一甲第一名。于是,有人称他为"鸭蛋状元"。

当时,在金銮宝殿上面试时,万历皇帝出一上联:"扫叶烹茶,宝鼎烟中浮蟹眼。"黄士俊气定神闲地答道:"倚松酌酒,金杯影里动龙鳞。"此联不仅工整稳妥,而且气魄夺人,皇帝听后龙颜大悦,钦点黄士俊为当科状元。

这么难的对子,黄士俊何以不假思索就能脱口而出呢?民间流传着这样一个传说。黄士俊小的时候曾遇到一位老人,老人只对他说了一句:"倚松酌酒,金杯影里动龙鳞",然后飘然而去。黄士俊当时不明白这话的意思,不过,聪颖过人的他把它记在心里。

黄士俊是个大孝子,有一年,他母亲

不幸病逝,出殡时遇到一个尴尬。由于黄士俊的母亲不是正妻,而是偏房,根据当时的习俗,偏房出殡不可通过正门。黄士俊见状着急,遂向众人说道:"我是状元,可不可以从正门出?"众人无奈便说可以,听罢,黄士俊便坐到棺木上去,一起被抬出正门。黄士俊这种敢于破除封建礼教的勇气和智慧,一直被后人津津乐道。

在佛山的黄氏宗祠中,还有一座祠堂值得一说,那就是南海平地的黄氏大宗祠,它被称为"花祠堂",其梁柱木雕巧思精工,是南海祠堂中的绝品。

南海平地开村至今已有800多年历史。二世祖黄九韶长大后到广州赴科应试,偶游名胜,见南海平地村地势宽广,民风淳厚,遂于淳熙十三年(1186)携母亲妻儿前来定居。

清朝末年,南海平地村的黄氏家族后人,陆续来到广州经商。由于经营得法,生意越做越大,后来终成当时粤商巨富,称雄广州西关。

平地·黄氏大宗祠

冬至祭祖

太公分猪肉

走进平地村，沿着石板路前行，就会见到一座古老的祠堂。几位老人坐在门口抽烟闲聊，悠闲之至。"千顷流风远，三阳化日舒"的对联扑面而来，让人心头一阵暖意，门前的石狮子，由汉白玉雕造，由于玉质滑溜溜，村民都称为"猪膏石"。整个建筑的所有构架都是雕刻装饰，甚至连门前的斗拱都以透雕处理，繁复之至，华丽之至。其中，最让人叹为观止的是300多条龙的木雕，二十四孝的石刻图。开族先人，来自浙江龙游，花园里面还种植着数株从黄氏故乡浙江龙游移植而来的桂花，吐露着清芬。

中堂正中的木匾刻着"崇始堂"三字。仓廪实而知礼节，"忠、孝、廉、节"四字作为黄氏先祖传下的家训挂于墙上。正所谓，静水深流，祖先们的谆谆教诲就像流水一样，静静地淌进后人的心中，约束着他们的一举一动，一言一行。

每年的春、冬祭活动和农历六月十九日的观音菩萨成道日庆典活动，60岁以上的老人都穿上隆重的古装在黄氏大宗祠内祭祖。祭祀仪式结束后，还在祠堂内外还摆下"九大簋"酒席，这"九大簋"，有九子登科的意思，又有长长久久的意思。"九大簋"过去也是广东人最高的待客规格，白切鸡、烧肉、烧鹅或烧鸭在内的"三硬"少不了，还有扣肉、扣鸭、扣蚝在内的"三扣"以及腰果炒马蹄在内的"三小炒"。酒席结束后，就餐者凭票到祠堂门口领取一份陶钵装的烧猪肉，称为"太公分猪肉"。

在平地村，同样流传着有趣的故事。据说，黄氏的先人虽然富足，但不长寿，晚清时，活到六十岁的男性少之又少，族人请了一位风水先生回来堪舆祖坟风水和住宅吉凶。风水先生指出，补救方法是天时地利人和三者配合才成，而时机未到。此后，情况略有好转。再后来，族人将先人真像拿到祠堂地堂空地晾晒，有一个调皮的少仆，在每个先人的嘴上都画了几笔，形似胡须。后来，奇怪的事情发生了，从此黄氏族人开始长寿起来，家族也更加兴旺了。

佛山地区的祠堂数量之多，规模之大，让人叹为观止。一座座宏大的祠堂，彰显着宗族曾经的显赫。顺德碧江的祠堂就是很好的例证。《顺德县志》中说：顺德最重祠堂，大族壮丽者，动费数万金。其大小宗祠代为堂构，千人之族，小姓单家，祠也数所。曰"大宗祠"者，始祖之庙也，庶人而有始祖之庙，追远也，收族

也。其中，祠堂之盛，又以北滘碧江为最。清代典籍《五山志林》也有"俗以祠堂为重大，宏丽者莫盛于碧江"的记载。据载，抗日战争前，全村仅苏赵两姓的祠堂就超过200座。

自古以来，碧江为繁华水道，陈村、紫坭、石壁三条水道汇于碧江。因此，碧江一直是广州往来西江、北江船只的必经之地。清代中期，碧江更发展成一个颇具规模的手工业造纸基地，并形成了三墟六市；清末，碧江成为珠三角重要"谷埠"——粮食加工储运中心。清咸丰《顺德县志》记载，碧江属龙头堡，民夹水而居，百货辐辏。《碧江廿四咏》写道："木船三路各停桡，猪困笼归灞岸挑，北道未开龙眼厂，荔枝红满德云桥。"

苏姓是碧江的名门望族。走在碧江街头，随处可见年代久远的龙眼树，虽年代久远，生命力依然旺盛，而这就是苏家致富的密码所在。据《五山志林》记载，碧江、陈村一带"居人多以种龙眼为业，弥望无际，约有数十万株"。职方第苏丕文

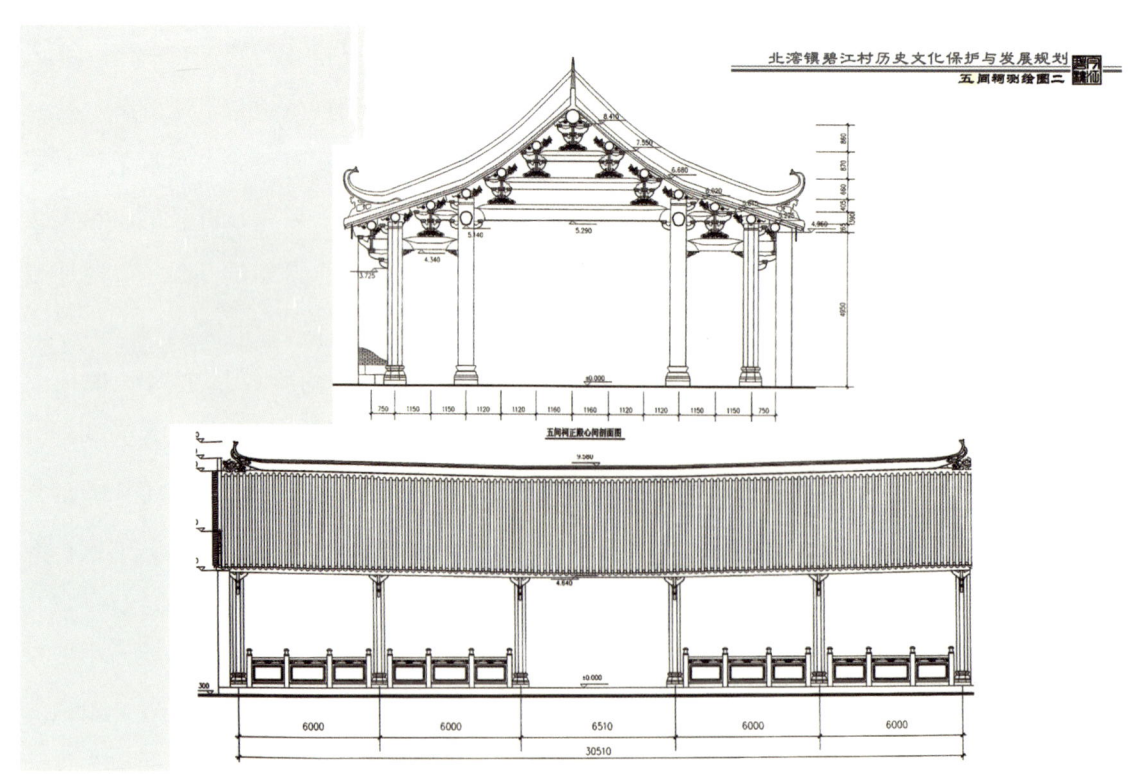

碧江·五间祠立面图

的先辈就曾以出口干果和土纸，再从东南亚进口木材、从西南贩运回锡锭、茶叶而致富。苏氏对文人推崇备至，家家户户都种植龙眼和桂花，意为攀龙借贵（桂）。从宋代隆兴元年到宝祐四年的90多年间，碧江苏氏出了五名进士，其中四位领了五品以上的官衔。他们告老还乡后，都选择营建宅邸居所，修建祖祠，光耀门庭。

碧江的泰兴大街，是一条历史的长廊，这里有一片祠堂群，像宝石一样镶嵌着，静静地诉说着祖辈的荣光与辉煌。祠堂群由尊明祠（五间祠）、澄碧苏公祠、丛兰苏公祠、逸云苏公祠和何求苏公祠等五所明清祠堂组成。其中，以五间祠的气势最为恢宏，年代最为久远，被称为顺德祠堂的"大哥大"。

五间祠现存一路二进，首进头门阔五间深二间。第二进大殿阔五间，总宽32.45米，深三间，加上前后挑檐，纵深14米多。在省内现存的五开间的古建中（包括寺观、庙宇、学宫、祠堂），如此宽敞的尺寸实为罕见。这是一座珍贵的岭

碧江·五间祠

南殿堂式古建筑实物标本。三角硬山墙、龙船脊，瓦面举折明显，瓦当、滴水齐全。第一进头门的梁架分别用了驼峰斗拱式、瓜柱式和筒柱式等式样。第二进大殿梁架全部施以驼峰斗拱，与十二根内柱清一色使用粗达50多厘米的铁力木精雕而成，支承前后檐的鸭屎石八棱柱更是明代中叶或以前的建筑特征。

第一次见到五间祠，我就深深地被它的优雅和气势所震撼。它虽建于明代，却有汉唐之风，充满了阳刚之气。拾步其中，一种庄重感油然而生。苏氏的先人为了不僭越礼制，在祠堂的跨度上大做文章，为此，使用了特别的硬木柱梁。如此一来，整个建筑的空间，显得格外舒展，更为可贵的是，它的细部十分精美，雄大而不失优雅。

碧江原本还有一个更大的祠堂，叫种德堂，明代至成化二十三年（1487）建成，七开间，为广东祠堂的翘首！可惜，20世纪70年代中期被毁。

除了宗祠，碧江的职方第和碧江金楼，均保存完好，显示着苏氏家族的兴盛。

职方第主人苏丕文曾位居大清兵部职方司员外郎，为三品官衔，职方第便是其家族的府第。宅第四进两天井：前三进为大厅，宽敞高大的厅堂只有四条石基木柱支撑。梁架均用南洋运回的铁力木造成，内墙饰以水磨砖工艺。最后一进是高达16.8米的镬耳山墙三层通堂楼房，处处显示着主人的尊贵身份。《顺德县志》曾这样描述道："楼房高五至六丈，遥望之如浮阁高出林表。"苏丕文生前曾总结自己一生为官做人之道，在大宅中留下"家训箴言"以示子女：在职方第进门的牌坊门额外部和内部，分别镌刻着《易经》中"视履考祥"以及"退让明礼"，告诫苏门子弟，出门去要待人谦逊，回家时要检讨自己的衣冠和举止。

碧江金楼原名赋鹤楼，为碧江苏氏望族于清代嘉庆、道光年间所建。这座楼原为职方第中的藏书楼，楼体为三间二层砖木结构，硬山顶式建筑，屏门、门坊、檐板、厅壁、天花藻井的木质雕饰均以真金镶贴，因而得名。中国人向来爱听才子佳人的故事，而真正让金楼声名远扬正是一个"金屋藏娇"的美丽传说。当年，晚清重臣佛山戴鸿慈之女戴佩琼嫁给苏丕文的孙子苏百诩，据说戴佩琼有沉鱼落雁之貌，琴棋书画样样精通，还被慈禧太后认作干女儿。而苏百诩也是个才子，对她宠爱有加，就将她安置在金楼之中伴他读书。

金楼中，有一张精美的拔步床，又称千工床，据说一个人造需要1000天时间，是戴佩琼结婚时所用，用枣木雕成，寓意早生贵子，贴金镶宝石则象征着主人的地位。

我虽早有心理准备，但踩着吱嘎作响的木楼梯走上二楼，还是禁不住发出一声惊叹，世间竟有如此富丽堂皇的地方，繁复的纹饰，精细的雕琢，看着这些栩栩如生的木雕，觉得眼睛不够用了，恨不得有一千双眼睛。"红袖添香，碧纱待月"，门上的一句金饰诗文让我进入了时间的迷宫，开始浮想联翩……皓月当空，春风缠绵。月光从窗棂中涌入，风吹动轻纱。木雕金漆返照烛光，明亮如昼。一人读书，

一人抚琴,琴音舒缓,如山涧的流水。香炉袅袅,暗香浮动,若有若无。一曲终了,起得身来,行至窗前,吟诗作对。夜至三更,方才睡去,茶杯空空,蓄满银色的月光……此情此景,即使隔着百年的时光,依然令人神往。

古老的祠堂,闪烁着永恒的光芒,寄托着永恒的乡愁。对于族人来说,祠堂如一团燃烧的熊熊烈火,时刻温暖着心扉。对于离乡的游子来说,祠堂则是回家的路标,每一间祠堂门前的幽径,都像是一条脐带。只要祠堂在,宗族就不会散;只要祠堂在,祖先的恩泽就不会被遗忘。子孙们无论走到哪里,无论走得多远,总会像归鸟一样,回来寻根问祖,寻觅最初出发的地方。

江门外海,赤泥山下,有一排气势恢宏祠堂——五大祠。这是当地陈姓的祠堂,江门外海镇多姓陈,自元至正十年(1350),陈氏太祖莘隐带着族人,迁到外海定居,至今已有600多年历史。五座祠堂为别分朝列大夫陈公祠(始祖)、泉

碧江金楼

石祠（四世）、桃溪祠（五世）、定息祠（六世）、筠轩祠（三世），是家庭代代延续的见证。

祠堂采用单檐布瓦硬山顶，蓝琉璃瓦剪边，抬梁与穿斗相结合梁架结构，保有鲜明的清代建筑艺术风格，建筑规模宏大，形态壮丽，布局严谨，结构精密考究。祠堂内外石牌坊林立，巨型大柱上挂着长联，记录先祖功德。祠堂雕梁画栋，装饰华美，体现出清代建筑的精美艺术风格。

在江门的祠堂中，开平风采堂的建筑风格最为特别，它继承了中国传统建筑风格，又吸取了西洋建筑艺术特色，充满了浓郁的侨乡风情。风采堂又名名贤余忠襄公祠，始建于清光绪三十二年（1906），民国三年（1914）竣工，是开平、台山两地余姓族人纪念他们的祖先北宋名臣余靖而修建的，余靖是一位卓有建树的政治家、改革家、外交家、思想家和诗人，为官40多年，校正三史、名列四谏、三使契丹、经制两广、二镇广南、凡治六州，

风采堂

槑猗堂

博学多才，正直敢言，两次被贬，三次复出。他是继唐代张九龄之后岭南地区又一位历史文化名人。张九龄被誉为"岭南第一人"，余靖被誉为"岭南第二人"，有"风采冠北宋一朝"之誉，其后裔遂以"风采堂"为家族堂号。

建筑由风采堂和风采楼两个主体建筑物组成，拥有三进六院十五厅堂，总面积5364平方米。所用34万两白银，由海内外余氏宗亲捐助。祠堂的细部装饰充满巴洛克风格，十分令人惊艳，清华大学建筑学院院长秦佑国教授曾这样评价风采堂，"开平风采堂建筑完全可以与广州陈家祠齐美"。

珠海斗门区墟镇南门古村，是有名的皇族村，自明永乐元年（1403）建村，村内近九成人口是宋太祖赵匡胤之弟魏王赵匡美的后人。村中最有名的建筑就是赵氏祖祠——菉猗堂，"菉猗"一词源于《诗经·淇澳》，代表"绿竹茂盛"的意思。该祠堂是魏王十五代孙、南门七世祖赵隆为祀其曾祖父赵梅南（别名菉猗）而建，建筑坐东朝西，朝着崖门海战的方向。菉猗堂中的蚝壳墙，颇为壮观，远远望去，如一堆排列整齐的银锭，据说为我国现存规模最大、完整度最好、时代最为久远的蚝壳墙。

斗门小濠涌村的邝氏宗祠也颇有故事。这座祠堂的历史极其久远，据专家考证，宋孝宗年代邝氏先祖邝愈平之女淑丽被册封为妃，接到皇帝圣旨让父亲兴建一座宫殿式八柱侯祠，以示皇恩，但祠堂真正建成却已经是清雍正三年（1725）的事了。作为清早期修建的祠堂建筑，邝氏宗祠整体形制严谨、用材考究，木梁架风格古朴，梁柱构件粗壮、形态饱满，体现清早期祠堂特色。在邝氏宗祠的木结构中，最吸引人的当数雕刻最为精美的头门木梁架，八条栩栩如生的鳌鱼水束，极具岭南地方特色。

在中山的祠堂中，保存较大、较好的是南朗镇茶东村的陈氏宗祠。据《陈氏族谱》清乾隆二十一年（1756）手抄本记载：茶东陈氏始祖玄保，名尚志，号贞六里。元至治二年（1322）出生，明洪武十年（1377）卒。玄保从闽南迁徙至文顺乡香山（当时香山尚未开县，属东莞文顺乡）茶园之东定居。明初建有"里仁祖家庙"。明代中期始建陈氏宗祠。清顺治九年（1652）海盗进村抢掠，烧毁宗祠。至康熙七年（1668）重建。之后陆续在其侧建有贡三陈公祠、净溪陈公祠、筠溪陈公祠等宗祠。陈氏宗祠历经雍正、乾隆、嘉庆年间多次重修。现为道光年间重修后的祠院，保留着明末清初的建筑艺术。该宗祠与贡三陈公祠、净溪陈公祠等连成一片，连片三座，均为硬山式龙船脊砖木结构，成为一个陈氏宗祠群。

东莞中堂镇潢涌村的黎氏宗祠，始建于南宋，最初是为了纪念家族中的至孝之人黎宿，他因母病深重，四处求医，未见好转，心急如焚，偶然间听人说，有一个药方可以治愈黎母的病，但需要用人肉做药引。他便割股和药，最后治好母病。这份孝心，感天动地，传为佳话，县里申报朝廷，奉旨荣门，以建宗祠。

黎氏宗祠为三进院落，两天井，四合院式布局，前有包台，两侧为厢房，东西共有房15间，总面积达1000多平方米，是东莞现存最大的宗祠之一。历经宋、元、明、清八百多年而香火鼎盛，至今人才辈出，有文武进士五人，中有翰林学士两人，文武举人27人，秀才不胜枚举。

"人本于祖，祖栖于祠。"祠堂是神圣不可侵犯的，我的一个朋友告诉我，他们村子里有一句俗话叫："拆我祠堂拿命来！"不仅如此，贡品也是不能偷吃的，他小时候嘴馋，偷吃了祠堂里的贡品，曾被罚跪了三个小时。

与广府祠堂相比，客家祠堂相对比较朴实。"方言足证中原韵，礼俗犹存三代前"，重本溯源是客家文化的重要特点，在南迁的过程中，他们将祖先骸骨当成最重要的东西，到了新的定居点，重新埋葬。祠堂是祖先灵魂的栖息之所，对客家人来说是极其重要的，有了祠堂，才真

正有了家。明清时期,客家人大量修建祠堂,蔚然成风,如清人杨龙泉在《志草》所言"巨家寒族,莫不有家祠,以祀其先,旷不举者,则人以匪类以摈之"。祠堂修建后,六十年一甲子还需大规模修缮,举行盛大的"转火"仪式,家家户户都要挂灯笼和红布,所有外嫁之女,都必须回娘家庆祝。

惠州·黄氏书室

"月光光,秀才娘,骑白马,过莲塘。莲塘背,种韭菜,韭菜花,结亲家。亲家门口一口塘,放个鲤嫲八尺长。短鲤拿来煮酒吃,长鲤卖来做学堂,教出学生个个好,朝朝早起向太阳。"在客家人的童年时期,崇文的种子就植入了心底。除了祭祀祖先,客家人还在祠堂里兴办族学,这也是客家人人才辈出的秘密所在。

惠州市区,风景秀美的西湖丰湖畔,有一座黄氏书室,原为归善县黄姓人的宗祠,当时的归善县面积很大,包括今惠阳区、惠东县、惠城区及深圳宝安区部分地方。它建于清道光二十二年(1842),为三进式院落,左侧另有三进配房以小巷侧门连接,建筑总面积1000平方米。整座建筑使用布灰瓦,而用绿色琉璃瓦剪边,显得庄重古朴。建筑内雕刻工艺流畅,所刻石狮传神活现、栩栩如生,木构件驼礅,斗子精巧典雅。

车氏宗祠位于博罗县泰美镇车村,据祠中的石碑记载,车氏祖先于西汉末年入粤。

宗祠始建于明朝洪武十二年(1379),当时只有上下两栋。明嘉靖二十年(1541)时任浙江道监察御史的车氏十三世孙车邦佑在宗祠上下两栋中间,建造中间栋,使得上中下三栋成一体，并题写"家庙"牌匾。上下栋的石柱采用红石柱来彰显先祖的荣辉；中间栋石柱使用白麻石柱，以表示车邦佑自身的清廉。

车邦佑生于明正德二年（1507），他的祖父车广运曾任广西横州知州，父亲车霆曾任福建布政司都事。虽然出身显贵，但他并不是纨绔子弟。车邦佑自幼勤奋好学，饱读四书五经，立下远大志向，25岁中举，29岁进士及第，并从此踏上仕途。初授山东行人司行人，陟浙江道监察御史，迁湖广道监察御史，升北京巡城都御史(正二品)，奉敕册封崇王。车邦佑为官正直清廉。据《博罗县志》记载，车邦佑"巡南城，督京辅屯政，风纪振肃"。当时武定侯郭勋恃宠骄横、结党营私，朝

中多人弹劾未果。但车邦佑不畏强权，详细调查"京城内外诸勋戚店舍""详列以闻，勋始得罪"。车邦佑因此深受皇帝赏识，曾经奉旨出巡，游遍全国10多个省份，仍对家乡念念不忘。

如今的车氏宗祠是清乾隆元年（1736）重建的。平面布局为二进院落，依次升高。过殿面阔三间，进深三间，青石八角方柱，莲花柱础。祠内保存明代铁香炉一只，高80厘米、口径56厘米。香炉下身呈石榴状，由三支人面兽头足支撑。炉座为红石雕成，呈正方形，四面均刻狮子等图案。

在香港地区，祠堂文化也十分兴盛。锦田邓氏，上水侯氏，上水廖氏，新田文氏，粉岭彭氏，被称为香港原住民的五大家族。其中，锦田邓氏属香港五大家族之首。"吉水流芳蘋馨藻结，屏山毓秀椒衍瓜绵"，邓氏家族早在九百多年前由吉水金滩镇白沙村徙出，经过近千年的繁衍，现在分布在新界的屏山、厦村、大铺头、锦田、龙跃头五大村落，约有三万余人。

坐落在元朗屏山的万里祖祠、粉岭龙跃头的松岭邓公祠、厦村的友恭堂祠等大多气势恢宏。祠堂均为三进式建筑，设三厅两院、后厅（正厅）设有祭坛，供奉祖先的灵牌。松岭邓公祠是粉岭区内规模最大、历史最悠久的祠堂，它始建于1525年，铁青色的砖墙一尘不染，大门上方红底粉金祠名、卧虎图及壁画光彩夺目，屋顶以石湾瓷制鳌鱼和狮子作装饰，室内的主梁和横梁均有精美的雕饰，刻工极为精致。正厅的祭坛中，供奉着刻有龙头的宋朝邓惟汲及其妻——宋高宗之女、孝宗之娣、光宗之姑母赵氏的木主牌。值得一提的是，这些家祠不仅供祭祀所用，还藏有不少供族人求学的书籍和习武的刀、剑、戟、弓等。这些宗祠，原本也是培养后人的重要场所。

香港新界的上水门口村还有一座华丽的祠堂——廖万石堂。廖氏在香港扎根的时间相当久远，据族谱记载，上水廖族先祖廖仲杰于元代中叶自福建南迁广东，初居屯门，旋迁深圳河以北的福田村，最后才在上水双鱼河定居，他的子孙其后散居至附近一带。

廖万石堂于1751年兴建完成。"万石"之名颇具气势，记录了家族的荣光，相传廖氏远祖廖刚及其四名儿子先后于北宋时出任高官，每人俸禄各两千石，合计一万石，后人遂将祠堂命名廖万石堂以为纪念。

廖万石堂位处龙脉之首，万石挺拔，翠竹环绕，龙气集中，分泻两旁，廖族于

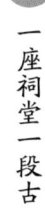

东西方分建显承堂（应龙廖公家塾）及明德堂（应凤廖公家塾）两所分祠。廖万石堂是传统三间三进二院式建筑，三进分别是前厅、过厅及后厅三部分，分别坐落在不同高低的台基上，厅堂由两个天井分隔。整座建筑物满布华丽的彩塑、木刻、壁画及泥塑，让人叹为观止。

此外，广州花都景徽公祠、资政大夫祠、增城报德祠、番禺蔡氏大宗祠、西华彭氏宗祠、黄埔区下沙吴氏大宗祠、深井村凌氏宗祠、佛山兆祥黄公祠、沙头崔氏大宗祠、逢简刘氏大宗祠、乐从路州黎氏大公祠、杏坛漱南伍公祠、尤氏大宗祠、北滘广教杨氏大宗祠、沙头崔氏大宗祠、珠海南屏镇北山村杨氏大宗祠、珠海斗门乾务镇荔山村的黄氏宗祠建筑群、珠海唐家湾镇会同村如彬莫公祠、东莞企石江边村江边黄氏宗祠、东莞茶山南社村百岁翁祠、东莞清溪南山曾公祠、东莞东坑镇彭氏大宗祠、东莞寮步横坑钟氏祠堂、中山三乡古鹤村的郑氏宗祠、惠州龙门县永汉镇振东村刘家祠、博罗罗阳镇铁炉巷韩氏大宗祠、肇庆封开杏花镇的水斗村伍氏大宗祠、香港河上乡居石侯公祠、粉岭彭氏宗祠、澳门何家祠等均有一定规模，用材讲究，布局严谨，装饰精致，见证了这些家族当年的辉煌。

在大湾区内，有太多太多的祠堂值得我们书写，限于篇幅，我只能列举最具特色的几处。这些祠堂，或历时久远，或建制恢宏，或风格独具，皆是大湾区祠堂的代表之作。如今，它们早已超越了宗族，成了大湾人共同的精神财富，成了大湾区的温存底色。

白云悠悠，岁月无声。这些古老祠堂就像一个戏台，不知道上演了多少剧目，不知道留下了多少悲欢。寂静午后，一幢幢青砖祠堂，散发出一缕缕历史的沉重气息。它仿佛有一种魔法，走进去，会让人心安，让人沉醉，久久不愿离去。静寂中，我仿佛听到先辈们垦荒时的掘地声，听到丰收之后，大碗喝酒的欢笑声，听到新丁诞生的啼哭声，听到家族兴旺时银两的碰撞声，听到祠堂落成时的鞭炮声，听到祖先逝去时的哭泣声，听到子孙的磕头声……

"祖辈淳风春焕发，宗亲懿德广弘扬。"祠堂铭记着家族的荣光，闪烁着永恒的精神光芒。我常常在想，如果每个人心中都有一座祠堂，那么，他的灵魂就有归宿，他的内心就有路标，他就是有福的人。

伍

一船生丝一船银

一片片鱼塘,纵横交错;一畦畦桑树,青翠欲滴;一船船新丝,在碧绿的河涌里穿梭……这是桑基鱼塘最美好的时光,这曾是岭南水乡最美丽、最动人的田园诗。

第五章　一船生丝一船银

　　一片片鱼塘，纵横交错；一畦畦桑树，青翠欲滴；一船船新丝，在碧绿的河涌里穿梭……这是桑基鱼塘最美好的时光，这曾是岭南水乡最美丽、最动人的田园诗。

　　清代顺德诗人张锦芳在他的《村居》一诗中曾这样描绘家乡的桑基鱼塘景色："生理朝来问旧乡，年华物色共徜徉。熏

人市有糟床气,近水门多茧簇香。桑叶雨余堆野艇,鱼花春晚下横塘。新丝新谷俱堪念,力作端能补岁荒。"

在清代的顺德,桑基鱼塘的兴盛,到了无以复加的程度。据《珠江三角洲农业志》一书称,顺德、南海、中山、三水、新会、高明、鹤山等的桑地面积占全省75%,产茧量90%以上。其中,最为集中的是顺德。当地的诗人周祝龄《所托山房诗集》内载《土风三弊》就描述了当时的情景:"近觉桑区广,渐计禾田轻。自从咸、同来,鱼塘日益稠。……人与鱼共命,鱼与谷争秋……"

在对桑基鱼塘追根溯源的过程中,我发现了一段尘封的历史——大湾区先民轰轰烈烈的围垦史。

据清咸丰年的《顺德县志》记载:"昔者五岭以南皆大海耳,渐为洲岛,渐成乡井,民亦藩焉。"时至今日,我们或许很难想象,在先秦时期,大湾区中的珠三角靠南区域在海平面之下,今珠三角中部、广州部分地区当时仍然处于时不时被海水淹没的河口湾。自秦汉至唐宋,珠三角经过长期的泥沙堆积,洲滩渐露,河网方初具雏形。

大湾先民最早的围垦,始于北宋。据史料记载,北宋至道二年(996)随着人口大量增加,大湾区内就开始修建堤围和围垦,束水归槽。此后,农业得到大力发展,广州成为一大米市,有余粮支援闽浙等地,号称"广米"。当时,比较有名的堤围有桑园围、丰乐围、樵北大围、北江大堤、中顺大围和东江堤。

到了明代,更是掀起了修筑堤围的高潮,沿海出现大量浮露的沙滩,先民们圈筑围田,种芦积泥,加速沙滩成田,规模较大的有丰乐围、古劳围、三村墟等。专家们研究发现,从明初到明末短短两三百年间,珠江三角洲范围比之前扩大了接近一倍,基本上形成了今天的面貌。

进入清代,珠江三角洲水患加剧,为减少水患,堤围修筑从河岸平原转向了广阔的滨海地区。主要集中在四个地方——东海十六沙及其附近,甘竹滩以南至磨刀门水道沿岸及其附近一带、番禺县南部,蕉门和潭洲水道间口门附近一带,东江三角洲南部及其他地带。

大湾区内大大小小的堤围不胜枚举,其中,桑园围最具代表意义。

对于今天许多大湾区的年轻人来说,桑园围这个名字已显得有些陌生了,甚至很多人闻所未闻,但是,它却是大湾区农

西江落日

业史上一段不朽的传奇，是先民们因势利导，改造自然留下的杰作。

桑园围全长68.85公里，围内面积133.75平方公里，捍卫良田1500公顷，因有不少桑树园而得名。它是西、北江干流主要堤围，分东、西围，抵御西、北江洪水。从地图上看，围起的土地，形似一个脚印。

北江和西江浩浩荡荡，带来了上游大量的泥沙，让这片土地变得异常肥沃。尤其是西江，每年以7000多万吨蕴含天然有机肥的泥沙带给三角洲，而这些肥沃的泥土被称为"西江麸"。当地俗语有云"三年不过滩，猪乸戴耳环"，意思是，只要三年没有发生洪灾，连母猪也能戴上金耳环，土地之肥沃可见一斑。

平日里，江水如绵羊一般温顺，一到雨季，却像失控的疯狂野兽，肆意吞噬着良田和房舍，让民众流离失所，无家可归。佛山的先民改造沙田，为免洪水滋扰，他们筑起了堤坝。最初，这些堤坝规模较小，被称为私基，由于私基不够坚

固，决堤的事情时常发生，每遇潦涨，怀山荡荡，万顷无垠。到了南宋，一项宏大的计划开始提出，官府发动甘竹、官山、西樵、九江、沙头等地人民修筑大堤。史书上这样记载："私基以起，逐后村族日众，联全组织，扩大圈筑，遂成公基，进而联防合作之统筹。"

这是一项漫长的工程，从南宋一直延续到清代，其间，堤围不断地增高，不断地加固，最终形成了固若金汤的桑园围。围内土地肥沃，作物碧苍壮茂，粒硕量高，一片荒无人烟的滩涂之地，最终成为珠三角地区最大的粮仓，在清代被称为"粤东粮命最大之区"。

今天，站在西樵山上，你可以领略到"万亩鱼塘映天红"的壮观景象，连绵的鱼塘，倒映着残阳，村庄被水围绕，宛如水中的盆景，一切宁静而安详，而远处的桑园围像母亲温暖、宽阔的怀抱，将这片土地紧紧地搂在怀中……面对此情此景，心中总会涌起无限的苍茫，联想到当年荒凉的滩涂，联想到先民们筑堤的忙碌身影，联想到堤坝外疯狂咆哮的江水，总会不由得生出一种沧海桑田的喟叹。

最初的桑园围，是开口围，后来才成为闭口围。这是因为，从明初开始，许多

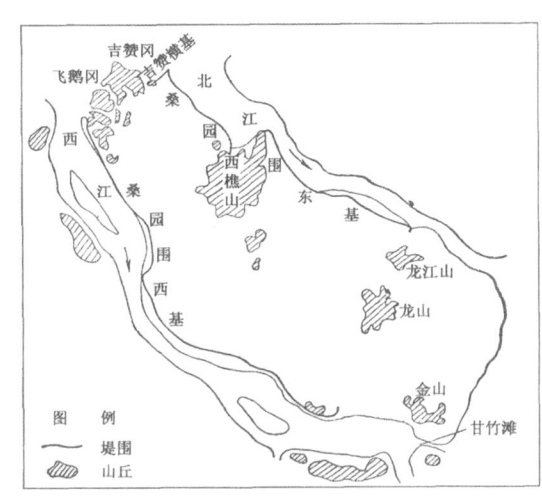

豪绅在珠江口沙田区广泛筑围造田，导致珠江出海口变长变窄，洪水倒灌时有发生，据《桑园围志》载："江潦盛涨，阻塞难消，旁溢泛滥，往往从倒流港逆灌而入，远近诸堡之在围内者，均受其害。"每遇洪水暴涨时，不仅围内积水无法排出，且西江洪水反会倒流逆灌而入，使水位抬高，淹浸农舍庄稼，受灾害日见加重。佛山先民用以往堵口合龙的经验，在桑园围倒流港采取"取大船、实以石、沉于港口"使"水势渐杀"。这种创造载石沉船截流堵口的方法，是一次了不起的飞跃。

到了清代，桑园围基本成形，在防洪方面发挥着重要作用。据清同治十三年（1874）《南海县志》载："邑内江防之

鹭鸟天堂

西溏

最巨，无过桑园围，形势与他围不同，他围形如碗，桑园围形如箕，东西两堤皆从上游建瓴之地，依山筑堤，从高而下，顺水性，送至下流而止，而下流之水较上流差四五尺，故围尽处，甘竹、龙江两口，其水从外灌入围内，互相宣泄。"

在桑园围的历史上，溃堤之事也时有发生。据史料记载，清代桑园围溃决16次。其中，有一个人不得不提，他就是顺德龙江人温汝适，清乾隆四十九年（1784）进士，选庶吉士，任上书房行走，累官至都察院副都御史、兵部右侍郎。嘉庆二十三年（1818），温汝适休官回到故乡顺德龙山小陈涌侍奉病中的母亲。当年夏天，适逢家乡发生大水，田庐被毁，哀鸿遍野，民不聊生，他积极寻找应对的良策。经过调查，发现南海县沙头境内的堤坝最为薄弱，便主张顺德、南海两县合修堤坝。他率先游说本县头面人物集资，联合南海县人士组织围董会。但是，民众并不积极。当时，他准备回乡翻修祖屋。但是，他转念一想，如果修不好堤坝，洪水来袭，新屋也难保。正所谓皮之不存，毛将焉附？于是，他清点了家中的所有银两，全数捐作修堤之用。他的义举，让乡民们深受感动，大家纷纷仿效。

但是，民间集资毕竟有限，也非长久之计，于是，他又想出一个一劳永逸的高招，他请求广东官员将情况上奏嘉庆帝，获准借给无息国库银八万两，用来贷给商户。这样每年可生息九千六百两，其中，以五千两还本，四千六百两拨作堤围岁修费用，待债务全部偿还后，每年的利息就能全部用来修堤围。

此外，岁修制度，对桑园围的保护也是意义重大。清道光十四年（1834）规定了岁修制度，积石为坝，迁水势也。垒石为坡，护河墙也。增土为塘，抑泛滥也。垒石为楗，固藩篱也。当然，岁修的费用也不菲，1849年就花费了一万两白银。《潘以翎己酉岁修志跋》这样写道："于是斯濂先向上游略陈梗概，厥后围绅继谒呈请，遂蒙委勘，随即拨领岁修银一万两。"这种防患于未然的方式，使得基围的防洪能力大大增强。如光绪十一年（1885）五月间，珠江水系汛期到，三江水齐涨，"沿江基围十决八九"，独桑园围基段只是"间有颓塌"，当时人认为是"藉岁修之功"。

桑园围建成之后，大湾人便因地制宜，将低洼的土地挖深为塘养鱼，堆土筑基，填高地势，相对降低地下水位来种植

圆岗

璜玑

伍 一船生丝一船银

果树。到了明代中叶以后,在整个珠三角地区掀起了一股弃果种桑、废稻树桑的热潮。桑基鱼塘开始取代果基鱼塘登上了历史舞台。

笔者以为,桑基鱼塘的本质是物尽其用,循环往复,生生不息。"蚕壮、鱼肥、桑茂盛,塘肥、桑旺、茧结实"的谚语,形象地说明了这一点。桑、蚕、鱼三者产生了有机的循环。池塘里肥沃的淤泥,使桑树茁壮成长,鲜甜的桑叶,保障着蚕的生长,而蚕屎是上等的鱼饲料,一般来说,用800斤蚕屎,再加上适量的青草饲料,便可育肥100斤鱼。《蚕桑谱》一书曾总结说:"且蚕桑之物,略无弃材。蚕食剩余之桑可以养鱼;蚕屙之屎,可以作粪土,固可以培桑,并可以培木、蔬菜、杂粮,无不适用;更可以作风药;已结之茧,退去蚕壳,化成无足之虫,曰蚕蛾。若不留种,煨而食之,味香而美,可作上等之菜,偶有变坏之虫亦可饲鱼、养畜,更有劣等者曰僵蚕,可作祛风药;即缫丝之水均可做粪土以利耕织。"

清代是桑基鱼塘最美好的时光,清代的《雷塘庵主弟子记》有如下一段记述:"……顺德县界之桑园围地方周回百余里,居民数十万,田地一千余顷,种植桑树以饲春蚕,诚粤东农桑之沃壤也。"正所谓:"家家早起夜眠迟,生丝要赶趁墟期",在20世纪20年代桑基鱼塘的鼎盛时期,顺德有桑基鱼塘面积超过100万亩,90%的居民从事桑鱼生产,可谓"全民皆桑"。而在霍华德所著的《南中国丝业调查报告书》中,我发现一个令人咋舌的数字,容奇、桂洲(现合并为容桂)是顺德

独树岗村

最大的蚕丝贸易城镇,也是广东丝业的实际中心,这里有最大的蚕丝市场和80%的蚕茧仓库。到了清末,顺德县直接提供的税捐达200多万两,差不多占广东财政收入的1/10。

笔者以为,桑基鱼塘的兴起主要可以分为五大因素。

一是悠久的历史传统。珠江三角洲的暖湿气候也适宜养蚕,养蚕吐丝一直是珠三角显著的地域特色,早在两汉期间,珠江三角洲就已有种桑、饲蚕和丝织生产记录,桑蚕的饲养一年达八至九造。顺德先民种桑养蚕的历史可以追溯到宋代,据《顺德县志》等记载,早在宋代,龙江堡龙首村和龙山堡沙富村已兴起桑蚕种养业。明清各本《广东通志》记载,明永乐四年(1406),龙山土丝年纳税二十五两(每担土丝税银六钱)白银,可见当时桑蚕生产已有一定规模。龙江出产的象眼绸"玉阶""柳叶"等产品列为贡品。

二是有利的地理条件。这种地理条件并非先天具备,而是大湾人智慧的结晶,是大湾人改造自然的结果。桑园围的修建,避免了洪水的肆意侵扰,为桑基鱼塘的兴起提供了物质基础。早在明朝,每年冬至前后,南海西樵、沙头,顺德龙江、龙山等地的农民,家家户户都把自家的鱼塘抽干,将塘底的淤泥挖出来堆在鱼塘旁筑基。次年春天,农民在塘基上种下桑树用来养蚕,蚕屎便用来喂养鱼。地基与鱼塘的比例,也并非异想天开,而是根据桑叶、蚕沙和每亩塘鱼产量所需要的饲料和塘泥的沉积量等关系,做出了科学的规划。一般来说,呈"六水四基"或"七水

南金方格鱼塘

烟桥鸟瞰

三基"的比例。此外，蚕丝的产出率也得到了提高。从明代开始，顺德人创造了浴水法孵化蚕种的技术，这种方法不但增强了幼蚕的免疫力，减少了病害，还缩短了孵化周期，使原有的一年五熟增至七熟，甚至八熟。

三是宗族的力量。著名经济史学者叶显恩认为，珠江三角洲是中国宗族势力强固的地区之一。强大的宗教势力对桑基鱼塘的兴修，尤其是对"弃田筑塘，废稻树桑"热潮的兴起产生了促进作用。桑基鱼塘的基础是沙田历史上，尤其是明清珠江三角洲沙田的开发与宗族制有着相当密切的关系。珠江三角洲的大宗族，拥有雄厚的物力、财力，对沙田的开发起了积极作用；同时沙田的大规模开发又为珠江三角洲宗族势力的发展创造了有利的经济条件，二者成互动关系。此外，各大家族都是族田，可以集中种植经济效益高的作物。"弃田筑塘，废稻树桑"需要投入大量的财力和人力，需要宗族的强大后盾。

四是丰厚的经济回报。俗话说，无利不起早。大湾人向来务实，丰厚的经济利益，正是桑基鱼塘兴盛数百年的最大推手。屈大均在《广东新语》中写道："桑时一月一摘，摘而复生，月可得叶五百

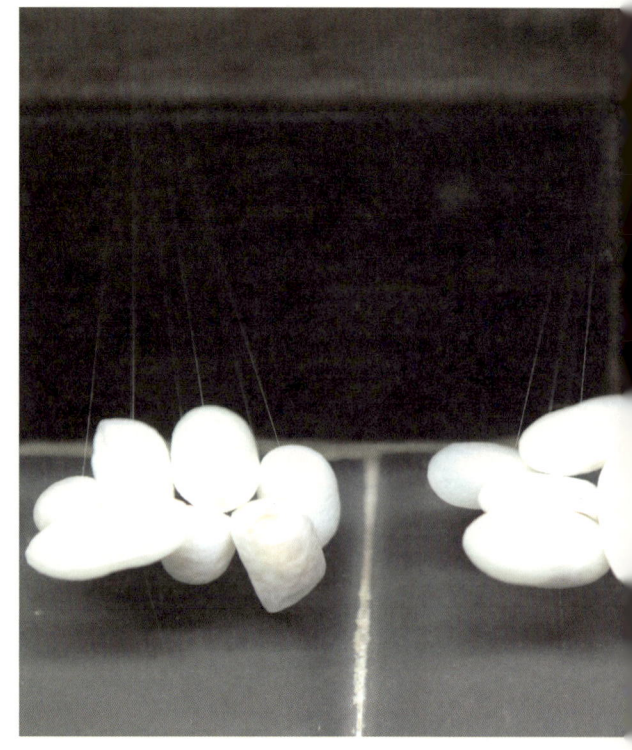

蚕茧

斤，蚕吃之得丝四斤，家有十亩之地，以桑以蚕，即可充十口之食矣。"晚清诗人张琳在诗中也写道："剥茧茅寮傍水边，柔桑墙外绿含烟。鱼蚕毕竟收成好，十亩基塘胜种田。"桑基鱼塘的本质是循环经济，用最小的投入，达到最大的产出，从而取得了"两利俱全，十倍禾稼"的经济效益。翻开历史书，我们会发现，桑基鱼塘的兴起其实与海上贸易的兴起休戚相关。1522年，明朝封闭了福建泉州和浙江宁波两港，广州成为生丝对外贸易重要

缫丝机

港口，各地生丝经由广州输出。又过了31年，葡萄牙侵占澳门，外国商船陆续进入，开通了往里斯本等欧洲各国新的"海上丝绸之路"，促使广东生丝对外更加畅销。当时，敏锐的顺德人看到桑蚕业广阔的发展空间，于是纷纷"弃田筑塘，废稻树桑"，从那时开始，顺德缫丝业开始迅猛发展。到了1757年，乾隆下令"一口通商"，四大海关仅留广州一处，广州成为全国生丝唯一对外输出港口，国际生丝需求促进了蚕桑业的发展。19世纪40年代，法国因蚕病严重，生产受挫，生丝在国际市场上供不应求，外商涌入广州大量购丝。第一次世界大战前后，世界纺织品奇缺，许多军队，尤其是空军的降落伞需要大量生丝制作，因而价格飙升。1915年，生丝价格每担港币680元，1920年升到1550元，1922年暴涨到2200元。1925年的《南中国丝业调查报告书》记载：数年来"粤丝价涨，农民多曾拓桑基"，老的基地如顺德已"悉是桑基"。广州是丝织业的主要生产基地之一，而集散地则在佛山，各地纱绸大都运至这里转出口。这时广东所拥有的缫丝厂和丝车数量均居全国之首位。从资本上来讲，也仅次于上海而居全国第二位。数据显示，1926年，每担生丝可换好米200担，顺德全县桑田面积占农田总面积的80%，平均亩产桑1.3吨，19世纪20年代，顺德生丝出口占全省80%。因此，"全省商业之荣枯，市面金融之盈继，及人民生计之难易，莫不与粤丝贸易有直接关系"。

四是技术的进步。在千百年的岁月中，自制的手摇机进行缫丝一直在延续。清光绪初年，另一种用脚踏的缫丝机被制作出来。在缫丝技术的发展中，有一位奇人不得不说。他叫陈启沅，佛山南海简村人，从小聪颖过人，眼力超人，远至五华里的行人服饰能分得一清二楚，近至在米粒上雕刻遒劲书法或绘画皆飞跃传神，因他在家排行第七，人称"鬼眼七"。1854年，陈启沅因生计远涉越南，在堤岸经营丝绸庄，兼及他业，后成巨富。1873年，他在越南见识了法国蒸汽机工厂的好处后，深受震撼，以超人的记忆力，记下了机器结构，并画下图纸，回到故乡简村

开办了中国第一家蒸汽缫丝厂——继昌隆缫丝厂,这标志着缫丝技术的改进。虽然蒸汽只用来煮蚕,并非作动力之用,但在当时已是一大进步,一个女工可抵十余人之工作,不仅如此,同传统的手缫土丝比较,在色彩、捻度、条份、匀度、理绪、净度和装束成形等方面,都大为优胜,粗细均匀,丝色洁净,弹性也较好。机器缫丝厂民间称为"丝偈",生产出来的丝称为"洋庄丝"。当时,出口土丝每担400两毫银,而洋庄丝可达600两毫银。次年,顺德人温子绍在龙江开办了顺德第一间机器缫丝厂。随后,佛山各地的缫丝厂如雨后春笋般兴起。史料记载,1922年,仅南海县一带的丝厂就有30多家。机器生产大大提高了生产效率,从而促进了19世纪后半期至20世纪初珠三角种桑养蚕业(农业)、机器缫丝业(工业)、生丝贸易业(商业)的发展。

历史总是峰回路转,没有一样产业能永远兴盛,桑基鱼塘的生产模式也不能幸免,桑基鱼塘的衰败,原因相当复杂。1929年,由于国际经济危机发生,丝价大跌,与此同时,日本生丝异军突起。20世纪20年代,日本生丝垄断美国进口生丝的90%。进入30年代,日本出口生丝不但独霸美国市场,而且占据了世界生丝市场的四分之三。到了1934年,顺德全县仅剩机器缫丝厂24家,丝车12273台,丝厂停业70%以上,失业女工5万多人。1939年日军侵占顺德后,强制丝厂复工,低价收购蚕茧和生丝,蚕桑生产勉强维持至1942年。香港陷落后,日本洋行停购生丝,桑蚕业陷于崩溃,顺德的丝厂纷纷倒闭。1944年,顺德开工的机器缫丝厂仅存三家。

桑基鱼塘虽然已成为往事,但由桑基鱼塘孕育的一种古老的染整技艺,却历经

香云纱

了数百年的时光变迁,至今仍然充满生命力。它就是香云纱。

香云纱是广东近代丝织品中的佼佼者,早已美名远扬,以其精湛高超的织造技艺及其镂空提花的特性名扬海内外,成为广东海上丝绸贸易的杰出代表。据沈廷芳《乾隆广州府志》记载:"佛山丝绸之精,金陵苏杭皆不及也。"相传自北宋以来,南迁汉人就已经把农桑的生产技术带到岭南。人们筑堤围垦、种桑养蚕,逐渐形成了佛山一带很有特色的桑基鱼塘区。农桑的兴旺推动了佛山丝绸业的发展,明、清以来,佛山的光缎、五丝、八丝以及香云纱就誉满天下。

香云纱,浪漫而又轻盈,光听名字,就美不胜收。这个名字,是哪一年形成的,如今已经无从考证了,其形成的原因,大抵有二:一是响云纱,由于穿着走路会"沙沙"作响而得名;二是因其颜色如香烟,又被称为香烟纱。上海作家程乃珊就曾说:"我觉得'香烟纱'更贴切,因为旧时香烟纱的颜色只是单一的黑,黑得像胶漆,硬霍霍的。但越洗越薄,颜色也越来越淡,最后成浅褐色,像煞那薄薄的烟雾。"

宋庆龄女士非常热爱香云纱的旗袍,

她有一件极受偏爱的香云纱旗袍:立领、短袖,右衽,黑色,通长130厘米,通宽85厘米,下低开衩,手工缝制。冰心在《寄小读者》里写道:"她母亲穿一套青色香云纱的衣服,五十岁上下,面目蔼然,和她谈话的态度,又似爱怜,又似斥责。"张爱玲的笔

香云纱

香云纱从材料到染料全是纯天然的。本地出产的丝绸,加上天然的薯莨和淤泥,又吸收了日月的精华。早在北宋《梦溪笔谈》中就有记载:"《本草》所论赭魁(即薯莨),皆未详审。今赭魁南中极多,肤黑肌赤,似何首乌。切破,其中赤白理如槟榔。有汁赤如赭,南人以染皮制靴。"

香云纱是时间的艺术,制作周期需要一年,制作工艺复杂,所谓"三蒸九煮十八晒"。正是经过如此繁复的工艺,香云纱被称为"软黄金",据史料记载,在明朝永乐年间,香云纱曾卖到每匹12两白银。

香云纱提花图案内敛含蓄,平视几乎看不出,只有将面料展开对着光,精美的镂空图案才会呈现出来。香云纱的美,不是张扬的,而是低调的。在我看来,香云纱不仅是一种面料,更是一种怀旧的情愫,一种朴拙的人生态度,一种含蓄与优雅,举手投足间尽是洗净铅华之后的朴素与静美。

"荔熟蝉鸣云纱响,蔗浪蕉风莨绸爽",描绘的是一幅曼妙的岭南风情。香云纱特别能体现温润的女性气质,选择香云纱的女子,大多是有些阅历的,眉宇间流淌着一种沉静;选择香云纱的女子,大多是知性的,她的目光如水般清澈;选择

端也常常写到香云纱,在她的名作《金锁记》中:"七巧穿着白香云纱衫,黑裙子,然而她脸上像抹了胭脂似的,从那揉红了的眼圈儿到烧热的颧骨。她抬起手来搵了一搵脸,脸上烫,身子却冷得打颤。"她对香云纱的热爱溢于笔端。

香云纱的女子,大多是内心柔软,对这个世界心存美好与善意。

一个雨后的黄昏,在长长的巷弄里,遇见一个穿着香云纱旗袍的女子,面若桃花,温润如玉,她款款前行,高跟鞋在石板路上发出清脆的声响,仿佛从古画中走出来一般,此情此景,多么的优雅,多么的动人。

时光流转,岁月变迁。如今,桑基鱼塘虽然早已退出了历史的舞台,但在佛山的古村落里,仍然可以寻觅到当年的印记。比如顺德勒流,有一个叫众涌的地方,是标准的岭南水乡,这里水网密布,从遗存的老房子中,还能感受到当年的繁华。行走其间,你会发现两个废弃的码头,你可千万不要小瞧这个码头,曾经这里可是众声喧哗,热闹之至,河涌里挤满了木艇,因为,这码头边上曾经是顺德较大的桑叶交易集散地,谓之"桑市"。在二十世纪二三十年代,顺德蚕丝业名噪一时,是南方缫丝的主要生产地之一,并形成一条龙的产业链:龙头在容桂,缫丝业发达;龙身在杏坛,养蚕者众;龙尾则在勒流众涌,乃桑叶、蚕春(卵)的批发集散地。码头边上仍然有破旧的蚕春铺,当年的"作记蚕春""义记蚕春""协利蚕春""怡怡蚕春",每日早上四五时即开市,一日交易量多达2万斤。如今,它们已经残破不堪,只剩下岁月的遗照。

相比众涌的落寞,逢简则要幸运得多。一进村庄,就仿佛进入了一段被遗忘的时空,微风中弥漫着历史的芳香,小桥、流水,河面上泛动的一叶叶轻舟,阡陌纵横的石板路、满目沧桑的古宅,还有随处可见的古树,像一幅古韵悠悠的画卷,在眼前徐徐展开。村庄里,到处都是悠然自得的场景:渔夫划着小船,把渔网轻轻地撒向河面;老人们将鸟笼挂在古树下，一边抽烟、一边聊天；一个白发苍苍的老人在河埠边挽着裤脚在洗鱼，旁边的一只小猫咪，流露出惹人怜爱的渴望眼神……

逢简过去十分繁华，有"小广州"之称，其养蚕缫丝很发达，至今还保留了当年的买卖蚕茧和缫丝的工棚与码头。据载：同治十年（1871）就有手工业缫丝生产者了。丝织业繁荣时，村内有三个缫丝市场，30多间丝织厂，几百台织机，1000多工人日夜不停地织丝。逢简因水而兴，四通八达的小河涌，流淌的全是财富。一船船蚕丝运往广州等地，全省客商也从这些小河乘艇远来，采购蚕丝，使这个美丽的村庄，获得了"南国丝都"的美名。

村中的明远桥是顺德现存文献记录中最早的三孔石拱桥，它建于宋代，历经了时光的磨损，被青苔染绿的石狮子，仍然憨态可掬。被风吹皱的宁静河水，倒映着房舍，它见证多少的风雨，多少的往事啊……我站在桥上，吹拂着清甜的微风，想象逢简当年的繁华，仿佛听到缫丝厂开工的汽笛声，听到女工们慌乱的木屐声，听到机器的轰鸣声……

逢简

斗转星移，沧海桑田，经历了几百年的风雨浮沉，时至今日，桑基鱼塘已经渐行渐远，但它却是大湾区农耕时代最有特色的生产模式，是生态农业的典范，是人与自然和谐相处的典范，为大湾区的富饶立下了汗马功劳。

让人欣慰的是，在南海区西樵镇的七星村至今仍保留着桑基鱼塘的面貌，被称为珠三角桑基鱼塘的"沧海遗珠"。1972年，该村被联合国教科文组织评为"桑基鱼塘"农田示范区，并留下"世间少有美景，良性循环典范"的评语。

2021年1月，桑园围正式入选2020年度世界灌溉工程遗产，与都江堰、郑国渠等举世闻名的水利工程同获殊荣，这也是首个以基围水利为主体的世界灌溉工程遗产。

桑基鱼塘虽然已经成了历史，却是不能忘记的辉煌记忆。它记录了大湾区从农业转向工业，转向商业的嬗变过程。它造就了大湾人放眼全球的视野，造就了大湾人海纳百川的胸怀，也造就了大湾人应时而变的智慧。它是一笔重要的精神遗产，暗藏着大湾人的性格基因，也寄托着大湾人的美丽乡愁。

腊鱼

陆

日暮乡关何处是

一个人无论走多远,都走不出自己的祖籍;一个人无论走多远,都走不出自己的乡音;一个人无论走多远,都能听到故乡的房子在风中歌唱。

第六章　日暮乡关何处是

对中国人来说，故乡有着极其特殊的意义，乡愁是沉淀在中国人骨髓中的一种情感。"日暮乡关何处是，烟波江上使人愁"；"若为化得身千亿，散上峰头望故乡"……在中国古人的诗词中，乡愁是一个书写不尽的永恒母题。

在当代作家的笔端，乡愁的书写依然延续。台湾作家龙应台曾在一本书中写到

碉楼

自己的母亲，她得了老年痴呆，连自己的子女都认不出来了，但却清清楚楚地知道，自己的故乡是浙江淳安。夜深人静、月华如霜的时候，正是乡愁蔓延的时候。正如台湾作家席慕蓉所写："故乡的歌是一支清远的笛/总在有月亮的晚上响起//故乡的面貌却是一种模糊的怅惘/仿佛雾里的挥手别离//离别后/乡愁是一棵没有年轮的树/永不老去。"

中国人寻根问祖的意识，似乎是与生俱来的，它早已沉淀在血脉之中，无论走到哪里，都要寻找自己生命的出处。在大湾区内，寻根问祖、认祖归宗的故事每天都在上演。一个闷热的夏日午后，我在网上读到了一个帖子，发帖者是一个在美国的一个姓关的华侨，在帖子中，他这样写道："曾祖父于1909年离开佛山南海九江镇柳木村、移到越南河内市继家业养鱼苗。到越南时，行李中有一本族谱，但不幸被陌生人偷了。后来，一家迁到了美国，曾祖父也去世了，于是变成忘祖忘宗的状态，像无家可归的鸟，希望能找到自己的家族。"帖子刚发出来，就有许多热心的关姓族人回帖，在大家的帮助之下，他终于如愿以偿，原来他是南海九江世美堂的后人。言虽寥寥，却是密密匝匝的滚烫乡情。读完帖子，我早已泪眼模糊。血缘的力量，如此强大，即使远在大洋彼岸，也无法阻挡。思乡的情怀，如此殷切，即使过去了一百多年，仍然没有凉却，永远也不会凉却。

很多人知道广州有本杂志叫《南风窗》，却不知道"南风窗"是什么特别的寓意。在广东民间，有亲戚在香港、澳门以及南洋的人家，是让人羡慕的，这些家庭被形象称为"家有'南风窗'"，意指侨汇像温暖的南风一样源源不断地涌入家中。

大湾区濒临大海，很早就有人漂洋过海，寻找发展的机会了。据《明史》记载，明代洪武三十年（1397），佛山南海人梁道明在印度尼西亚苏门答腊岛聚集侨民数千家，成为一方之首，而其离乡去国的历史可从明永乐三年（1405）前推至其父辈或祖辈的元代。

大批的华人出洋打工，则是17世纪的事，据《中山市华侨志》记载："契约华工最早出现在17世纪初荷属东印度的巴达维亚（今雅加达），当时只限于被掳或自费而来但赊欠旅费的华工，签订若干年的偿还契约，这就是契约华工，亦称'猪仔贸易'。人数虽不多，但持续时间很

端芬

长。最早的招募点（即猪仔馆）就设在澳门。"

大湾区内出洋人数最多的是江门，江门又称五邑，下辖新会、台山、开平、恩平、鹤山五个区县，它被称为中国第一侨乡，据统计，祖籍江门的华侨华人和港澳台同胞有近400万，分布在全球107个国家和地区，素有"海内一个江门、海外一个江门"的美誉。

在江门五邑地区，又以台山的华侨最多，统计数据显示，台山在海外的华侨、华人有163万多人，比台山常住人口的95万还要多得多。台山话在北美影响甚大，1957年，中央人民广播电台开设了台山话的节目，台山话因此成了中央人民广播电台的对外广播语言。

台山端芬的海口埠号称"广府人出洋第一港"，据文献记载，台山人出国可以追溯到清乾隆三十九年（1774），当时台山人主要是通过水路出海，而海口埠由于

陆 日暮乡关何处是

端芬海口埠

水上交通十分便利,有香港恒兴渡、江昌渡来往海口埠至香港和澳门,因此,有不少五邑及周边地区的先侨是通过海口埠这里搭乘轮渡到香港,然后再从香港转道世界各地。

一个薄雾的清晨,我来到了海口埠,海口埠由一条竖街和一条横街组成,呈T字形,建有主街维新街、西隆街、东兴街,还有海傍街和市场街。岭南多雨,经年的雨水侵蚀,让原本雪白的外墙,变得漆黑如炭,像曾经历过火灾一样。街道上,骑楼林立,寂静无声,可是我分明听到了踢踏的脚步声……

横街走到尽头,便是埠口了。埠口空空荡荡,不见一人,可我分明看到一条条待发的船只,一个个面黄肌瘦的船客,一双双迷茫空洞的眼睛……咸腥的海风吹在我的脸上,让我心中生起了别样的情绪。我想,每一个游子,回到的时候,迎接他们的,就是这故乡的风。这风中不知道夹杂着多少人的悲欢，多少人的离愁。

迢递客乡去路遥，断肠暮暮复朝朝。渡口的大榕树，默默见证着一拨拨的华侨远行，也等待着华侨们的归来。这个宁静的清晨，和一百多年前的清晨并没有区别，港口还是那个港口，人却早已老去，离开时，还是意气风发的少年，归来时，却已是白发苍苍的老人。

不远处，就是银信博物馆。江门地区的银信，就是潮汕地区的侨批，是指海外华侨通过海内外民间机构汇寄至国内的汇款暨家书，是一种信、汇合一的特殊邮传载体。它是一个时代的记忆，也是华侨心念故土的生动见证，是华侨们对于亲人们浓烈无比的爱。

鸿雁传书，情长纸短，信中所写的都是家长里短的小事，但读着那些朴实得不能朴实的信件，我却久久不能平静，我能感受到每个字背后浓浓的思乡之情。

银信是个体的记忆，是微小、琐碎的情感的碎片，但将这些碎片拼接起来，就是一部最珍贵、最生动的华侨创业史，一部可歌可泣、筚路蓝缕的血泪史。

"爸爸去金山，快快要寄银，全家靠住你，有银就好寄回……"据统计，从1864年至1949年，85年间，江门五邑地区的侨汇总额居然超过了7亿美元，源源不断的侨汇，像是来自大洋彼岸的雨，滋润着这片饥渴的土地。

江门人大多是在鸦片战争以后开始出国谋生，最初的目的地是东南亚。在异国他乡的土地上，他们从事的都是当地人不愿从事的工作，大家称为三把刀，即剪刀、菜刀、理发刀，他们收入微薄，仍省吃俭用，把省下来的钱，寄回家中，补贴家用。

中国人常说："在家千日好，出门半朝难。"华侨们之所以大规模地远渡重洋，最主要的原因，一是贫穷，二是时局动荡。据《兴宁县志》记载，当时，粮食十分紧缺，所有的田地能够种植生产的粮食仅够全邑人口半年之需。

就在五邑民众处于水深火热之时，海外传来了一则好消息，1848年美国加州最先发现金矿，紧接着，1951年，澳大利亚墨尔本也发现了金矿。人们将前者称为"旧金山"，后者称为"新金山"。这对贫困交加的人来说，无疑是极具诱惑力的，就像黑夜中突然出现了一道曙光。于是，大量的人奔赴金山，他们被称为"金山客"。

去到大洋彼岸需要坐船，船票的价格

高得惊人，一般人根本承受不了。为了买一张船票，华工们要卖田卖地，有的还要借高利贷。早期的华工乘坐的是一种三支桅的帆船，俗称"大眼鸡"，在船首的两边都画上了一个巨大的眼睛，又称大龙目，寓意这艘船在穿越大海时能够更好地看清航路，象征着保持正确方向。在太平洋的风浪中漂流几个月，才能到达"金山"，有很多人，到了半途，就命丧黄泉，因此，也被称为"浮动地狱"。

大舱的票价最为便宜，条件也是最差的，空间十分狭窄，每个人的空间仅一尺多，像沙丁鱼罐头一样，里面光线昏暗，空气混浊，吃饭和解手都在其中，条件极其恶劣，"日则并肩叠膝而坐，夜则交股架足而眠"，很多人，在途中就赔上了性命。有记载称，当年曾有四船共载2523名华工去美国，途中死亡人数达1620人，死亡率高达64.21%。这个数字，让人听起来毛骨悚然。

怀着"淘金梦"的华工，穿过风高浪急的大海，九死一生地来到美国，才发现情况与想象之中有着天壤之别，他们只能在废弃的金矿淘金，从尾渣里寻找砂金，据说，经过他们淘过的矿区，连"塞进虫子牙缝的"金子也找不出来了。即使这样，收入仍然十分微薄，连养活自己都很困难，因为淘金而致富的人，可谓凤毛麟角。

1863年，美国开始修建贯穿东西的铁路，起初这个工程并没有考虑要聘请华工，请的是身材高大的爱尔兰人，原计划请5000个，来的人不够，只有500个，工程进展十分缓慢，两年时间仅仅修了50英里，后来爱尔兰人又宣布罢工，因为这个工作实在太危险，他们不愿意为美国卖命。

万般无奈之下，有人提出找华工，他们说，他们的祖先能修长城，修铁路有什么问题。这个提议刚提出来，立刻就遭到了很多人的反对，因为与爱尔兰人相比较，华人矮小瘦弱，简直像女人一样。有人想了一个折中的办法，先聘请50名华工来试一试。没想到，华工们的效率居然比爱尔兰人要高得了很多，于是，开始大量招华工，前后共招了约14000多人。在美国中央太平洋铁路公司的铁路工人薪水发放记录中，华工的比例在工程后期甚至高达95%。

1865年10月10日斯坦福州长在写给约翰逊总统的信中，这样表述："他们是安静、和平、有耐心、勤奋和节俭的人们。他们（比白人）更加精明而节约，还满足于较低的工资。我们发现，他们自己组织起来互相帮助，互相支持，离开了他们，就不可能在国会立法所要求的时间内完成如此宏伟的国家计划的西段工程。"

华工们创造了许多了不起的奇迹，他们曾创造了12小时内以铺10英里600米铁轨的纪录。因为他们艰苦、卓越的工作，使原本计划14年通车的铁路，只用了七年时间，而且预算也节约了三分之一。可是，令人心寒的是，铁路通车那天，现场没有看到一个华工的身影，也没有人提及华工。

此后，美国的铁路建设迎来高潮，到处在修铁路。吃苦耐劳的华工成了第一选择。1868年，一份留美的中国人籍贯分布表显示，总人数为60100，其中江门最多，超过了44000人，南海、番禺、顺德三邑10000人，中山、东莞、增城11800人。后来，加拿大仿效美国，修建太平洋铁路，大量聘请华工。高危险、超负荷的工作，让许多华工丧生。美国的铁路修建，死亡人数已经难以统计，美国人曾说过，美国铁路的每一根枕木下面，都横卧着一个华工的尸首，而加拿大太平洋铁路，失去生命的至少有4700人。

我们今天已经难以想象华工们修筑铁路的艰辛，幸好，美国的一位记者留下了报道。1882年，《费城时代日报》的一篇文章这样写道："他们穿过满沙遍野的沙漠，凿开高耸的山峦，抚平多石的山脉，架桥于大河和峡谷之上……他们奋力向上，以一天三英里的速度铺设铁轨。即使在峡谷深过一千英尺的里约格兰，仍然凿山填谷，以每二十四小时一英里的速度向前移动。"

华工们工作虽然辛苦，但收入还算可观。他们老家做工，月收入约一美元，而在美国，可以领到20到30美元左右。他们节衣缩食，除了必要的开支，用银信的方式把大量的钱寄回了老家，他们的家人开始慢慢摆脱贫穷。

受此影响，越来越多的人，开始远涉重洋，他们大致可以又分为两类，一类是自愿的，还有一类是被迫的，这一类人被称为"猪仔"。当时，在乡间各种花言巧语的招工广告张贴出来，但往往充满了陷阱。开平立园的中国华工纪念馆，收藏了这样一则招募广告："美国人都很富有，那里工资高，房子又宽敞。至于吃喝穿，更是任你挑任你选。那可是个好地方，没有官府，没有士兵，人人平等。那里

也有中国财神，还有招工局代办处。别害怕，你会走运的。美国的钱多得很，随你花。"很多人急于摆脱贫困的人，因此被人当成了"猪仔"贩卖，过上了奴隶一般的生活。

在江门五邑华侨博物馆中，有一张"猪仔"的照片，让我驻足良久，热泪盈眶，这张照片拍摄于南美，背景是收割后甘蔗地，中间是一个老华侨，他的脸上写满了岁月的沧桑。最让我唏嘘的是，他的脚上居然还铐着脚链，为了能正常工作，他用一根绳子将沉重的脚链串起，挂在脖子上。时间久远，我们无法得知这位老人的身份，但他那痛苦折磨得有些麻木眼神，却似乎在向我们无声地控诉，控诉那段不堪回首的往事。

"猪仔"的生活是极其悲惨的，据谭乾初的《古巴杂记》记载：咸丰三年（1853）至同治十三年（1874），从澳门、汕头、厦门、广州、香港等埠运载华工直驶古巴的共346航次，计143040人。其中260航次从澳门开航，所载华工以香山东西两乡农民为多。

秘鲁人贩子在澳门招工，用的都是拐骗、绑架、打闷棍、下迷药等诡计弄到猪仔馆后逼立合同的，香山人李德成与同宗游澳门时被拐卖。

道光三十年（1850），香山人张贵等1465人，分乘英、法、秘鲁船等四艘，从珠江口金星门和澳门出发，运往秘鲁。张贵坐第三艘船，船上300人，到达时已死去48人，另一艘船装七十人，中途死了一人，第二艘装435人，到秘鲁时只剩下185人。

同治十三年（1874），容闳专门到秘鲁调查华工境况。据容闳调查："自咸丰初年拐贩起，至今（同治十三年）计有华工约12万有奇。此二十年中受虐待以及病亡，难以数计。"咸丰十年（1860），到秘鲁钦查岛的4000华工"皆以劳苦难堪，卒致服毒自尽，投海而亡，或愿活埋于粪中，或因过劳而病死，种种残惨，实所骇闻"。

江门开平籍著名画家司徒乔曾画过一张名画，叫《三个老华工》，记录一段华工的血泪史。那是1950年，司徒乔从美国乘轮船回国，途经檀香山时，船上来了三名年老的乘客。这三个人很是特殊，其中一个完全聋了，一个一只眼睛瞎了，剩下的一位虽没聋没瞎，说话却结结巴巴。他们整天紧闭嘴唇，坐在甲板上，眼神呆滞。半个多月后，司徒乔才弄明白：53年

《老华工》 司马乔

前，他们卖身出洋谋生，和其他600多名"猪仔"华工一起被运到檀香山的一个小岛上砍伐山林，开辟农场、种植甘蔗和水稻等。每天早上4时开工，下午6时收工，在恶劣环境下工作14个小时，最后华工有的被毒蛇咬死，有的逃走时溺水而亡，到1950年只剩下9个人。种植园主见其再无利用价值，便通知檀香山华商总会送其回国。三个老华工身上仅剩的48元美金，还是由华商总会募捐的。

当然，也有一些华工凭借自己的勤劳和智慧，最后发家致富，富甲一方。

在今天的马来西亚首都吉隆坡，有一条路叫陆佑路，当地人，用这样一种方式纪念一位叫陆佑的华侨。陆佑是江门鹤山人，原本姓黄，他身世十分曲折，出生不久，父亲身亡；五年后，母亲离世；不久，唯一的姐姐，也夭折了。他便成了一个孤儿。村里有一个乡亲，见他可怜，便带他去一位陆姓的地主家，被收为奴子，从此改姓为陆，他是被"卖猪仔"来到马来西亚。17岁那年，有人提出借钱给他赎身，带他到马来西亚做契约劳工，没想到，他成了"猪仔"，成了别人的"砧上之肉，釜中之鱼"。陆佑在矿山做了三年工，恢复自由身，来到新加坡，在同乡的介绍下，到一家烟酒庄工作，他节衣缩食，存了99元叻币开设一间"兴隆号"小杂货店，但他并不满足于此，把店交给伙计管理，自己去找矿去了。开始颇费周折，后来，陆佑包下了一座废弃的铁矿，没想到，往下深掘，竟然发现了储量

陆佑

极其丰富的锡矿。此后,他专找旧龙口,挖锡米,成为巨富,后又采橡胶,被人称为"矿产大王"后又涉足橡胶生产,成为"橡胶大王"。成为富豪之后,陆佑大力资助教育,当年捐建的香港中文大学陆佑楼,目前仍在使用之中。

和江门五邑人不同,香山人尤善经商。清朝开放海禁之后,香山县唐家村唐氏族人已有人到南洋经商。

吴尚膺在《美国华侨百年纪实附加拿大》一文载:"我粤人在上海、天津、汉口等地与欧美人营商者,以中山人为最多,昔年俄国人每年操办中国茶叶甚为大宗,商行多设上海,其中大茶商几全为中山人。……因中山早年与外人接触,除国内之通商口岸外,在澳洲、新西兰及美国的檀香山各地,华侨中大半数为祖籍中山人士。四邑人多说中山话,一如华侨在美国大陆多说四邑话般。在美国大陆各地除四邑人外,亦以中山籍为最多……若到澳洲之新金山墨尔本或檀香山等处,则有置身于中山石岐或澳门街一样。"

香山商人中的佼佼者是梅溪乡(今属珠海)的陈芳。陈芳被誉为"超市之父",陈芳生于1825年,其父亲在澳门经商,后因父亲去世,家道中落,投靠伯父。

1849年陈芳跟随伯父第一次来到夏威夷檀香山。在伯父的杂货店中担任伙计,后来,伯父年事已高,准备回家,让陈芳把店里的东西卖完就回国。可他却进了许多新货,还开架销售,生意做得十分红火。

后来,他与同乡合股开办芳植记公司,经营种植园和制糖业。 1861年,美国南北战争爆发,南方拒绝向北方输出蔗糖,使得北方糖价飙升。陈芳扩大生产规模,成了夏威夷华人中首个百万富翁。

在夏威夷,陈芳结识了一个叫朱丽亚·费叶韦撒的女孩,她是夏威夷皇室公主。陈芳与朱丽亚订婚,并出巨资为未婚妻建造了一座中西合璧的花园式豪宅。陈芳与朱丽亚一共生养了16个儿女,1963年美国纽约百老汇以陈芳的故事为原型,上演了一部音乐剧——《十三个女儿》,一口气连续上演了30年。

1880年,陈芳被大清光绪皇帝任命为中国第一任驻夏威夷商董,1881年在陈芳的努力下,中夏建立外交关系,陈芳被任命为领事,官至二品。1890年,整个北美大陆的反华浪潮传到檀香山,65岁的陈芳深感夏威夷已不再是华人的天堂,他急流勇退,决定落叶归根返回家乡。这一年,陈芳携巨资回到梅溪老家定居,兴办公益事业,扶助乡民。美国建国200周年评选百位对美国最有影响的外籍人士,陈芳赫然名列其中。

早期的香山华侨,多属工人阶层。同治九年(1870)后,曾被雇用修筑堤坝的香山人开始租佃土地业农。斗门人陈康大被称为"马铃薯大王",其在三角洲中南部斯托克顿附近租佃土地2000英亩,雇佣华人农工5000人,民国二年(1913)在三角洲地区购买土地1100英亩。其成立的美国华人农场总公司,资本达100万美元。民国九年(1920),陈经营的土地已达数千英亩。

佛山也是著名的侨乡,在佛山顺德乐从沙滘村有一个地方,被人称为"世外桃源",走进去,就仿佛走进了一个时空的隧道,穿越到了民国。这就是沙滘南村的牧伯里古建筑群,是海外游子们朝思暮想的故园。

初夏的午后,艳阳高照,走进牧伯里,就有一阵阴凉的风扑面而来,小桥流水,镬耳大屋,交错的小巷,青砖上布满了苔痕,时间的痕迹随处可见,美得像一个梦境……

整个村子平面呈梳式布局,17条平坦而大小相同的小巷南北走向,将建筑均匀分隔。拾步走进一户人家,你会立刻发出一声惊叹,屋内多置罗马柱、彩色玻璃画屏窗等新式装修,窗口饰以巴洛克风格的灰塑图案等,带着异域的风采。那些美丽的装饰,记录了他们漂泊的足迹。

多少年来,游子们从这里出发,奔赴世界各地,又从世界各地归来,修建大屋。虽然隔着千山万水,但这里的一草一木,总是在他们的梦中出现。巷弄空空荡荡，我却分明听到有脚步声响起，离去的和归来的脚步交织在一起，空气中飘荡着离乡的愁绪和还乡的欣喜。

码头边，停靠着一只小船。一百年来，游子们为了谋生，从这里出发，旅居世界各地近40个国家，其中有三座建筑非常特别，其主人分别来自马达加斯加、危地马拉、留尼旺三个国家及地区。

追溯历史，我们会发现一个叫陈泰的人，他最早在马达加斯加开发锡矿致富。关于他发家致富的故事，一直为族人津津乐道。流传的版本很多，大致有三种。第一种说法，陈泰当初在马来西亚为开矿的老板做饭，但老板一直找不到矿源。一天，陈泰在厨房发现了火烧处露出了矿石，但没有说出来。后来，老板另觅矿场，陈泰就在矿源上开发，终成巨富。第二种说法，陈泰随矿主找矿，但一无所获。一日，他半夜小便，发现了矿床。后来老板撤场后，他与几个兄弟联手开发，终成大富。第三种说法，他为矿主做饭时，矿主因找不到矿，终日愁眉苦脸，他偶然发现了矿床，便告诉了矿主，矿主发财后，将女儿嫁给了他。

由于时间久远，我们无法分辨哪一个说法更接近真相，但是，像陈泰这样意外致富的幸运儿，毕竟是少数。更多华侨的成功，靠的是勤劳与聪慧。"小小生涯口可糊，灯花开罢趁时需。此翁深解闺人意，惯卖街头十赦符。"聪明的佛山华侨们将货郎生意做到了非洲，开了许多士多。初到时，他们不懂当地的语言，就在柜台上放一把手杖，以供顾客指点所需货物。

和沙滘一样，佛山南海的高边璜溪村也是远近闻名的华侨村。村子最鲜明的标志是村口高高的炮楼，建于民国二十二年（1933），村中的旧屋多是龙舟脊青砖瓦房，村口祠堂边一棵老榕树，要十几个孩子手拉手才能环抱。自明清开始，移居海外（东南亚、大洋洲、美洲）的华侨、华人人口累积超过1000人，主要从事摄影、橡胶、商业等工作，故有"华侨村"之称。根据资料考据，璜溪第一个下南洋的村民叫李寿南，在印尼开起了影楼。一次，他回来看望母亲并在村里建起了青砖房。乡亲们看到以前的穷小子混得风生水起，便有许多小伙子跟着李寿南漂洋过海去了印尼，从事摄影、橡胶、商业等工作，并在当地落了根。

除了勤劳和聪慧，华侨们的另一个成功的密码是诚信。大湾人无论走到哪里，都牢记"牙齿当金使"的古语,将诚信发挥到了极致。

香港恒生银行常务董事梁銶琚的父祖辈多年经营银号,后来,他开始自立门户,成立元兴银号,事业刚刚起步,就遇到了"七七"事变。许多银号老板趁机裹挟客户存款逃之夭夭时,梁銶琚却坚持照常开铺,一边清点账目,一边等待匆匆赶来的客户,直到最后一位客户提走最后一笔款项,他才心无牵挂地关门闭户,离开广州,避难顺德。

新世界发展创办人兼首任董事会主席郑裕彤出身于顺德伦教,在1946年,到香港设立了周大福分行。当时在香港,金铺比比皆是,竞争十分激烈。郑裕彤决定首创推出四条九(即含金量99.99%)足金,较三条九金(即99.9%)含金量更高,虽然立即顾客盈门,可付出的代价也是巨大的,每卖出一两金,都要亏几十块。但郑裕彤却力排众议,他认为,这是一种免费广告,亏就是赚,虽然成本一定会高出几十万。但权当把这几十万当

璜溪炮楼

作广告费。过了两年,果然不用做宣传,周大福铸造的金饰各家店都争相取货。九九九九金的成功,既为周大福带来丰厚的盈利,又带来了良好的信誉。

梁銶琚和郑裕彤,是千千万万佛山华侨中的杰出代表。据有关部门的不完全统计,祖籍佛山的华侨、华人有73万人,港澳同胞68万人,新侨民8万多人,分布在世界72个国家和地区。从迁居地域分析,主要分为六大版块,第一块在非洲,第二块是南洋地区,第三块是旧金山,其他为澳大利亚所在的"新金山"、欧洲以及日本。

翻看华侨背井离乡的奋斗故事,总是让我感慨万千,百感交集。虽然去往异乡的路途异常艰难,虽然在异乡奋斗的日子艰辛备至,殊不知,还乡更加不易,正如古诗所言:"人言日落是天涯,望断天涯未见家",大多数的人不能叶落归根,只能长眠在异国他乡。

对早期的华工来说,一旦踏上客船,就是半条命踏进了鬼门关,能够活着回来,已是万幸,有很多人留在了异国他乡,永远回不来了。

在美国旧金山,有一个特别的地方叫"冈州旅厝",从词的表意上去理解,冈州是新会的旧称,而旅厝就是旅馆的意思,合起来就是新会旅馆。但其实,这是一片墓地,这里临时安放的是当年的华工的遗骸,他们等待着有一天可以重回故里,中国人讲究叶落归根,可是,一百多年过去了,没有人来接他们回家,他们仍然滞留在异国的土地上。

还有一些逝者,虽然回到了祖国,但并没有回家,因为费用实在太高,无人认领。新会华侨义冢的一篇碑文,这样写道:"金山各埠,先友骸骨运回本邑,自光绪十四年至十八年二月,除领回安葬外,尚存387具,于本年二月二十三日安葬此地。"这样的义冢,在新会、台山已发现了七处。

这样悲伤的故事,不仅发生在台山,在其他地区,也很常见。佛山顺德有一个人和他的朋友相约一起出外打拼,临行之前,新婚的妻子哭了一夜,他答应妻子一定努力奋斗,让她过上好日子。此去经年,妻子独守空房,夜夜以泪洗面,哭瞎了眼睛。她每天坐在村口等丈夫归来……可是,日子一天天过去,她却没有等到他。因为,他早已客死他乡。又过了许多年,他的朋友事业有成,衣锦还乡。朋友没有忘记当初的承诺——一起出去,一起回家。当时,船上查得很严,一旦行李中发现尸骨,就会扔进大海,幸好朋友灵机一动,将他的尸骨藏在枕头中,才带回了故乡。

佛山南海丹灶仙岗,村内绿树成荫,过百年以上树龄的古树比比皆是,荷日相映,花舞莺啼,美不胜收。村里一棵鸡蛋花树,已有三百余年树龄。这棵树铭记了一段凄美的爱情故事:明末清初年间,附近一户贫苦农家中的丈夫要远渡南洋谋生。临走前一天的晚上,夫妻二人共同种下了此树。丈夫与妻子承诺:若到鸡蛋花开时,便是我衣锦还乡日。丈夫带着万分的不舍漂洋过海去了,妻子将这棵见证着他们爱的承诺的鸡蛋花树悉心照料,浇水施肥,期待能早日开花,也期盼丈夫能早日归来。日复一日,十年过去了,当初的小树苗已粗壮开花,可惜的是,等不到丈夫的归来却得到了噩耗——丈夫客死他乡。妻子得知后长跪于树前痛哭不止:"我愿化作花下泥,化蝶与君长厮守。"从此以后,村民再也见不到她的出现,只是当鸡蛋花开时,总会有一对蝴蝶在鸡蛋花树周围翩翩起舞,形影不离。

"久客思乡国,物华感岁新,今春看又过,何日是归年。"只有离开故乡的人,才知道对故乡的爱有多深沉。只有品

碉楼

尝过漂泊之苦的人,才知道乡愁有多酸楚。人需要栖息地,乡愁也需要栖息地。正所谓,倦鸟知还,当游子回眸时,发现故园早已凋零,个中的怅惘与感伤,是无法用语言来表述的,也是旁人无法体会的。在我看来,旅居海外的大湾人是幸运的,在他们的故乡,仍然保留着一个又一个古村落,这是乡愁的容器,是乡愁的归处。

一个春日的下午,我和几位同事驱车前往开平赤坎,寻访一个特别的村子。阳光稠密,寂静的村庄里,人烟稀少,偶尔

出现一两个劳作的老人，我们在乡间小路上兜兜转转，多次询问当地人，都未能找到，就在快要放弃的时候，眼前突然出现了一片青砖黛瓦的建筑，与其他新旧相间的村子不同，这里清一色全是旧式的建筑，在树林掩映下，直觉告诉我们，这就是我们要找的地方。

之所以说特别，是因为，村子里没有一个人住，所有的房子大门紧锁，村民们全部移居去了加拿大，所以这里被称为"加拿大村"。村子并不大，只有十三户人家，但建筑极其讲究，有碉楼，还有一个侨苑，是村里的会所，修在池塘之上，门楣上的一片枫叶，显示着这个村子与大洋彼岸的国度千丝万缕的联系。

这些建筑大多建于二十世纪二三十年代，风格中西合璧，融合了中国传统灰塑、罗马柱、圆拱、花雕等建筑艺术，材料大多从加拿大运来，经历了百年风雨，仍然坚固如初。村子最西边的如春楼是村中最气派的一座，它的主人是关国暖先生，是村子中第一位去加拿大打拼的人。1890年，他先去了香港闯荡，后来，又去了加拿大，在那里拥有餐馆、种植场和药材生意等商业，发家致富以后，他把全村人陆续带去了加拿大。

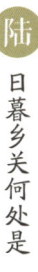

陆　日暮乡关何处是

午后的阳光，让房子的阴影铺展在地上，巷子空空荡荡，淡蓝的天空下，大片大片稻田，明亮的光线让眼前的一切有一种轻快的宁静，很像是宫崎骏笔下的风景，风一吹过，我闻到了一股久违的田野清香。穿行在村子里，这里的一景一物，似真似幻，总会让我产生一种在历史与当下之间穿梭的梦幻感。

在大湾区乡间，除了"加拿大村"，还有"美国村""墨西哥村""缅甸村"等侨村，这些村子，就像历史书中散佚的一页，透过它们，我看到一百多年前那些浩浩荡荡、渐行渐远的身影……这些被时光磨损的村子，是华侨们难以忘记的故园，是他们的祖先沉睡的地方，是他们永远的根，是他们魂牵梦绕的地方。

"故园渺何处？归思方悠哉。淮南秋雨夜，高斋闻雁来。"对于漂泊在外的游子来说，故园是乡愁永远的居所，藏在内心最温柔的角落。一个人无论走多远，都走不出自己的祖籍；一个人无论走多远，都走不出自己的乡音；一个人无论走多远，都能听到故乡的房子在风中歌唱。那些被风雨剥蚀的老房子沉默不语，无论游子身处世界哪个角落，它们都在静静地等待，等待他们归来……

锦江里

柒

莫道家国远万里

「万里穿云燕,归巢恋旧枝。」一代代的华侨远涉重洋,凭借着坚忍与勤劳,在异国他乡落地生根,可他们无论走到何处,仍然牵挂着生生养他们的故土。

第七章　莫道家国远万里

"洋装虽然穿在身，我心依然是中国心"，一首《我的中国心》，道出了无数华侨的心声。在华侨身上，保留了许多中华民族的优秀传统文化，保留了许多中华民族的传统美德。如果你要问我，华侨最大的特点是什么，我会毫不犹豫地告诉你两个字——爱国。在我看来，华侨就是爱国的同义词。

身虽在海外，心永系家国。对于中国人来说，家国的概念是很特别的，家可以很大，也可能很小，国是最大的家，家是最小的国。对于漂泊海外的华侨来说，祖国不仅只是遥远的故土，更是强大的后盾，只有祖国强大，他们才能获得尊重。

在辛亥革命中，华侨们出钱出力，被孙中山先生称为"革命之母"，开平华侨邓荫南将檀香山的所有家产全部变卖，筹得一万多元作为革命经费。同样是开平华侨的司徒美堂，从反清复明到支持辛亥革命，从支持辛亥革命到拥护中国共产党的领导，赢得"爱国旗帜、华侨楷模"之美誉。

"有国才有家"，这是每一个华侨最真挚的心声。记得作家梁实秋先生写过一件温暖的小事，1923年，他刚到美国留学时，曾在一家粤菜小馆子吃饭，老板是一位台山老华侨，得知他是留学生，欣慰地竖起了大拇指，吃完饭，不仅不肯收钱，还送了他一支雪茄。我想，这位老华侨，不仅仅只是因为梁实秋是中国人而不收费的，而是因为觉得留学生们学成之后，可以报效祖国，让祖国更强大吧。

身是中国身，心是中国心。当日寇入侵中国，华侨们个个忧心如焚，个个热血沸腾。他们用各种各样的方式，支持国内的抗战。"使国家得藉吾人血汗一洗百

柒　莫道家国远万里

年之奇耻，得藉吾人力物力一报九世之深仇。"爱国侨领陈嘉庚这句感人肺腑的话，道出了广大华侨的心声。

母有难，子摧肝！1937年10月，纽约全体华侨抗日救国筹饷总会正式成立，其成立宣言指出："夫惨祸莫大于亡国，痛苦莫大于为亡国奴。""我纽约同胞，均为中华民族之子孙，如不愿子孙为异族之奴隶，则应挺身而起，毁家纾难，在全侨抗日筹饷总会旗帜下，一致团结，出财出力来援助祖国抗战！"同年，马来亚槟榔屿华侨筹赈会发表《劝募长期月捐宣言》中说："前线健儿的责任是长期抗战，我们海外侨胞的责任是长期助赈……抗日一日不停，我们的月捐也就不断缴下去，直到民族得到解放为止。"这些饱含深情的宣言，至今读来仍让我心潮澎湃，泪流满面。

"国亡家何在！"这是1939年旅美华侨伍丹谷在家信中，写给妻子的一句话。伍丹谷将积攒下来的银钱全部买了救国公债，所以没有给家里寄回银钱。对此，他希望得到妻子的谅解。信中还说："现在我们中国人，要先国而后家，然后我们的民族才可能在世界上求生存。"

在北美，当时很多华侨从事洗衣工作，他们便将号召大家捐款的宣传单，放进了衣服的口袋之中。有一位原本准备退休的老华侨捐出了毕生的积蓄，重新投入工作，还有一位女华侨，也捐出了全部的积蓄，然后进入了修道院，还有一位女华侨，为了捐款，每天只吃一顿饭……

美国2000个大中小城市华侨华人组织的"一碗饭运动"。所谓"一碗饭运动"指的是华侨华人通过购买餐券，再到指定的饭店吃炒饭，而餐券的收入都会用来支援中国抗战。

今天，走进江门五邑华侨博物馆中，我们可以看到两件镇馆之宝，其中，一件是一只被时光磨损的布袋，上面写着："请同胞买建国瓜子，得款系救济祖国孤儿寡妇。同胞同胞莫忘国耻，予决定卖到胜利为止。"另一件是一份残破的"卖子契约"，这两件朴素的物件，为什么能成为镇馆之宝？因为，它是历史的见证。它们的主人叫郑潮炯，是江门新会人，在北婆罗洲山打根，以摆卖小吃度日。1939年，新会沦陷，郑潮炯的父亲被日寇枪杀，他悲愤交加，开始卖瓜子筹集善款，支持抗战，可是，起初，效果并不太理想。1940年，郑潮炯的妻子钟彩合怀上了第五个孩子，他的妻子临盆在即时，他便和妻子商量，将儿子卖给当地的一位

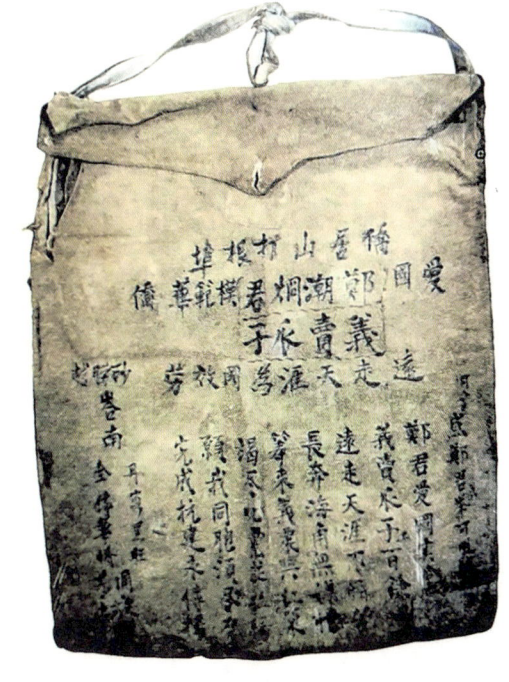

郑潮炯

华侨,将钱捐给祖国,妻子以为只是开玩笑,没想到了,孩子出生以后,他真的这样做了。妻子难以接受,郑潮炯不断对妻子说:"没有国,哪有家?救国要紧呀!自己养孩子和别人养孩子都一样,都是中国人!"后来,妻子深明大义,同意了他的请求。这一惊天动地的义举,在南洋的华人社会引起了轰动,最后,郑潮炯用了五年时间,走遍东南亚,共筹集到18万余元,为抗战做出巨大的贡献。这在当时是一笔惊人的巨款,当时吃顿饭也不过两三毛钱。

随着年岁的增长,郑潮炯和妻子越发思念自己的儿子,于是,他们写信给周恩来总理,希望能找到自己的儿子。1965年,在侨务部门帮助下,在广东肇庆地区找到当年卖去的儿子。1969年,一场特殊的见面被安排在他们的新会老家,一家人抱头痛哭,让观者无不动容。

据统计,抗战期间,海外华侨捐款总计超过13亿元,侨汇达到95亿元以上,占到当时中国军费的43%!在黄小坚所写的《华侨对抗日战争的杰出贡献》一文中写道:1937年年底,广东成立广东人民购机

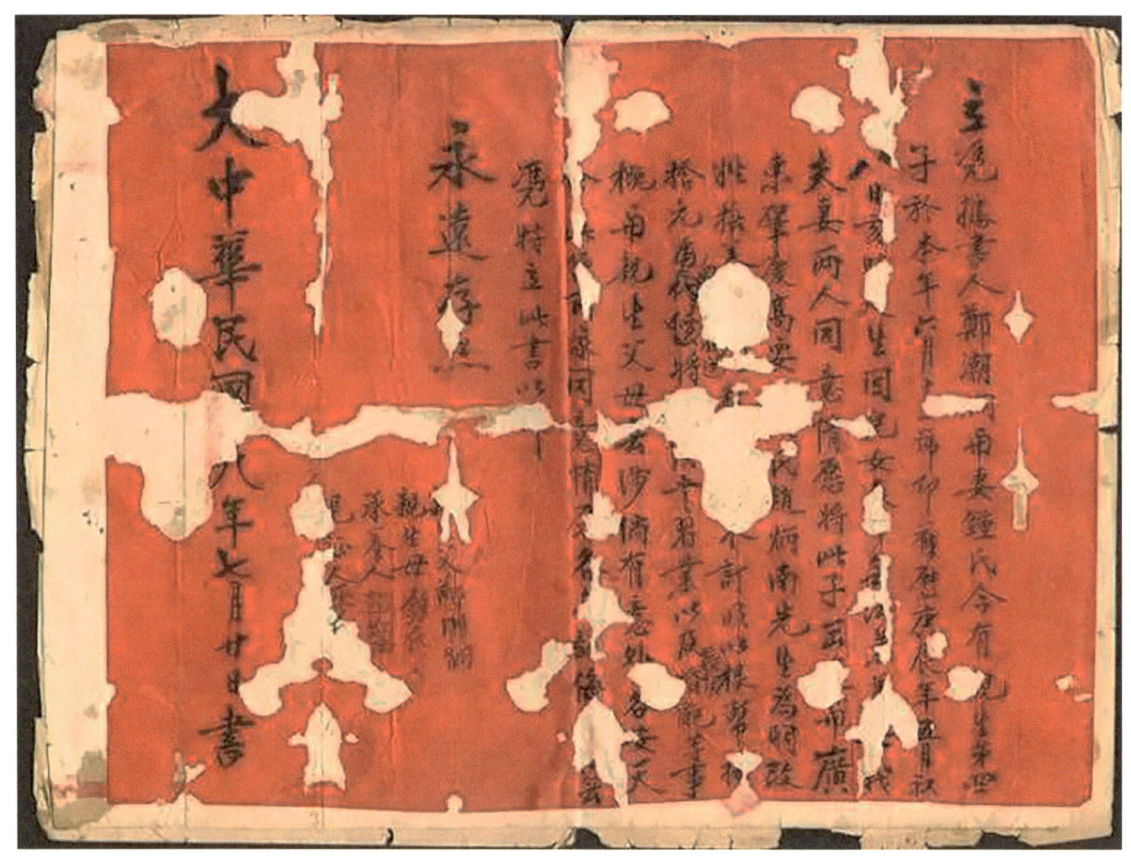

抗敌筹募委员会,向美洲、澳洲等地粤籍侨胞募集购机款。短短年余间,即筹集资金约合国币800余万元。翌年,中国航空建设协会发动海外华侨献机,支持祖国空军建设。南洋华侨热烈响应,仅菲律宾即献有50架,缅甸19架(均以每架10万元国币计)。从1937年下半年至1940年初,华侨经由水路、陆路运回国内的各种捐赠物品,总数在3000批以上,平均每月100批。这源源不断的捐款和物资背后,是一颗颗无比炙热、无比滚烫的中国心。

华侨们不仅捐款捐物,更是浴血在战斗的第一线。

1938年10月以后,中国东南的海陆交通均被日军切断,新开辟的滇缅公路成为运输国际援华物资的主要通道。该路全长1146公里,崎岖艰险难行。滇缅公路工程初竣,急需大批汽车司机和修理工,1939年,南侨总会受国民政府委托,招募华侨机工,成立南洋华侨机工队。

1939年5月19日，槟城华侨筹赈会妇女部职员白雪娇意欲参加南洋华侨机工队，回国抗战，但又担心家庭阻拦，便在马来西亚《光华日报》刊发了一封特殊的家书，家书中这样写道："此去虽然千山万水，安危莫卜。但是，以有用之躯，以有用之时间，消耗于安逸与无谓中，才更是令人哀惜不置的，尤其是在祖国危难时候，正是青年人奋发效力的时机。这时候，能亲眼看见祖国决死争斗以及新中国孕育的困难，自己能替祖国做点事，就觉得此是不曾辜负了。这次去，纯为效劳祖国而去的，虽然在救国建国的大事业中，我的力量简直是够不上'沧海一粟'，可是集天下的水滴而汇成大洋，我希望我能在救亡的汪流中，竭我一滴之微力。"这封饱含爱国之情的特殊的抗战家书激励了无数的华侨热血青年共赴国难，共御外敌。

在南洋机工队中，有一个被称为"当代花木兰"的人，她叫李月美，原籍台山，父亲李荣基是马来西亚的一位侨商，抗战打响后，南侨总会主席陈嘉庚即以南侨总会的名义发出通告，号召华侨青年回国服务。华侨青年报名踊跃，李月美也去筹赈会报名，不料，被拒绝了，因为，当时只招男，不招女。李月美想到花木兰从军的故事，便瞒着家人，女扮男装，加入了回国的队伍。回国后，被分配到总部设在贵州的红十字会当司机，没有一个人识破。1940年的一天，因在滇缅公路一处急转弯翻车，身负重伤，被海南籍机工杨维栓送去抢救，才发现，她居然是一位巾帼英雄。后来，她与杨维栓喜结连理。值得一提的是，李月美的弟弟李锦容，也在1939年参加第八批"南洋机工"服务团回国。

在敌人的炮火中，华侨机工冒着生命危险在滇缅公路这条生命线上送运物资，很多人长眠于此，据战后统计，滇缅公路上华侨机工有3900名，抗战胜利后幸存者

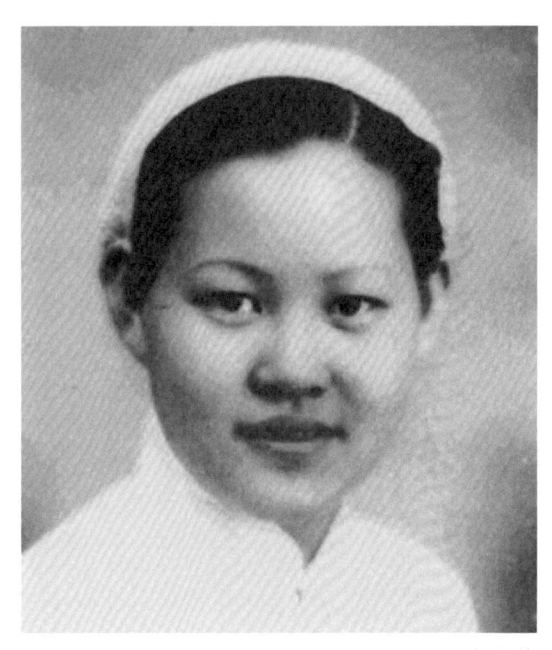

李月美

仅1784人，其余均已牺牲、病死或失踪，损失过半。

日军占领缅甸后，滇缅公路这唯一的生命线也被切断了，为了运送抗战物资，一条航线随之被开辟出来，它就是驼峰航线。从印度阿萨姆邦到中国昆明，距离虽然不长，但要翻越喜马拉雅山脉，极度危险，有"死亡运输线"之称。据说，航线下方掉落了大量的尸骨和飞机残骸，看着这些，大概就能推断航线朝哪个方向去飞了。当时，国内培养出来的飞行员几乎全数阵亡，执行飞行任务的是美国飞虎队，其中，很多人是华侨子弟，有一位来自恩平的女飞行员，叫张月芬，是美国第一位亚裔的飞行员。来自台山的马邦基、马绍基兄弟，在"驼峰航线"运输线上频繁往返，不顾生死，在8个月时间里飞行420次运送抗战物资……他们随时都准备为国捐躯，把每一次飞行当成最后一次飞行。

飞虎队员余柏荣在广东开平生活了16年，他亲眼见证了日本法西斯对家乡的狂轰滥炸。他说："那时候我还没到美国，有一次4架日本战机掠过我们村子，邻家12岁的小妹妹走出来张望，炸弹就在她身后不远处落下，我眼睁睁看着弹片在她颈上划过，我赶紧跑过去抱起她，却已经断气了。当时我就想，我一定要报这个仇！"1938年，17岁的余柏荣离开广东去了香港，一年后移民美国，1943年正式入伍，加入飞虎队。

余柏荣曾经口述过飞越"驼峰航线"的惊险场景："晚上飞越喜马拉雅山最危险，冰雪在窗外积结成霜，足足有两三厘米厚，外面几乎什么都看不到。飞行只能凭经验，之外就是听天由命……为了尽量多装军需物资，飞机上的备用汽油都很少。如果在暴风雪中困久了，就永远出不来了。"

在这条"死亡运输线"上，有1500多名美方飞行员牺牲，中方牺牲飞行员168人；中美双方共损失609架飞机；运输战略物资85万吨，占援华物资的81%，为抗战胜利立下了不可磨灭的功勋。

此外，还有华侨记者团、华侨义勇工程队、救护队、战时服务团以及各种各样的技术团体，在祖国最需要的时候，华侨们和祖国人民一起舍生忘死，保家卫国。

据统计，全面抗战期间，回国效力的华侨数量很多，仅粤籍侨胞就有4万余人；其中，南洋各地约4万人，美洲和澳洲等地约1000人，书写了惊天地、泣鬼神的历史篇章。

什么是赤子丹心？
这就是赤子丹心！
什么是气冲霄汉？
这就是气冲霄汉！

"海外经年频作苦，家乡一掷万金轻。"早期的华侨们主要靠出卖体力，不仅收入微薄，还深受歧视，在他们看来，要想改变这种处境，唯一的方式是教育，只有这样，下一代才有更广阔的生存空间。

教育才能真正改变命运。在这种思想的指引下，许多华侨的后代发奋图强，成为栋梁之材。祖籍台山四九镇的伍连德就是其中的代表。伍连德，字星联，他的父亲伍祺学16岁来到南洋，后在槟榔屿开设金铺。1896年，伍连德参加女皇奖学金选拔考试，以第一名的成绩拿到了通往剑桥大学的通行证，后取得博士学位，第一位剑桥大学华人医学博士。曾扑灭了当时震惊中外的东北鼠疫、霍乱，倡导成立了中华医学会，创办协和医学院，诺贝尔年度生理学或医学奖候选人的科学家中有一位中国人……梁启超先生回顾晚清到民国50年的历史时曾说："科学输入垂五十年，国中能以学者资格与世界相见者，伍星联博士一人而已！"

华侨们不仅在海外兴办教育机构，更将这种风气带回故乡，他们慷慨解囊，回乡兴办教育。在华侨们的捐建下，一所所新式学堂拔地而起，有的甚至是由祠堂改建而成的。资料显示，目前发现的江门五邑地区最大的一笔侨汇是3000港元，就是用于村里建造学堂。

华侨兴教，始于成务。1905年，由华侨伍礼门倡议，伍于秩主持，数百位伍氏华侨集资十余万银币，开始兴建成务学校，这也是中国近代第一所华侨捐建的乡村小学，开创了华侨建校先河，也是中国最早期的乡村新式学校之一。后来，还建成碉楼防贼护校。

1912—1949年，江门华侨捐资办学高潮迭起，共捐建学校91所，其中小学82所，中学9所。

在所有的学校中，最值得一说的是台山一中，这所凝结着华侨爱国爱乡情怀的学校，这所由蔡元培先生题写校名的中学，被周恩来总理称为"中国最美的两所中学"之一。他在国务院一次侨务工作会议上对干部说："广东省有个台山县，台山县有所台山一中，校舍宏伟美丽，可以与集美中学媲美，到广东去的同志，争取机会到台山一中看看。"

台山一中老楼

台山一中创立于1909年,最初以台城文庙为校舍,1915年,时任加拿大华侨学校教习的黄笏南回乡省亲,与台中校长黄明超相见,黄笏南看到破败不堪的校舍,心情无比沉重,欲重建校舍,两人详细商谈了募捐建校的事宜。

黄笏南将募捐筹资建新台中的事告诉了加拿大副总领事赵宗坛,得到赵宗坛的大力支持,但受一战影响,募捐建校一事曾一度搁浅。1919年,赵宗坛向旅加华侨宣传转达关于兴建台中新校舍的意愿,第二年,加拿大多伦多宁阳余庆总堂成立,并捐建台山中学总公所,后逐步在加拿大成立70多所劝捐分所,遍布加拿大各城市。捐资建校得到加拿大华侨的大力支持,仅几个月,便有9323名华侨捐加币249596元。

华侨们不仅捐款,更是对学校的建筑方案亲自过问,赵宗坛驻加拿大总领事署副总领事任满,于1920年回国,总公所便推荐赵宗坛为建校督办,接任李勉辰主持建校工作。黄笏南、马香谱继续协同办理，彼此和衷共济。

1921年，总公所委派李勉辰等回国督办建校，李勉辰等亲自到上海、北京乃至日本等地参观，黄笏南等则在广东省内巡回参观，然后集各著名学校建筑之所长，规划学校建筑布局、风格。图纸几易方案，五易设计师。

1925年6月至9月，赵宗坛出任台中校长，不久被委任为台山县政府教育局局长。

1926年5月24日新校舍落成，盛况空前，当时省、县政府以及江门军政人员，和本邑工农商各界人士3万多人，云集主楼门前。这所教学楼，已近百年，至今仍在使用之中。

赵宗坛《旅坎（加）拿大台侨捐建泰山中学校碑记》中这样写道："旅坎华侨之金钱，贫苦工人之血汗也，当其质田宅，备资斧，离父母兄弟妻子，远适异国，即席外洋，自食其力，有十数年或数十年者，然后积此蝇头微利，非若素封之家，仓廪实，府库充，有余资以供其豪举也，然一动以教育储才，经济富国之说，则仗义输金，闻风响应，和群力以赴其所欲达之目的，其爱乡土爱国家之观念，何其深且挚哉。"华侨们的款款深情，至今令人感动不已。

新中国成立以后，华侨们一如既往地支持家乡的教育事业。改革开放以后，江门市计划创办五邑大学，海外乡亲们一呼百应，踊跃捐款。

2003年8月27日下午时分，一行车队缓慢在江门市区行进，这是为香港著名实业家、慈善家伍舜德送葬的队伍，队伍在五邑大学北门和五邑华侨广场做短暂停留，伍舜德先生与他一直牵挂的这所大学做最后的告别。

伍舜德先生是台山四九镇人，毕业于广东岭南大学商科，后到六国饭店任职，创办了香港美心食品集团。美心的创建，与一件往事有关，他和弟弟伍沾德多次到香港著名的新巴黎法国菜餐厅就餐，餐厅老板每次都安排他们坐在墙角靠近洗手间的位置，他们表示不满，但老板认为华人消费力不如外国人，拒绝更改座位。两人于是决意创办一家中国人经营的高级西餐厅。

在五邑大学里，有一座楼"十友楼"，那是1996年，伍舜德号召并联合好友共计十位港澳侨界慈善人士，每人出资一千万港元捐建的。镌刻碑文时，可是，"十友"的名字应该如何排序让学校犯了难，伍舜德旋即提出用"抽签"的方式来

决定。结果，最初发起捐赠的伍舜德却排在了最后，没想到，他不但没有生气反而很开心，认为这是最佳的解决方案。

伍舜德先生，自己在生活中极其节俭，出门在外，为了省钱，甚至和夫人合饮一瓶矿泉水！爷爷的祖屋又破又旧，可他不愿意花钱翻修，但支持家乡的教育却十分慷慨。他一生中捐出了超过6000万港元，还引导自己的后辈，持续投身在爱国爱港爱乡的公益事业中——他的家族，捐赠总额累计超过了2亿港元，其中一半支持了家乡的文化教育和民生事业。

事实证明，华侨们的心血没有白费。统计显示，籍贯为江门市的院士共有34人，其中，中国科学院院士21人，中国工程院院士10人；1949年以前当选的"中央研究院"院士3人，中国科学院院士19名，在广东各市排名第一。

其中，最值得一提的是台山白沙镇西村，这座村子，被称为博士村，这个村子十分崇尚教育，当地人有句话叫："笔筒装米，也要教子读书。"自黄俊杰从美国纽约哥伦比亚大学拿到博士学位以来，村子里先后出了41位博士，而有的家庭还是"一门三博士""两代六博士"。西村村头的绍宪学校，据当地人讲，是由村里出洋谋生的华侨们捐资所办，创立于1908年，昔日校舍由三间大祠堂合成。

心怀桑梓，广开民智。除了兴办学校，华侨们还在五邑地区掀起了大兴图书馆的热潮，播撒着现代文明的种子。

开平赤坎，是著名侨领司徒美堂的故乡，镇上有两大家族，一是司徒家族，一是关姓家族，两大家庭的角力从未停止过，历史上还发生过械斗，在一段时间里，两族之间互不通婚，然而，最后文化成为家族竞争的最重要指标。司徒氏首创了开平县家族图书馆之先河。有感于司徒氏兴办文教事业意义之重大，海外一些外姓华侨也解囊捐助，1922年筹得银圆4万多元建造，为确保质量，旅美华侨司徒懿森还专程从美国赶回来监督施工。1926年1月1日，图书馆正式开馆。该馆开馆之时藏书即达万余册，具有了相当规模。关氏也不甘示弱，于1929年，建成了关族图书馆。司徒氏的开平县立中学（现在的开平一中）和关氏的侨联中学、司徒氏的《教伦月报》和关氏的《光裕月刊》等——现代文明的种子，就在两个家族的竞争中，开枝散叶。此外，新会景堂图书馆，创建于1925年，爱国华侨冯平山先生捐建，抗战期间就有藏书6万余册。

开平·司徒氏图书馆

开平·关族图书馆

除了教育,华侨们在交通、实业等方面,致力于改变家乡贫困的面貌。他们修建发电厂、制冰厂、电话公司……其中,最有代表性的是陈宜禧和他的新宁铁路。

陈宜禧是台山市斗山朗美村人,家境贫寒,1864年赴美,到美国一个铁路工程师家做杂工。陈宜禧为人忠厚,上进心强,起初在西雅图火车站当清洁工、筑路工。后在美国组建广德公司,自任总理,包工承建北太平洋铁路工程。为了改变家乡落后的面貌,他立志修一条铁路,1904年回乡,开始筹备,因从一开始就提出"不收洋股,不借洋款,不雇洋工"的原则,在他的感召之下,华侨们纷纷入股,但当时的官员们从中作梗,项目推进缓慢,情急之下,陈宜禧花钱买了一个三品官,使得项目得以推进。1906年5月1日,项目开始动工,但官府的百般刁难,还有百姓对风水的迷信,让他历经重重困难,于1920

新宁铁路斗山站

年修成,其间,他时常到地督导,还与工人一起干活。铁路通车后,为民众的出行、货物的流通起到很大的便利。

华侨们感人的故事,实在太多太多,限于篇幅,我们只选择以华侨人数最多的江门作为样本来书写。一百多年来,江门华侨对祖国、对家乡的爱,就像是滚滚的江水,源源不断,他们是华侨群体的典型,也是华侨群体的缩影。

改革开放以来,华侨们兴办企业,为改革开放事业做出了卓越贡献。以广州为例:20世纪80年代落户广州的全国第一个自动化养鸡场、第一家中外合作扬手即停出租车公司、第一家对市民开放的五星级宾馆等企业,均为华侨投资兴办。此外,华侨们积极为捐赠项目造福教育、医疗卫生、社会公益事业,让我们肃然起敬。

"万里穿云燕,归巢恋旧枝。家乡甜井水,何处不相思?"一百多年来,一代代的华侨远涉重洋,凭借着坚忍与勤劳,在异国他乡落地生根,可他们无论走到何处,仍然牵挂着生养他们的故土。悠悠天宇旷,切切故乡情,他们爱国、爱乡、爱家的感人故事,被世人永远传诵。

捌

清芬一抹留人间

人生一世,草木一秋。时光已远,隔着历史的迷雾,我们只能看着她们渐行渐远的背影。她们像幽谷中的兰花,兀自开放,又兀自凋零,只有冰清玉洁的余香残留在历史的记忆中。

第八章　清芬一抹留人间

大湾区出洋谋生的华侨以男性居多，但也不乏女性的身影，其中，有两个女性群体，值得大书特书，一个是"自梳女"群体，另一个是"红头巾"群体，她们虽大多已经故去，但她们的故事，却像一抹清芬，永远地留存在人间。

我一直认为，在一个家族里，姑姑是一个特别的角色，是一个温暖的称谓，她们虽已嫁为人妇，但心中却时刻依然惦记着娘家。而在佛山地区，却有一群人，她

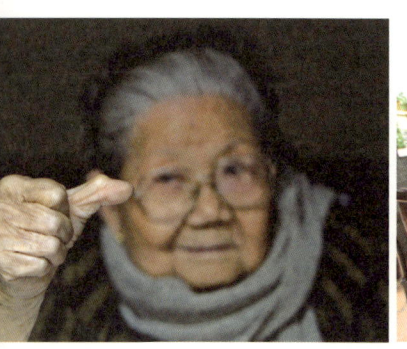  

自梳女的晚年生活

们用超乎寻常的奉献精神,将"姑姑"这个词,上升到一种几近神圣的地位,她们就是"自梳女"——一个在今天看来带有几分神秘色彩的群体。

我第一次知道"自梳女",是看著名画家林永康先生的油画。这幅画作带着厚重的历史感,有着浓烈的抒情意味,光影斑驳,似真似幻,宛若一个遥远的旧梦,给我留下了深刻的印象。那些小憩中的"自梳女",是那样素雅,是那样坚毅,但是,她们清澈的目光中,却分明透着一种难以言说的迷茫与无奈,一种挥之不去的清冷与孤独,让人心疼,令人心颤。

大湾区各地都有自梳女,佛山的顺德、南海两地尤多,翻开尘封的历史档案,我惊愕地发现,二十世纪二三十年代,顺德的自梳女处于全盛阶段,估计达万人之多。高峰时占女性人口10%。最极端的例子,是在南海西樵简村,据文献记载:"该乡抗战前连续八年,没有出嫁过一个女子,通通都'自梳'起来。"而在新中国成立初期,和简村为邻的杏头乡有1523人,其中却有400多人是"自梳女"。其数量之巨,今天看来,确实到了令人咋舌的程度。

对此,岭南文化学者关建人先生有一段精辟的分析,他说:"清代中期以降,佛山民间经济日渐活跃,加之出洋谋生者裙带相帮(既有汇款返家周济,又有带契外出工作),当地女子的身家已非别处可比。所以在婚嫁上,往往是高不成低不就,索性梳起。西樵的简村,就是因为经济良于周边地区,故女子不欲下嫁受苦而致梳起成风。此风俗至我的老师冼玉清时犹存。此外,自梳女在财产的继承上视如子丁,甚或优于子丁。"

自梳女的喜欢

捌 清芬一抹留人间

自梳女群体出现并非偶然。很久以前，当地就有"不落夫家"的习俗，这或许算是自梳女的雏形。据专家考证，在佛山的顺德和南海，自梳作为一种习俗，早在清初就已形成。乾隆十五年（1785）《顺德县志》这样记载："女多矫激之行，乡中处女每与里女结为姊妹，相为依恋，不肯适人。"但"自梳女现象"的全面兴起，却是清末，对于其中的原因，学界至今仍然未有一个令人信服的结论。总的来说，学界主要有三种观点：

第一种观点认为是对于婚姻的恐惧。顺德乡间就曾有一首童谣这样唱道："鸡公仔，尾弯弯，做人新抱甚艰难。早早起身都话晏，眼泪唔干入下间。下间有个冬瓜仔，问过安人煮定蒸。安人话煮，老爷又话蒸，蒸蒸煮煮唔中意。大喳嚷盐佢话淡，手甲挑盐又话咸。三朝打烂三条夹木棍，重话：咁好花裙畀你跪到烂，咁好石头畀你跪到崩。横又难，直又难，不如舍命落阴间。人话阴间条路好，我话阴间条路好艰难。" 胡汉民早在1908年就写了《粤中女子之不嫁者》，他认为："夫粤俗男女之辨最严，可谓各省之冠，而顺德等处，家庭之压制尤甚。压制既大，抵力旋生。其所以结为团体力持不婚主义，甚或至于同时自杀者，乃真野蛮恶风所生之反动力也。"

第二种观点是由于生活所迫。繁荣的缫丝工业，带来了巨大的财富，带来了众多的就业机会，也吞噬了太多太多女性的青春。据咸丰《顺德县志》记载："惟顺德在皆水乡，舟船所达，川流四绕，阡陌交通，故力农尤便，至于桑田，鱼池之利，发出蚕丝，男女皆自食其力。"据1923年广州岭南大学农学院调查，容奇、桂洲一带的缫丝女工日薪一元二毫至一元三毫，当时男工日薪也不过一元左右。女工们虽然收入不错，但工作时间很长，而且一旦怀孕，就会立刻被工厂辞退。

第三种观点是由于独特的婚俗观念。在珠江三角洲，婚俗比较特别，一户人家若有多个儿女，必须按照长幼之序来婚嫁。兄姊未嫁娶，延误弟妹的婚期谓之"阻头"；即弟妹嫁娶在兄姊之先谓之"跨头"。父母为了避免"阻头"或者"跨头"，则需要按顺序逐个为自己的子女婚配，十二三岁即订婚，如果没有合适的对象，就要梳起。因此，梳起不嫁，几乎成了她们的唯一选择。

过去岭南女子都留长辫，出嫁时，则由女长辈为其梳起，扎成髻，表示已婚。自梳仪式通常在自梳女及不落家妇女聚居的姑婆屋内举行，当事者预先购备新衣鞋袜妆镜头绳及香烛肴，以黄皮叶煮水沐浴，设供拜观音，立誓永久不婚嫁，然后由年长的自梳女将其辫子梳成发髻，更换新衣新鞋，向其他自梳姐妹一一行礼。在梳头时，要念"八梳诀："一梳福，二梳寿，三梳自在，四梳清白，五梳坚心，六梳金兰姐妹相爱，七梳大吉大利，八梳无难无灾……" 经济宽裕的，还须摆酒宴客。履行仪式后，该女子即为"梳起"，正式成为自梳女，终生不得反悔。"自梳女"平日可继续居住母家，采桑缫丝，自食其力，闲时常到"姑婆屋"与众姐妹聚会，在生活上互相扶持，亲如家人。

在传统民间节日中，劳碌的自梳女们会得到短暂的休息，她们三五成群，结伴而行，她们是一道亮丽的风景，木屐在街道的青石板上发出清脆的声响。她们的青春与美貌，让单身的男人们纷纷侧目，但是，她们却是可望而不可即的，男人们欣赏她们，就像欣赏画中的女子一样。

一句誓言，一生信守。一旦梳起，便不能结婚，更不能与男子有私情，否则，

会受到极其严厉的惩罚。自梳女中流传着一首歌谣:"勤力女,无棺材,死后无人抬;一只床板半张席,姐妹帮手丢落海。"凡是做出"伤风败俗"事情的自梳女,就被讥为"穿底姑婆",而且会严重影响宗族声誉。有的宗族会将其"浸猪笼",非但如此,家人还不准为其收尸。只能由姑婆屋中的姐妹将尸体放在一块门板上,然后抬着尸体绕村三圈,感谢天、地、父母的生养之恩,草草落葬了事。如果村中没有自梳女,就只能随河水流走,变成孤魂野鬼。

那么,在现实生活中,自梳女有没有结婚的呢?答案是肯定的。按俗例,自梳女不能死在娘家或其他亲戚家,只能抬到村外,死后也只有自梳姐妹前往吊祭扫墓。为了有人祭拜,于是催生了一个习俗,"买门口",就是花钱给娶不起老婆的男人买小妾,自己则成为男人名义上的正室,于是,这个"丈夫"便成了一个可以终老的归宿。还有一种更加凄凉的方式,叫"守墓清"。守墓清有守节之意,方式有两种:"当尸首"和"墓白清"。"当尸首"即当一男子死而未葬时,自梳女嫁去做死者之妻,为死者守灵戴孝,以换取妻子名分。如翁姑稍有不满,可赶出家门不再认作儿媳妇。"墓白清"又叫嫁神主牌,即找一已死之男性,不论老幼,只要死者家长同意就行,用钱买做人家的媳妇。然后举行"拍门"和"入门"的仪式,所谓"拍门",就是当自梳女来婆家认作媳妇时,婆家先把门关上,自梳女要"拍门",婆婆在屋内提出种种难堪的问话,如"我家清苦,你能守吗""以后不反悔吗"等等,自梳女必须回答得婆婆称心后才开门,自梳女入了门就算被接纳为这家的媳妇,以后,必须经常在经济上贡纳给婆家。翁姑死时,要前往执丧。进得门后,就算是取得认可,有名分了,将来可老死夫家。

隔着历史的迷雾,我仿佛看到百年前的一个下午,自梳女们像往常一样在昏暗的车间里劳作。工头突然跑进来,几乎带着一种兴奋的语气说:"隔壁村死了一个男人,谁愿意嫁给他。"这一句话,像一颗石子扔进了平静的河面,泛起圈圈的涟漪。过了一会儿,一些自梳女站起来,说:"我去。"她们的声音很轻,但很坚定,好像等待这一天已经等了很久一样。但是,"幸运儿"只有一个。经过一番商议,终于有一个自梳女胜出,她走进了新房,嫁给了一个陌生的名字,一个死者的名字。

191

捌 清芬一抹留人间

为了一个名分，她们将与一个并不存在的丈夫相伴，在空荡荡的屋子里，一豆青灯，一床清冷的月光，一个又一个漫漫的长夜。这就是守清女子的一生。她们无怨无悔，深信用肉身的痛苦可以换取灵魂的归宿。我曾走进一间守清屋，只觉得一股寒意渗入骨髓，有一种窒息的感觉，这一间黑乎乎的房子，与其说是房子，更像是女人棺椁。

在阴暗的工厂里，自梳女超负荷地劳作，用瘦弱的肩膀，担起了贫困家庭的重担。也正因为如此，她们在家族中享有较高的地位，但是，好景不长。随着1929年全球金融危机的席卷，加上日本生丝和人造丝的倾销，丝价一落千丈，珠三角的丝厂陆续倒闭。她们失业了。自强自立的自梳女们不愿成为家里的负担，她们勇敢地抗争，寻找着出路。她们听说到南洋打工收入丰厚，遂结伴前往当女佣。据统计，这些女佣中，百分之九十是自梳女。她们被称作"妈姐"或"姑婆"。

谁愿意远走他乡？谁愿意漂洋过海？每一个自梳女的人生，都写满了苦涩与无奈。个中的辛酸，只有她们自己能体会。一位已故的自梳姑姑的遗像下就题着这样一句诗："童年往海外，辛勤享三代。"

榆钱髻，白衫黑裤，是她们的标志。在异国他乡，她们忍受着对故乡的思念，对亲人的思念。她们自己非常节约，连一双木拖鞋都舍不得买，但对于家人，却格外大方。顺德均安的沙头村，自梳女众多，据村民说："20世纪80年代该村新建的460多间楼房，逾半由姑太们资助兴建。"有一个叫黄齐欢的自梳女，回乡参加九哥的婚礼，当时一般人家的礼金只两三百元，在她的资助下，九哥下的聘礼高

达1000多元。黄齐欢收入微薄，她省吃俭用，用了整整十年，才还掉了这笔债。

在自梳女群体中，有一个叫欧阳焕燕的知名度很高。因为她在新加坡的事头是总理李光耀家族。欧阳焕燕原本在著名侨领陈嘉庚家做事，日军占领新加坡后，她到了李家。

1986年，欧阳焕燕和姐姐回顺德探亲养病，临别时，李家人很是不舍，让她们养好病再回去。但是，她再也没有回新加坡。不过李家人并没有忘记她，一直到2005年，李光耀的女儿李玮玲寄了一张全家福到均安，照片后写着："您是我们成长岁月中美好的回忆，我趁此机会，向您说一声谢谢。"2014年，李光耀的儿子，新加坡总理李显龙又委托新加坡驻中国大使馆的工作人员，专门送了一盒燕窝给欧阳焕燕。工作人员说，李显龙对她很是挂念，一定要拍一张照片回去交差。

对于自梳女来说，世界上最远的距离，其实是还乡的距离。长年漂泊在海外，最渴望的，是回到家中，与亲人团聚。家近在咫尺，可是，她们却不能在家中终老。曾几何时，在家中去世，被认为是一种不祥的征兆。于是，她们只能在村中的姑婆屋中居住，等待着死亡将她们劳碌的一生、孤独的一生带走。

在所有的姑婆屋中，最出名的当数顺德均安沙头的冰玉堂，正门上有一副对联："冰玉堂中诚雅洁，静安舍内满清芬。"1948年，400多名新加坡回来的自梳女和100多名沙头的自梳女集资，修建了冰玉堂。到了1951年，该堂建成以后，凡本乡旅外姐妹回到家乡没有依托，均可入住，不收住宿费。

少小离家老大还，乡音无改鬓毛衰。离家时，她们青春焕发，归来时，已是白发苍苍，时间吸走了她们生命的汁液，只留下了层层叠叠的皱纹，冰玉堂是她们最后的归宿，是她们漂泊的终点。

在冰玉堂，生与死之间的距离短得不能再短，彼此之间，只相隔了一张红纸，在神龛上，一旦谁故去了，谁牌上的红纸就会被撕掉。都说女人是水做的，一个未曾出嫁的女人则是用冰做的。她们在这个世界上，与孤独为伴，她们离去时，孤独是装她们骨灰的盒子。

人生一世，草木一秋。时光已远，隔着历史的迷雾，我们只能看着她们渐行渐远的背影。她们像幽谷中的兰花，兀自开放，又兀自凋零，只有冰清玉洁的余香残留在历史的记忆中。

捌 清芬一抹留人间

在大湾区的华侨中，还有另一个值得大写特书的女性群体——"红头巾"。如今，她们已经成了刻苦耐劳、淳朴节俭的代名词。

今天去新加坡旅游的人，都会为这个国家的美丽所惊叹，但是很多人并不知道，这个国家的建设与大湾人紧密相关，这里凝结着大湾人的汗水和青春。

20世纪20年代，佛山三水有数以万计的妇女前往新加坡从事建筑行业，一方鲜艳的红色头巾套在头上，成了她们身份的标志。她们也因此有了一个集体名字——"红头巾"。

佛山三水，因西、北、绥三江汇流，取"三水合流"之意，这里风光宜人，土地肥沃。但是，一百年前，这里水利失修，水患严重，一到雨季，江水泛滥，民不聊生。当时曾流传着"三天无雨车头响，一天大雨变汪洋"的谚语。

据《三水妇女志》记载：18世纪末开始，由于国外列强侵略不停，国内军阀混战不休。而三水又地处要冲，历来为兵家必争之地，备受战祸之苦，更为甚者，因水利失修，水、旱灾害频仍。在战乱和灾荒的威胁下，农村凋敝，民不聊生。从19世纪20年代起，大批乡民被迫背井离乡，外出谋生，甚至远涉重洋，漂泊异国他乡。

1915年，是三水历史上最灰暗，最悲痛的日子，大雨连绵下了两个半月，几乎将天地连在了一起。西江两百年一遇的洪水，北江一百年一遇的洪水，像两条恶龙，纠缠在一起，冲撞着，翻腾着，使得三水境内四处决堤，乡民溺死，米粮断市，哀鸿遍野。那是三水人大批逃亡海外的一年。

三江暴涨，万姓沉沦。活下去，成为最大的命题。为了家庭，吃苦耐劳的三水妇女们，跟随水客来到南洋，只为寻一口饭吃。坐船七天七夜，到达新加坡后，她们会来到大坡牛车水，这里是三水人的聚集区，每天晚上，街上热闹非凡，包工头们来这里招工。

蓝衣黑裤，用旧轮胎做成的皮鞋，头包红头巾，是她们的标准装束。她们每天早上四点多钟便起床做饭梳洗，五点多钟就提着装盛午饭的篮子出门上工地。她们在工地上顶着炎炎烈日，挥汗如雨，直到夕阳西下，暮色四合，才拖着快要散架的身躯，迈着蹒跚的步伐返回鸽笼般逼仄的住处。一天工作十小时，工钱不过六角，如果遇到黑心包工头，只有三四角钱。为了给国内的丈夫多寄些钱,她们的晚饭简单至极,往往只有白饭加一块腐乳或两粒榄角,甚至将咖啡泡在饭中。

除了身体上难以想象的辛劳,红头巾还要承受着情感的煎熬。和自梳女不同,红头巾远赴南洋时,大多已经成婚,即使未婚,家乡已有指定婚配的男子,到南洋后也要以"生鸡(公鸡)拜堂"完婚;所以绝大多数红头巾都是已婚妇女。据学者研究,这些已婚的"红头巾"都是无法在夫家生活下去而出洋的。还有一些三水妇女,是为了挣脱自己不喜欢的男人而南渡的,一些则是丈夫早逝,生活没了依靠,不得不南来。

"十个过洋,九个苦命,若非苦命,也因家贫。"几乎每一位红头巾都有一段辛酸的往事。卢亚桂15岁结婚,丈夫是家中长子,为娶她婆家借了500大元,却要她去还清。为此,她以每天两毛的工钱替人耕田,但经济情况没有好转,食不果

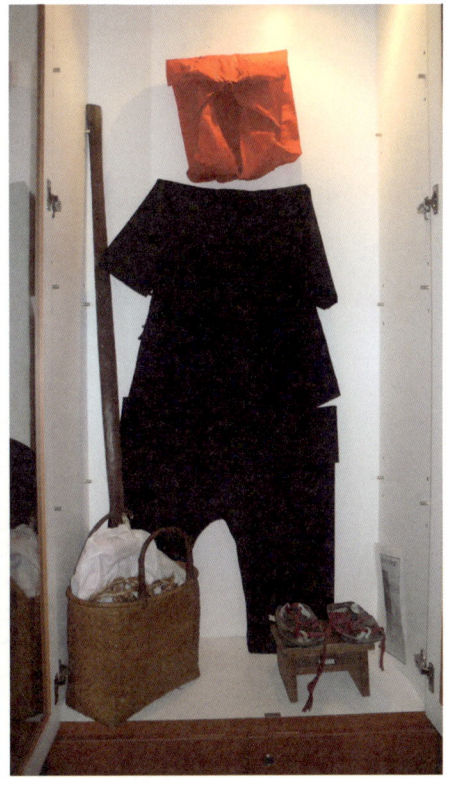

红头巾

腹。后来听说到新加坡一天有六角工钱，她没多想就去了。而17岁跟丈夫到新加坡的梁雪梅，好生活还没有开始，丈夫却娶了二奶，婚姻生活充满悲伤。叶长莲是该镇年龄最长的红头巾，同样劳苦一生。13岁那年，她嫁给一个好吃懒做的男人，家中大小事都要自己承担，包括砍柴、喂猪、耕田、种地。26岁时，眼看生活实在过不下去，她便将女儿交给二婶，瞒着丈夫跟水客南下。

黄苏妹，国内最后一位红头巾，1935年远赴南洋时，她已怀胎七月。因为和水客办好了手续，不得不走。因为穷，她只能选择最劣等的船舱，因为穷，她只能拿着碗向别的船客讨饭吃。到新加坡后，她的肚子越来越大，但坚持每天上工，因为，不干活就没有收入，不干活就要挨饿。

三个月后，孩子生下来了，是个可爱的女儿，她无力照料，只能送人。四天之后的早上，领养的人找到了她。她给女儿喂了最后一次奶。孩子吃饱后，安静地睡去，嘴角还带着甜美的微笑，一点也不知道，永别的时刻即将到来。她将女儿交给领养人，缓缓地转过身去，没敢多看一眼。她攥着领养人给的四元钱，听着他们

黄苏妹

的脚步渐渐远去，眼泪无声，肆意流淌。从此，母女天各一方，再也没有相见。这也成了她心中永远的痛，永远的愧疚。在梦中，经常听到一个女婴的啼哭声。谁不爱自己的骨肉？谁不渴望陪伴自己的孩子？可是在生活的重压之下，母女分离成了一种无奈的选择。

建筑工地不仅辛苦，还充满了危险，她曾一次又一次与死神擦肩而过。有一次，建筑水闸时，包工头要工人下到一个泥坑工作，别人都不愿意跳，她带头跳。当时她的左手无名指戴着一个戒指，这个戒指不小心勾住了一个钉子，还没等她回过神来，半根血肉模糊的手指已不再属于她了。

在新加坡，黄苏妹一待就是十年，为了给国内的丈夫多寄些钱，她节衣缩食，舍不得给自己添置一件新衣，经常去市场捡烂菜叶，她的晚饭简单至极，往往只在白饭里加一块腐乳或两粒榄角，甚至将咖啡泡在饭中。

十年之后，她终于登上了返乡的船。在海浪中颠簸了七天七夜，她回到了三水，回到了魂牵梦绕的家园。那天晚上，这个无比坚强的女人躺在丈夫的怀中，讲述着这十年间的辛酸，边讲边哭，整整哭了一夜，仿佛将一生的眼泪都流干了。在新加坡，她虽然失去了女儿，失去了一根手指，但和那些累死在异乡的姐妹相比，她仍是幸运的。

"两鬓添风霜，回头已百年，赢得广厦千万间"。20世纪60年代建设的亚洲第一高楼——保险大厦，就是上千名红头巾在18层高的脚手架上，采用在第9层接力的办法，一手一脚、蚂蚁搬家般将材料逐层上递，最终才完成这一令新加坡人骄傲的大工程。

红头巾表现出来的在逆境中求生存、吃苦耐劳、勤俭节约、对社会对家庭负责的精神，深深打动了新加坡民众。为纪念"红头巾"这段奉献的历史，新加坡当地曾用各种方式来纪念这群特殊的老人，包括在新加坡市区重建局门前立三尊"红头巾"石像，在圣淘沙博物馆内塑造一尊"红头巾"蜡像，推出"红头巾"纪念邮票等。20世纪80年代新加坡制作的26集电视剧《"红头巾"》，也是人们纪念那段历史的举措之一。"红头巾"成了海外华人的典范，成为展现华侨妇女高尚人格的特有名词。

让人感到欣慰的是，红头巾一般都比较长寿，平均寿命为八九十岁，黄苏妹更是活到了105岁。这或许是因为她们乐天知命，独立自足，又或许是上苍对她们前半生辛劳的一种补偿吧。2015年10月，随着黄苏妹的去世，"红头巾"已经成为历史，但自强不息、勇于拼搏的红头巾精神，却永远铭刻在大湾人心中。

玖

古风犹存惹人羡

每一项古老的民俗活动，都是在时间长河中凝结的珍珠，在大湾区，这样的『珍珠』大大小小，数不胜数，体现的是大湾人对美好生活的向往。

第九章　古风犹存惹人美

我不是人类学家，却对地方民俗有着十分浓厚的兴趣，在我看来，民俗是文化这棵根深叶茂的大树上结出的果实，它是文化的重要载体，也是文化得以延续的重要方式。从某种角度来说，要看一个地方的文化积淀是否深厚，只要看这个地方保存了多少古老的民俗。看一个地方有没有凝聚力，就看这个地方的人，对于这些古老习俗的参与热情。大湾人对古老习俗的珍视与执着，可以说到了无以复加的程度。对于本土文化，这种发自内心的热爱，发自内心的守护，这种一以贯之的文化自觉，总是让我心生感动。

"百里不同风，千里不同俗。"民俗是一种生活方式，也是一个地方最鲜明的文化特色。在大湾区的民俗活动中，比较有代表性的是"行花街""波罗诞""天后诞""北帝诞""龙母诞""行通济""扒龙舟""舞狮""舞麒麟"等。总体来说，从这些民俗中，至少可以体现出大湾人两种可贵的心态：一是对于天地万物常怀感恩之心；二是对于幸福美好生活的朴素向往。

行花街无疑是大湾区最富诗情画意的一项民俗活动了，其中，又以广州最为鼎盛。广州日照充沛，雨水充足，一年四季，鲜花不断，素有"花城"之誉。广州人爱花，很早以前就形成了花市。据南宋淳熙五年（1178）周去非《岭外代答》记载，广州地区盛产素馨花，花开时"旋掇花头，装于他枝。或以竹丝贯之，卖于市，一枝二文，人竞买戴"。明代，与罗浮山的药市、东莞的香市、廉州的珠市，并称为"广东四市"。到了民国时期，花市之繁华，已到了让人叹为观止的程度，时人有云："粤有藩省前，夜有花市，游人如蚁，至彻旦云。"

"年卅晚，行花街，迎春花放满街排，朵朵红花鲜，朵朵黄花大，千朵万朵睇唔晒……"俗话说，花开富贵，大湾人讲究意头，行花街就是为了讨个好运气。比如，金橘寓意吉祥如意，水仙花寓意尊贵吉祥。最有意思的是桃花和吊钟花，按照老人家的说法："男孩买桃花，走个桃花运；女孩买吊钟花，寓意'吊起来卖'。"大年三十晚上，吃过年夜饭行花街，是大湾人一年中最重要的仪式，伴着《步步高》的主旋律，一家人喜气洋洋行花街，迎接新一年的到来，是最开心、最美好的事情了。

庙会也是我国民间广为流传的一种传统民俗活动，广州黄埔的南海神庙举办的"波罗诞"是岭南地区历史悠久的民间庙会。

据载，一座南海神庙于隋文帝开皇十四年（594）在今广州黄埔区庙头村建成了。庙中所供的南海神，据说是南方苗族之祖。到了唐贞观年间，因为印度摩揭陀国贡使曾在该庙种植了波罗树，神庙在传统民间又被称为"波罗庙"，南海神诞也就被称作"波罗诞"。

"波罗诞"活动在每年农历二月十一至十三举行，其中十三为正诞。早在宋代，"波罗诞"就已热闹非凡。宋代刘克庄在《即事》一诗中这样记载："香火万家市，烟花二月时。居人空巷出，去赛海神祠。" 清代，"波罗诞"同样十分热闹，清朝嘉庆年间番禺籍举人崔弼撰的《波罗外纪》，十分生动地描述了当时庙会的情景："波罗庙每岁二月初旬，远近环集，楼船花艇，小舟大舸，连泊十余里。有不能就岸者，架长篙接木板作桥，越数十重船以渡。"

如今的"波罗诞"依旧深受民众热棒，当地俗语有云——"第一游波罗，第二娶老婆"。除了声势浩大的祭祀活动，民间还有买波罗鸡的习俗，大家会买几只呆萌可爱的波罗鸡馈赠亲友，因鸡与吉同音，买鸡就是买吉，据说每年波罗诞出售的波罗鸡中，是有一只会啼叫的，谁买到了，谁就能行大运，发大财。此外，附近的民众还会用蕉叶做波罗粽。以前，买了波罗粽，要挂在小孩脖子上一个，寓意丰衣足食。

妈祖在中国及东南亚华人社会里，是渔民和所有航海者的守护神，据统计，全世界各地有妈祖庙近5000座，妈祖信徒达两亿人之多。妈祖本名林默娘，福建莆田湄洲人。相传,她自童年起即有预测天气的异能,常于海难发生时救人于危难之中。她29岁时于乡间湄州峰上羽化升天,其后每多显灵,于海滨救人无数,沿海乡民感念于心,纷纷立庙祀奉。

在闽南语中,"妈祖"就是"母亲"的意思,历代王朝历来皆顺应民心支持妈祖信仰,宋代封妈祖为"夫人";元、明二朝加封为"天妃",康熙二十二年(1683),福建水师施琅攻打台湾郑克塽,兵将因战船搁浅,遂向天妃祷告,顺利脱险。康熙得知后,改"天妃"为"天后",故在很多地方,"妈祖庙"又叫"天后庙"或"天后宫"。

香港,岛屿众多,渔业十分发达。自宋以降,民间多建天后庙,迄今已有七十座,遍布大小岛屿及市区。其中最古老的佛堂门天后庙,建于1266年,因其位于西贡半岛大庙湾,坊间常常称其为大庙湾天后庙。

每年的农历三月二十三日天后诞,会有五万多名信众前往参拜。渔民会于帆船和驳船上挂满色彩缤纷的旗帜,然后浩浩荡荡地驶至大庙湾酬神上香。

澳门与妈祖文化渊源更深,澳门的葡语名"Macau"就来自广东人对于妈祖庙的称呼"妈阁"。澳门最古老的庙宇——妈祖阁位于湄洲湾北岸山亭镇山柄村麒山之巅,初建于明弘治元年(1488),距今已有五百多年的历史。妈祖阁共四层,高32.3米,取妈祖农历三月二十三诞辰之意。

澳门的妈祖信俗有着自己独特的"妈祖传说",在本地居民的心目中,妈祖是他们最重要的"家长",每年天后诞,水上渔民和陆上居民自发组织祭祀,酬神募捐,在妈阁庙前张灯结彩、祭祀请神,竞投胜物,搭棚上演神功戏,祈求阿妈保佑水陆平安、生意兴隆、佑护子孙。

深圳市南山赤湾天后宫有一项传统民间习俗——"辞沙"祭妈祖大典。"辞沙"的意思是辞别沙滩,投入茫茫大海,去开辟生产或国事的新领域。从明代开始,凡在赤湾过往的渔民或出使各国的朝廷官员都要停船靠岸,到天后庙进香,以大礼祈神保佑,以求出海平安顺利。后来,"辞沙"成为经赤湾出海者启航前一种固有隆重仪式的名词。

岭南地区水网密布,历史上水患不绝,为祈求风调雨顺,国泰民安,民间形成了北帝崇拜。据屈大均《广东新语》记载:"北官黑帝,其精玄武者也。……粤

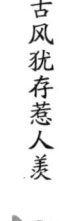

人祀赤帝并祀黑帝,以黑帝位居北极,而司南溟。南溟之水生于北极,北帝为源而南溟为委,祀赤帝者以其治水之委,祀黑帝者以其司水之源也。"又称:"吾粤多真武宫,以南海佛山镇之祠为大,称曰祖庙。其像被发不冠,服帝服而建玄旗,一金剑竖前,一龟一蛇,蟠结左右。"

佛山的祖庙,修建于北宋元丰年间,至今已走过了千年的历程,以其"历岁久远",成为佛山"诸庙之首"。祖庙中供奉着北帝,在漫长的历史长河中,大湾人对北帝从最初的人对神的崇拜,渐渐演变成一种血浓于水的亲情。正如佛山康熙甲午举人陈炎宗所说:"盖神于天神为最尊,而在佛山则不啻亲也,乡人目灵应祠(祖庙)为祖堂,是直以神为大父母也。"

大湾人铭记北帝的功德,每年会举行各种崇拜活动,以"三月三北帝诞"最为隆重,它既是北帝遍撒福泽的仪式,也是大湾人酬神献恩的仪式,这个习俗已有五百多年历史。

据《佛山忠义乡志》记载:"灵应祠神诞,乡人赴祠肃拜,各坊结彩、演剧,曰重三会。鼓吹数十部,喧腾十余里。"主要仪式包括:赴庙肃拜、北帝巡游、演神功戏、烧大炮等。在千年岁月里,北帝已经成为了大湾人心中的"定海神针",而北帝诞的仪式也早已超越了宗教的范畴,演变成对幸福生活的美好期待。

祖庙酬神

沙湾民俗巡游

台山浮石在每年农历三月三的"北帝诞",浮石村民列队抬着北帝塑像出游全村各坊,以飘色、舞龙、舞狮、高跷、八音锣鼓等助兴,举着五彩缤纷的头牌、色标、罗伞等,阵容鼎盛,气派非凡。

每架飘色由两个八至十岁的儿童,俗称"色仔""色女",皆容貌俊俏,他们扮成历史故事、神话传说中的人物,由村民用"色柜"抬着出游。飘色中的人物,站在色柜面上的称为"上色",也叫作"飘",坐在色柜面上的称为"下色",也叫作"屏"。人物主要靠一条精心锻造的纤幼钢枝支撑,这钢枝叫作"色梗",由于高超的隐蔽方法,孩子们仿佛是悬空而立,看得人心惊肉跳。

在广州番禺沙湾,每年三月初三"北帝诞"祭祀活动时,也会有飘色活动。在珠海斗门区乾务镇、中山黄圃镇和南朗镇崖口村等地,飘色活动也颇盛行。

龙母文化,自古就在岭南地区颇为盛行。关于龙母的传说版本有很多,我个人比较认同的一个版本是龙母为德庆一带的首领。当时,岭南地区还是母系社会,身为女性首领的她,爱民如子,死后被尊为龙母。

德庆悦城龙母庙,乃是龙母祖庙,始建于秦汉,为全国最古老的庙宇之一,也是国家级文物保护单位。悦城龙母诞庙会活动源自德庆先民对远古西江水神龙母的原始崇拜,唐宋以来,对龙母的祭祀更被纳入封建国家的正祀之中。就是在把民间信仰斥为"淫祀"的明代,龙母仍受到开国皇帝朱元璋的敕封,并且每年派官员致祭。

龙母在民间的诞日纪念中有三个,即生辰诞和得道诞、华诞。顾名思义,龙母生辰诞指的是传说中龙母的出生日;而龙母得道诞则指传说中龙母"得道升仙"的日子;龙母华诞就是每年农历正月。当然,龙母的得道,更多的是反映出人们对龙母的崇敬,祈盼龙母是一个无处不在的神,能保佑自己愿望达成。

如今,每年的龙母生辰诞和得道诞、华诞期间,龙母庙都举行大规模的民间祭祀活动,肇庆市属各县及珠江三角洲以至港澳地区前往参拜者多时超过十万之众。祈求风调雨顺,国泰民安。一连十数日,龙母庙前石牌坊广场上,香客云集,香烟缭绕,昔时还有"祭青蛇""摸龙床求子"的习俗。

生菜会,也是深受大湾人喜爱的一项祈福活动,在广州、南海、顺德一带盛行。在大湾人心中,生菜不是一般的蔬菜，因谐音"生财""生仔"，而成为一种吉祥物。

生菜会举行的时间是每年农历正月二十六，民间佛教节日"观音开库日"。相传，这天观音菩萨会大开宝库，可以向观音菩萨"借库"，要钱有钱，要物有物，有求必应。

佛山南海官窑的生菜会，历时久远，源于明朝，盛于清朝。清宣统《南海县志》详述官窑生菜会的盛况："足与悦城龙母诞，南海神庙诞等盛况，鼎足而三焉。"晚清著名画家吴友如曾用写实的线描手法，创作描写南海官窑生菜会的作品，发表在中国第一本时事画报——《点石斋画报》上。

早期的生菜会，有"抢炮头"这样的重头节目。"炮头"即烟花升空后掉下来的纸团，传说抢到炮头者这一年就会添丁发财。放六炮，头炮、二炮、三炮、闰三炮、四炮、五炮，其中以抢得闰三炮为贵，因此这炮又名丁财炮。每年生菜会的炮头约三至五个，故当时一些有钱人还会花钱雇人帮着抢炮头，以博得好运。

观音庙前有一个深约一米的大石槽，会期灌满清水，预先放无数蚬螺。女性赴会者探手水中，摸得螺者生子，摸得蚬者生女。未曾生育者参加过生菜会后定会如愿以偿。

参拜回家后，亲朋好友吃生菜包是必不可少的活动，生菜取名"生财"之意。生菜包以洗净的生菜叶，包裹着已炒熟的蚬肉、虾米、咸酸菜、韭菜、白饭粒等馅料，加上调味料，纳入口中嚼食，风味独特，蚬肉寓意蚬肥年丰，生菜即生生猛猛，酸菜表示子孙昌盛，韭菜表示长长久久——吃生菜包希冀人财两旺，长久发达。

总而言之，求子生财是生菜会的核心主题。近年来，佛山顺德连杜的生菜会也热闹非凡，一个2000多人的小村庄，一下子开宴上千围，人数达到2万人，蔚为壮观。

明朝时期，广东沿海倭寇肆虐，朝廷为抵抗倭寇，于洪武年间建成了一座海防军事要塞——大鹏所城，全称为"大鹏守御千户所城"。时至今日，这座古城内还流传着一项古老的习俗，叫大鹏清醮。"醮"就是祭神的意思，其原始的目的，是古代农民百姓对天上的庇佑，表示感谢，或祈求平安而举行的隆重祭典。

相传，大鹏所城建好使用前，北城门附近几位子民忽然无疾亡故，牲畜发生瘟疫，引起百姓恐慌。建城的头领马上请来堪舆大师，认为北门是白虎门，开不得。除了堵上北门外，还请来道士"打醮"做法事。那时的"打醮"大致有两种模式，一为解除瘟疫的"瘟醮"或"傩"。二为感谢神明庇佑、祈求平安的"太平清醮"。大鹏所城历为军事要塞，战事频发，大鹏清醮相当一段时期是为纪念阵亡将士和超度海上罹难孤魂的"瘟醮"；后来太平盛世就做"太平清醮"。大鹏清醮每五年正月做一次，每次七天，曾经中断过几十年，如今又开始举办了。

如今，香港长洲也延续着太平清醮的习俗，举行之日为农历四月初六，会景巡游为四月初八，同日也是佛祖诞。整个建醮期一连五天，有"迎神""走午朝""超幽""送神"等祭祀仪式。其中飘色会景大巡游、醒狮与祥麒表演、抢包山最为吸引民众参与。

新年伊始，万民祈福，大湾区的祈福活动数不胜数，每个人脸上都带着微笑，写着对新年的美好希冀。东莞有春节登黄旗山祈福的习俗，惠东平海有舞鲤鱼，德庆有雄鸡舞，怀集有龙鱼舞。

惠州人过年，家家都要"备新碗箸"，这个习俗有着十分美好的寓意，一是"添丁添碗"，以示子孙满门，寓"福"；二是"添新碗，置新箸，来年米谷停无住"，寓"财"，福财两旺，万事胜意。

江门荷塘有舞纱龙的习俗，其中的"舞龙桥"的表演最为精彩，荷塘河涌纵横、鱼塘星罗棋布，当地人便在鱼塘中用

荷塘纱龙

三灶鹤舞

竹搭一座长约三十米的木板桥,桥中间是个二三十平方米的平台,桥的两头向两岸倾斜,当纱龙矫健的身躯登桥表演时,呈现出"岸上龙出海,水中出火龙"的壮观景象。

珠海三灶每逢农历新年,都会举行古老而独具特色的鹤舞表演,表达对新的一年的美好祝愿,祈求人寿年丰。鹤舞表演的动作轻盈灵动,是模仿白鹤捕鱼、飞翔、嬉戏、鸣叫、休息等动作而成。鹤歌声调悠扬,内容健康、高雅、吉庆。这项民俗已经在三灶延续了七百多年。

正月初九,佛山南海会举办乐安灯会,灯会上最受欢迎的是"观音送子莲花灯",灯上有两颗慈姑,当地人俗称"生仔灯",当地还有一块"生仔石",祈盼早日添丁的妇女们,正月初九买完花灯后,还要到"生仔石"上坐一坐。

正月十三,江门开平水口镇的泮村会举行灯会,这项习俗,传承久远,至今已有六百多年历史了。

"花市灯如昼,月上柳梢头,人约黄昏后",这是古诗词中对元宵节的描述。而在佛山,元宵节仍然保留着"行通济"

的传统习俗。

行通济是佛山人重要的祈福活动,佛山人有句俗语叫:"行通济,无闭翳。"每年元宵佳节,佛山人都要举着风车、摇着风铃、提着生菜浩浩荡荡地从通济桥上走过。风车象征时来运转,风铃象征迎来福音,生菜则象征祈求生财。

通济桥始建于明代,分别于嘉靖三十八年、隆庆二年、万历九年三次重修。而其真正得名,则是因为明代的户部尚书李待问。他有一天返乡省亲,见到该桥破败不已,十分痛心,于是发起募捐重修,并起名"通济桥",取其"必通而后有济也"之意。佛山工商业发达,因此,商业的观念也渗透到了通济桥上。通济桥桥头石级共9级,桥尾13级,意指"九出十三归",有"小本大利"的寓意。

"通济"二字亦含有佛家"波罗蜜多"渡达彼岸,共证吉祥的寓意。2007年元宵节,我陪同著名作家迟子建和麦家行通济,在后来的文章《从此岸到彼岸》中,迟子建这样写道:"起风了,风车乐了,那红色和金黄色的风轮在我眼前刷刷地旋转,五光十色,绚丽极了。从北岸到南岸,其实是从人生的此岸到了彼岸,未敢说把烦恼和忧愁一扫而光,但在万民祈福的时刻,我还是感受到了天人合一的和谐,感受到了超凡脱俗的快乐。"让人有些不可思议的是,第二年,中国文学最高奖——茅盾文学奖开奖,迟子建和麦家双双获了奖。

"北人赛马,南人竞渡",大湾人扒龙舟,历史久远,屈大均《广东新语·舟语》记载:"顺德龙江,岁五六月斗龙船。斗之日,以江身之不大不小、其水直而不湾环者为龙船场……斗得全胜还埠,则广召亲朋燕饮,其埠必年丰人乐、贸易以饶云。"

岭南童谣这样唱道:"凼凼转,菊花园,炒米饼,糯米团……阿妈带我睇龙船……"端午时节,凤凰花开,龙舟水涨。一大早,小桥上、河堤上挤满了人。古榕树下,一条条龙舟,涂过桐油,显得神采奕奕。队员们皮肤黝黑,手臂上的肌肉像南瓜一样突起。锣鼓喧天,桨起桨落,水花四溅,震天的欢呼与呐喊,此起彼伏。只见白浪翻腾,一条条龙舟像一支支箭,从水面上飞快地掠过。古老的河涌,迎接着最欢乐的一天。

唐代诗人张建封在《竞渡歌》中,生动地描写这种壮观的场面:"……鼓声三下红旗开,两龙跃出浮水来。棹影斡波飞万剑,鼓声劈浪鸣千雷。鼓声渐急标将近,两龙望标目如瞬。坡上人呼霹雳惊,竿头彩挂虹蜺晕。前船抢水已得标,后船失势空挥桡……"

大湾人为何如此热爱扒龙舟?这还要从遥远的百越文化说起。据闻一多先生考证,端午节是古代吴越地区的百越族,举行图腾祭祀的节日,这个民族以龙为图腾,自称是龙的传人,每年农历五月五日,他们驾着刻画成龙形的独木舟,在急鼓声中进行竞渡之赛,以取悦神灵和自娱。除此之外,龙舟文化还是宗族文化的组成部分,它展现出一种拼搏向上,奋勇争先的精神,成为一个宗族兴旺的象征。

龙舟的结构分为龙头、龙尾、龙骨、龙肠、舾板诸部分,制作工序繁复。旧时制作龙舟需选良辰吉日,木匠们带着工具、木料到了村里祠堂,举行开工仪式,为安好"龙骨",木匠们将选定用作龙骨的木料抬到祠堂中间,安上神板,村中的长者备好烧肉、苹果、龙眼叶、柚子叶等祭祀用品,摆在神板上拜神,完了之后开始动工。

整个制作历经数十道工序,需要6个工人同时做工,花费20天时间,钉入上百斤铁钉,耗去6立方木材,无数次手工的打磨、抚平和拼接。其中,龙头、龙尾的制作需充分结合线条刻画技巧,以营造龙头龙尾的动感效果和立体感,技艺手法精良、表现形式独特,如在雕刻龙头的面部时,在须、眉、脸颊等处,加入曲线和圆形符号,避免大面积的平面雕刻。上颚、鼻子等轮廓突出,鼻孔等细节非常讲究。

在佛山有一条龙舟叫盐步老龙,今年已经接近600岁高龄,它是佛山龙舟文化源远流长的见证者。盐步老龙船体材料为坤甸木,全长36.8米(不含龙头、龙

龙舟

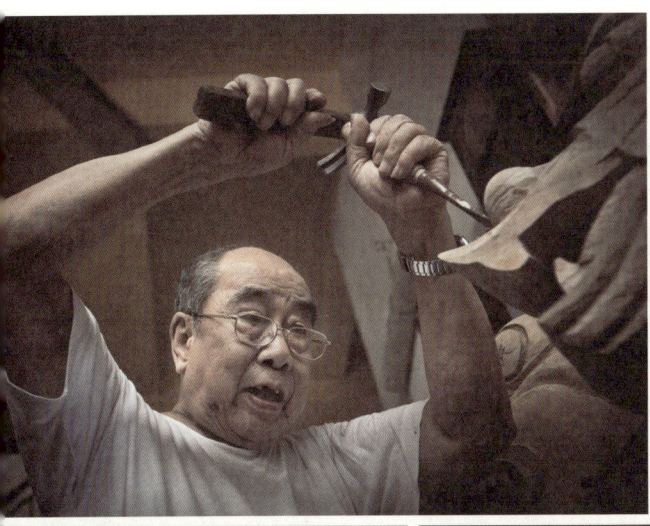
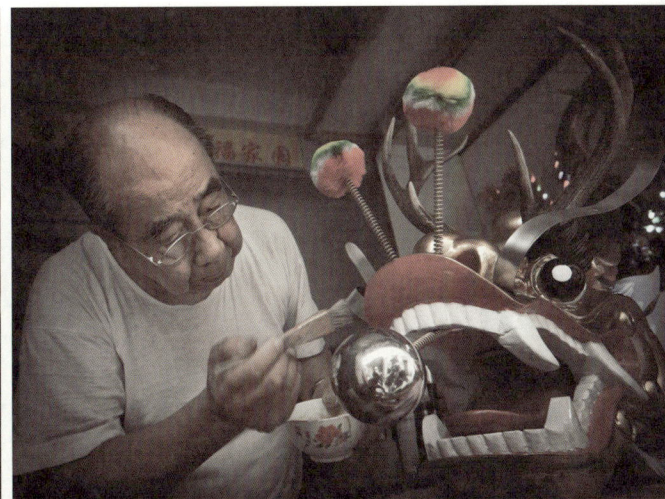

雕龙艺人

尾),有座位68个,龙头长白须。据了解,每年端午节,盐步老龙和广州泮塘小龙互相探访。"契仔"带上"泮塘五秀"(慈姑、马蹄、菱角、莲藕、茭笋)前来探亲,而盐步老龙则回赠以盐步的特产秋茄。史书记载:"盐步老龙,久负嘉名。泮塘结契,历世咸称。五百年来,亲如弟兄。"据传,明朝万历年间,有一年端午珠江龙舟赛,已经100多岁的盐步龙舟和泮塘五约龙舟进入决赛,决赛当天,临近终点,盐步老龙眼看夺标在即,不料泮塘五约的龙舟站龙头的人一个鱼跃扑下水去夺了锦旗,随后以冠军名义领了奖品烧猪。后来,泮塘父老得知详情,觉得夺标者应是盐步老龙,便派人把烧猪送回盐步,盐步人不肯收下。最后,一位老人出来调解说:"这样吧,盐步老龙有须,泮塘的没须,一个做契爷,一个做契仔。"

蛟龙出海

从此，两个村庄的情谊绵延不绝，这是一笑泯恩怨的典范。

近百年来，盐步老龙没有参加过比赛，只在每逢龙舟竞渡之时出场做游龙表演。而且其他龙舟在参与游龙时，龙头都不得超过"老龙"，以示尊敬。佛山地区尊老敬老的传统，由此可见一斑。

在大湾人眼中，龙舟具有神圣的意味。每年赛完龙舟，就将龙头和龙尾取下，将船身沉入河涌，吸收天地的精华。到了第二年端午，举行隆重的起龙仪式，将沉睡了一年的龙舟请出来。起龙需选吉日良辰，清早由丁壮、父老来到上年沉塘的船坳前，焚香烛、上酒果、燃鞭炮。随着隆隆的龙舟鼓锣声，丁壮们争先跃入泥淖，锄去杂草，挖开淤泥，舀却积水，待船只慢慢浮起。龙舟浮起后，被放在提早搭建的龙舟架上，用柚叶或艾叶水洗净，再经数天至一周的抹猪油、补桐油、添新漆等，再另择时日采青，安上平时供在祠堂的龙头龙尾，这样龙舟才光彩夺目。

成语有云"画龙点睛"，龙舟自然也不例外。每年的农历五月初三，顺德区勒流镇龙眼村热闹非凡，来自珠三角顺德、番禺、南海、中山、江门等地上百艘龙舟汇集于此，举行盛大的点睛仪式。船手们

盐步老龙

起龙舟

龙眼点睛

卸下龙头、龙尾及船牌,毕恭毕敬地抬着,在周边人群的簇拥和一片欢呼声中步入太尉庙堂,接受用朱砂等画龙点睛,点完睛,将龙眼叶塞入龙口,拜祭后复出上船。每至此时,太尉庙堂外,早已被围得水泄不通,妇人携女带子抚摸龙头龙须,祈求安顺吉宁。这一风俗,至今已有六百余年。据说,不点睛的龙船为"盲龙",快速扒行会"插沙"(龙船失稳时直冲河床插入沙底,除鼓手外会全部消失)。故龙船要点睛,尤其新龙船,必先点睛才起用。

大湾人性格中的务实,在"吃"上得到了淋漓尽致的体现。惊心动魄的龙舟比赛结束之后,自然也要品尝美味的龙船饭。龙船饭乡土风味浓郁,其经典菜谱有蒸鱼、烧肉、莲藕炆猪肉、白灼虾、发菜蚝豉、腰果肉丁、虾米粉丝等。而且各有艺名,比如紫气东来、知足常乐、子孙满堂、大鹏展翅等,清一色的好意头。俗话说:"吃过龙船饭,饮了龙舟酒,全年身体健康无忧愁",吃过龙船饭,一年都会风调雨顺、五谷丰登、安康幸福。

在顺德杏坛民间,还流传龙舟说唱,艺人称为"龙舟佬",始于清乾隆年间,是汉族民间变木鱼歌腔调而创,系第一批国家级非物质文化遗产。据《佛山历史文化辞典》记载:"珠江三角洲河涌纵横,人们都喜欢扒龙舟、赛龙舟,而且喜欢听龙舟歌,过去,一些被称为'龙舟佬'的卖唱艺人,手持木雕龙舟、胸前挂着小鼓和小锣,边唱边敲,沿路卖唱……唱龙

龙舟说唱

舟最早始于清乾隆年间,一原籍顺德龙江乡的破落子弟首创了这种说唱体的龙舟歌。"其表演形式为一人或二人自击小锣或小鼓做间歇伴奏吟唱,声腔短促,高昂跌宕,诙谐有趣,富有宣泄效果。唱词以七言韵文为基本句式,四句为一组。腔调简朴流畅,富有乡土气息,宜于叙事抒情。节目内容丰富,从神话故事、民间故事到时事新闻几乎无所不包。

百舸争流,万人如堵。如今,扒龙舟仍是佛山地区的文化盛事,每有比赛,两岸必定人头攒动,鼓声、吆喝声、助威声,连成一片,将大湾人的激情与活力展现得淋漓尽致。

大湾区各地都有扒龙舟的习俗,香港大澳则有龙舟游涌习俗,由当地三个传统渔业行会,即扒艇行、鲜鱼行和合心堂合办,旨在祈求合境平安。行会成员划龙舟到杨侯庙、天后庙、关帝庙和洪圣庙请出小神像,沿途焚烧金银衣纸,为水中的幽魂化衣。而在"送神"仪式后,行会成员会聚餐过节。

和其他地方不同,端午时节,东莞厚街镇桥头村有舞木龙、常平镇横江厦村有旱木龙,由两人抬着,全村男女敲锣打鼓,绕全村一周,第二天反绕着走,祈求风调雨顺,人畜平安。

武术界有醉拳,中山则有醉龙,醉龙又称"剪龙""转龙",发源于中山西区长洲村,因起舞时"醉态朦胧"而得名。这种自发的即兴舞蹈,是中山本土独特的民间艺术。

玖 古风犹存惹人羡

澳门流行的舞醉龙,与中山醉龙一脉相承,由鱼商举办的,鱼行在四月初八、初九休息。参加者首先在三街会馆举行开光典礼。舞者一边饮用米酒,使自己醉倒,一边手持木制的龙头和龙尾舞动,在各区巡游。

除了龙之外,醒狮也是大湾人的至爱,其中,以武术之乡佛山的醒狮表演最为出众。"巨灵闻谛,静待良机,跃而起,万川一水仰人杰;瑞兽夸宝,凤知天意,吼且舞,众晖同光览邦兴。"岭南文化学者关建人创作的这副对联,道出了醒狮文化丰富的内涵。

佛山醒狮,原名为瑞狮,有镇宅旺场、合境安宁、五谷丰登之意,是佛山民间独有的庆祝方式,大约在五代十国之后,从中原流传至岭南地区民间的。

拿破仑曾说过:"中国是一头沉睡的狮子。"进入现代以来,中国受到了西方列强的凌辱,而"瑞"字方言谐音"睡",大湾人便将其改为"醒狮",从"瑞狮"到"醒狮"这一改名,体现了大湾人的家国情怀。从此,舞狮不再是单纯的祈福,而成为中国精神的化身,成了扬民族之威,立中国之魂的重要仪式。

一个"醒"字,道出了佛山狮的最大特色。具体来说,就是威武灵活,这一点说起来容易,做起来却不容易。佛山是著名的武术之城,凡学舞醒狮者,必先学南拳,使其动作刚劲有力,马步稳固,落地生根。桩狮表演,扣人心弦。锣鼓一响,狮子一跃而起,轻盈之极,如同一片被风吹起的树叶。狮子在半空之中,奔跑、腾跃、翻身和伏体……看得人眼花缭乱,心惊肉跳,而舞狮者却如履平地,摇头摆尾,虎虎生威。

"台上一分钟,台下十年功。"在佛山南海龙狮运动基地,我见到了几百只废

醒狮

端午

弃的狮头和十几只用烂的铜钹，这是运动员半年训练的结果。看到他们在高桩上训练，我也生出一种豪气，想在高桩上潇洒走一回，可刚站到第三根桩，就觉得两脚发软，身子摇晃不已，前面的桩，则遥远得如同隔着一条银河。那一刻，才真切地体会到在高桩上健步如飞是怎样一种高超的技艺。

俗话说："锣鼓一响，黄金万两。"鼓是醒狮舞的主要乐器，加上锣、钹，形成锣鼓喧天、排山倒海之势。在鼓手的指挥下，狮子根据鼓声的强弱、快慢、急缓与柔和进行表演。常用的基本动作有舔毛、搔痒、探路、戏水、采青等20多种，在感情上则以喜、怒、哀、乐、贪、疑、忌、虑、饱、饿、睡、醒为主，步形、步法有四平马、子午马、开合马、骑龙步等20多种。喜则欢而碎步，怒则仪态万千，平常则闭眼稳步，乐则跃而跨步。其中，采青是表演的最高潮，有起、承、转、合等过程，具戏剧性和故事性。

大头佛引狮使醒狮表演带来了无限的欢乐，大头佛手摇一把破扇，摇头晃脑地做出各种搞笑动作，其中，还有一段传说呢。相传，很久以前，佛山某街住着一个寡妇和其独子，独子名叫佛山，生得头特

烟桥·大头佛

别大,绰号"大头佛","大头佛"喜欢玩秋色,母亲觉得玩秋色就是做戏,不同意他去参加。但"大头佛"常背着母亲去玩。有一年,秋色巡游,"大头佛"偷偷跟随秋色队伍去玩,母亲发现后去追赶儿子。那时正当初秋,天气尚热,母亲手里拿着一把葵扇,一见到儿子就用葵扇照头打去,边打边骂,"大头佛"则左闪右避,在秋色队伍里左穿右插,群众见到这幕"寡母当街打仔"的闹剧,还以为是秋色的新节目,不禁在旁喝彩。后来,民间艺人将"大头佛"编成秋色巡游的一个节目,并保留至今。

狮有多种,一种是金狮,又叫太狮,用于迎宾或隆重的交往礼仪,一般不易出动。一旦出动,其他狮子要向他三跪九叩。金狮相遇,则要互相点睛……然后金狮互相跪拜,以狮口交换请帖才又开始舞狮。金狮之外,有黑狮、红狮和彩狮。红色为关公狮,代表忠义、胜利,因关羽在华人心目中又为武财神,故关公狮又代表财富;黄色为刘备狮,代表泽被苍生、仁义及皇家贵气;黑色为张飞狮,代表霸气、勇猛,故一般张飞狮只有在比赛或者踢馆挑战时才用,一般喜庆之事还是红黄狮为常见者。

佛山的狮头扎作,也是四海闻名。《佛山忠义乡志》中载:"五斗司光绪三十三年呈报工商部实业品汇册载,'狮头行'制品精良,省垣及外洋均来定购,多在石路铺。"南方狮以佛山狮为代表,而佛山狮则以"黎家狮"为代表。"黎家狮",已经延续了百年,它创立于清朝道光年间,也正是从那时起"黎家狮"的制作技艺代代相传。作为南狮狮头的代表,"黎家狮"在佛山可谓无人不知。它不仅造型生动,色彩艳丽,而且扎作牢固,结实耐用。扎、扑、写、装是做狮头的四大工序,黎家狮最突出的工艺就体现在这第一步"扎"上,一个"黎家狮"框架,足有1300多个扎点,1300多个步骤。黎家狮不仅耐用,更重要的是传神,它额头高、角直、眼大、眉精、杏鼻、口大有笑容。正是这种精益求精的工匠精神,才使黎家狮形神毕肖,王者的威武之气展露无遗,即使静静地放在桌上也仿佛能使人听到震耳欲聋的狮吼。

和狮一样,麒麟也是祥瑞之物,《礼记·礼运第九》有云:"麟、凤、龟、龙,谓之四灵。"古人认为,麒麟出没处,必有祥瑞。大湾区的很多地方都有舞麒麟祈福的习俗。

深圳宝安区大浪街道大船坑村舞麒麟始于明嘉靖年间,至今已有四百余年的历史。大船坑的"舞麒麟"一般长六米。麒麟头部用竹片等扎成,眼睛可以转动,口部可以禽合,身上用绸布镶着闪闪发光的鳞片。新制作好的麒麟要有一个"开光见青"的仪式,凌晨时分在预先选择好的古树下烧香,供神位,麒麟队中最长者将麒麟头上的红布揭去,敲锣鼓并鸣放鞭炮,使麒麟一"出生"时便能见到了绿油油的树叶,这是吉祥的象征。

东莞清溪和樟木头、惠州小金口、广州南沙黄阁的麒麟舞也颇有名,肇庆封开则有麒麟白马舞。

"塘边塔影映清波,火月争辉灿临河,丹塔腾龙奔玉宇,蟾宫明镜照红罗。"佛山在南海松塘还保留了中秋夜烧番塔的习俗。"烧番塔"的起源民间有多种说法,有传是为纪念清代抗法将领把逃入塔中的"番鬼仔"(法国侵略者)烧死的英勇战斗,有传是纪念元朝末年汉族人民为反抗残暴统治者,中秋起义时举火为

舞麒麟

松塘·烧番塔

号。现在是为祈求吉祥和来年丰收。

火代表着温暖、光明和希望,用火来驱邪去晦的习俗,由来已久。《中华全国风俗志》卷五记载:"中秋夜,一般孩子于野外拾瓦片,堆成一圆塔形,有多孔。黄昏时于明月峡置木柴塔中烧之。伺瓦片烧红,再泼以煤油,霎时四野火红,照耀如昼。直至深夜,无人观看,始行泼熄,是名烧瓦子灯。"

番塔一般用砖头或瓦片砌成,围叠而上,塔身逐渐收小,最后封顶而成,下面有几个口,是用来塞入木柴、稻草烧塔用的。烧番塔一般都是在中秋的晚上,烧的时候经常会在塔上撒上些木糠或禾秆草(稻草)之类,让温度更高,还可以往上面撒些粗盐,爆裂后绽发出无数的小火花,最后柴火燃尽后整个塔身都烧得通红,沉淀了很多火花时,突然就用扇子向塔口扇风进去,火花就会从塔周围的洞散发,最后向塔顶集中喷涌而出,"火烧番塔年年红,火树银花不夜天",壮观之至。

除了松塘村、蔡边村,丹灶镇仙岗村,一些分散的小型村落也保留了"烧番塔"这项传统民俗。烧番塔是祈求风调雨顺、生活兴旺的重要仪式,火苗越大预示着生活越兴旺。每年砌番塔都用新砖,而且每年的番塔都要砌得比头一年高。意为一年胜似一年。

南海里水的赤山村对火同样热爱,一团熊熊灼灼燃烧的火焰,看上去,都让人心惊肉跳。但是,在这里却有一样传统的习俗——跳火光,就是要从烈火中跳过,这是勇敢者的游戏。他们相信,跳过火光可以烧走身上晦气,寓意新年红红火火。这一习俗始于清朝乾隆年间,至今已延续了三百年。

赤山·跳火光

与火相关的习俗,在大湾区甚多,香港铜锣湾大坑传统客家至今还有舞火龙的习俗。每逢中秋之夜,广州花都炭步镇各村有烧禾楼的习俗。

惠州龙门县蓝田瑶族乡则有舞火狗的习俗,未婚姑娘在手臂、腰部用山藤绑上黄姜叶,头戴竹笠,并插上香火,扮演"火狗"。姑娘们边舞拜,边反复唱着古老的民歌;最后,火狗队游舞到村外河边,将身上的黄姜叶、竹笠和香火统统扔到河里,再用河水濯洗手脚,祛除邪气。在整个舞火狗活动中,男青年一直在旁燃放鞭炮。这是瑶族少女的成年礼,来源于蓝田瑶族对狗的图腾崇拜。当地传说,先祖是靠狗奶养大的,要瑶民永记狗是"再生之母"的恩德,规定每年农历八月十五晚上举行这项少女成年礼活动,蓝田瑶族十五至十八岁少女,要参加三次成年礼活动,才能谈婚论嫁、组织家庭。

大湾区内还有一些习俗,非常有本地特色。

大湾人以勤力为荣,所以形成了一个特有的传统习俗,叫"卖懒"。"卖懒,卖懒,卖到年卅晚,你懒我不懒。"为了除掉身上的大懒虫,孩子们约好,除夕吃完团圆饭后,衣袋里装个红鸡蛋,点上灯

龙门·舞火狗

笼、火把，汇集到街上去逛花市，沿街叫卖懒。这一习俗，在某些村子里还有保留。

恩平人过元宵，有一个很奇特的习俗，叫"偷青"，正月十五晚，未婚女青年三五成群，一路嘻嘻哈哈，到别人的菜地去偷菜。在惠东平海，也有类似的习俗。元宵节当晚，村中年轻人都会成群结队到菜地"偷青"，摘取不同的蔬菜，获得不同的好彩头。和恩平不同的是，平海还有"摆盆"的习俗。"摆盆"是在元宵节后举行的，村民们用各种食材或鲜花为原料，在大盘子中扎制或摆放成各种各样的景物、动物等，妙趣横生。

"百德孝为本，百善孝为先"，文昌帝君曾作《元旦劝孝文》称孝为人间第一事，舍此一事，并无功业。今天，在大湾区的许多村子里，每年都举行长者寿宴。佛山高明荷城范洲龙湾村也不例外，这里的寿宴极其隆重，从大年初二一直摆到大年初七，与其他地方不同，这里有一个"起号"的习俗，它代表着老人"福寿延续"的意思。

按照村中习俗，每个男子结婚时会起一个大号，满60岁后，每10年再另起。其中，60岁为"送号"，大号中需选择"广为群益"四字中的某一个字；70岁为"加号"，大号中需带有"裕后光前"中的一个字；80岁则为"叠号"，大号中需带有"敬宗传代"中的一个字；90岁也为"叠号"，大号中需带有"天赐百福"中的一字。

东莞有一个特别的节日，叫"卖身节"。据史料记载，"卖身节"源于明代万历年间，当时一卢姓大户在二月初二时张榜招工，为其他大户所效仿，逢二月二都张榜雇工，远近青壮年也都来东坑找雇主，这天逐渐成为"卖身节"。每逢二月初二，数以万计的群众都聚集到东莞市东坑镇，游走十里长街，争相淋泼"仙水"，购物寻仙，观赏花车，场面盛大热闹，是当今东莞的第一大节。

惠州的大亚湾地区古来就是疍民的聚居地之一，疍民们的婚嫁习俗十分独特，明末清初屈大均《广东新语》称，"诸疍以艇为家，是曰疍家。其有男未聘，则置盆草于梢；女未受聘，则置盆花于梢，以致媒妁。婚时以蛮歌相迎，男歌胜则夺女过舟。"

疍家人还有一种更大胆的表白方式，就是对歌，俗称"咸水歌"。据《广东新语·诗语》中记载："疍人亦喜唱歌，婚夕两舟相合，男歌胜则牵女衣过舟也。""咸水歌"没有固定歌词，年轻男女触景生情，随编随唱。遇见心上人，男子急得"鸡跳麻场心里乱"，女子则矜持地试探——"鱼虾沉水不见游"。唱到两情相悦时，就能成就一段美好姻缘。中山坦州、惠州惠东、珠海斗门等地的"咸水歌"都很出名。

很多人一想到粤港澳大湾区，就会想到林立的高楼，其实，这是一种误读，传统与现代的交融才是大湾区最大的魅力。

每一项古老的民俗活动，都是在时间长河中凝结的珍珠，在大湾区，这样的"珍珠"大大小小，数不胜数，但是不管是怎样的一种民俗，体现的都是大湾人对风调雨顺、五谷丰登、身体健康、万事胜意的祈盼，是对美好生活的向往。时代在变迁，但是有些东西，却是永远改变不了，这些古老的习俗，千百年来，一直温暖着大湾人的心扉，成了大湾人身上独特的文化印记，让大湾人的内心变得安定而踏实。

拾

一味小吃解乡愁

思乡,大多数时候都是与食物有关的,勾起我们乡愁的,是那一味朝思暮想的小吃,而治愈乡愁的,也恰恰是生命之初的那一缕缕熟悉味道。

第十章　一味小吃解乡愁

纵观人类漫长的饮食史，我们所处的时代，无疑是食物最丰盛、最多元的时代，食物早已经从最初的果腹需要，变成一种近乎艺术的趣味。但对于漂泊异乡的游子来说，不管品尝过多少种食物，世界上或许只有两类食物，一类是故乡的食物，另一类是其他地方的食物，而最能唤醒游子乡愁的食物，就是故乡的小吃了。

说来也确实有些奇怪，回首童年，那些曾经让我大快朵颐的酒席似乎没有留下太多的印象，反倒是那些不起眼的小吃，总让我牵肠挂肚、萦念不忘。

我们的小镇简陋、破败，但和很多小镇一样，镇上也有几间年代久远、光线昏暗的杂货店，对童年的我来说，它们可有着无与伦比的吸引力，几乎是天堂般的存在。那个时候，我最大的理想，并不是当什么作家，而是当一名杂货店老板，想吃什么就吃什么，还不用花钱，你说世界上还有比这美的差事吗？！

从五岁开始，我有了人生的第一份兼职：给父亲跑腿，到镇上买"大前门"香烟。我记得，杂货店的柜台很高，我个子小，要踮起脚尖才能够到。跑腿当然不能白跑，要收一毛钱的跑腿费。那一毛钱，我总会用来买杏仁酥，薄薄一块，走到家里，就吃完了，留下一嘴满足的香甜。

李渔曾言："谷食之有糕饼，犹肉食之脯脍。"糕饼，的确有着无与伦比的魅力，是每个孩子最甜美的童年味道。生活在大湾区的孩子是最幸福的，广东的四大名饼——杏仁饼、盲公饼、鸡仔饼、西樵大饼，皆出自大湾区。

中山是杏仁饼的诞生地，因其形似杏仁，故名。它是由兴宁里萧友柏的妾侍林大姑指导女佣潘雁湘创制。潘雁湘是一位来自顺德的自梳女,她曾跟糕点师傅做帮工,后到萧家帮佣。后来,中山石岐易味庐饼家、咀香园开始大规模生产此饼,1931年,易味庐杏仁饼创始人去世,饼家因后继无人而结业,咀香园杏仁饼一家独大。杏仁饼经烘烤后,其色金黄带绿,饼味甘香、松化可口、冰肉爽而不腻。

杏仁饼中原本是没有杏仁的,后来逐渐流传到澳门等地区,并得到了改良,加入了大颗的杏仁肉,称为"杏仁肉心杏仁饼",每次吃到的时候,我就像得到了一份神秘的礼物一样,欣喜不已。香港名店陈意斋有一款原粒杏仁饼,每件都有四颗完整杏仁,那种满足的感觉,无与伦比,就像漂浮在杏仁的海洋之上。

佛山的盲公饼,也是广东四大名饼之一,始于清嘉庆年间。第一次品尝,我就甚为喜欢,甘香酥脆,齿颊留香,咬上一口,花生和芝麻的浓香,便如秋云一样在舌尖自由舒展。一连吃了三块以后,我开始好奇起来,为什么取这个怪异名字?难道真是盲人所创吗?后来才知道它的来历,相传当时佛山的鹤园街教善坊有一个人叫何声朝,他是个可怜人,八岁时由于家贫患病,无钱医治,以至于双目失明。后来,他开设一间乾乾堂卜易馆,占卦算命,远近前来问卜的妇人常有携带孩童,喧闹不止。何声朝的长子脑子活络,他别出心裁,以饭焦干研磨成粉,拌以油、糖、花生、芝麻等材料,炭火烘烤成饼,卖给问卜者以饵孩童。这个饼原本没有名字,买饼的人顺口称其为"盲公饼",叫得久了,主人也就顺水推舟,正式打出了"盲公饼"的招牌。

很多酒楼在上菜之前,怕客人等得心焦,总会先放一碟餐前小食,让客人垫一垫肚子,其中,最为常见的是鸡仔饼。

"老乡老乡,几时出省城?省城最有名,成珠鸡仔饼,你去省城最紧要买鸡仔饼。"这是许多老广儿时经常在电台听到的一段广告。鸡仔饼,原名"小凤饼",因形似雏鸡而得名。据说,是由顺德女工小凤所创。小凤的主人叫伍紫垣,是成珠茶楼的老板,有一天伍紫垣接待外地来的客人,刚巧主厨不在,便让小凤去做一道广东的特色点心给客人食用。小凤是个机灵的姑娘,当时刚过完八月十五,于是她突发奇想,将梅菜干和五仁馅料一起搓碎,加上用糖腌过的肥肉,配以上精盐和各种香料,做成饼,放进炉内烤烘。饼被烤制的金黄油亮,甚为诱人,客人取而食之,伴随着一声脆响,香味立刻在口中四溅，其味道曲折深幽，仿佛走进一座树木掩映的园林。客人们从未吃过此物，赞叹之余，便问这个饼叫什么名，伍紫垣随口说这是"小凤饼"。

小凤饼成为名饼是在此后半个世纪的事了。当时，成珠茶楼因中秋月饼滞销，制饼师傅突然想到把制月饼的原料按小凤饼的方法制作，大受欢迎。鸡仔饼用料不下十种，糖的重量占了三成，加上少量精盐、胡椒粉和五香粉，又掺和冰肉和榄仁，使饼身脆化，咸中带甜，松、香、酥、肥，可茶可酒，受到顾客的一致好评。著名书画家麦华三曾专门为小凤饼赋诗称："酥脆甘香何所从，品茶细嚼似珍馐。"

我的大女儿甚爱此饼，她说："鸡仔饼的味道，变化无穷，刚入口时，隐约有烤鸡皮的味道，每吃一口，都有浓郁的南乳味，吃完之后，还会有一股类似于朱古力的香味。"

和其他三大名饼相比，西樵大饼体型最大，造型朴素，古意盎然，该饼相传为明朝吏部尚书方献夫所创，以佛山西樵官山墟的天园饼家出品最为正宗，该店所用的发酵种头，代代相传，至今已有两百多年历史。饼身白中微黄，光滑细腻，摸上去富有弹性，像一个小女孩胖乎乎的脸蛋，入口松软，清香甜滑，上面有一层薄粉，很像柿饼表面的糖霜，格外诱人。据说西樵大饼必须用西樵山清泉才能制成，用其他地方的水来仿制，终究不及此味；又因其形如满月，有花好月圆的意头，西樵人嫁娶喜庆、省亲和逢年过节，都以此做礼品送人。香港人爱吃的光酥饼，体型虽不及西樵大饼，但工艺、口感均颇为相似，都能品尝到面粉自然本真的香味，这种久违的味道，让人留恋，令人回味。

在所有的饼中，我最偏爱的是喜饼，它油酥松软，像一个不张扬的古典女子，一颦一笑皆有万种风情。凡身边有亲朋好友嫁女，总会送来请帖和喜饼，而我总会像贪嘴的孩子一样迫不及待取而食之，一来是沾点喜气，二来这喜饼委实好吃，尤其是里面的原只鸭蛋黄诱人至极，吃上一口，香味便环唇绕齿，经久不散。

喜饼，又叫嫁女饼，又名绫酥喜饼，结婚派送嫁女饼，在大湾区的传统。为什么叫绫酥呢？因为，绫罗绸缎是古代贵族的四款华贵衣料，其中尤以"绫"最为名贵，以此为名，寓意荣华富贵。

绫酥又分为黄、白、红、橙四种，各有意头。黄绫以豆蓉做馅，寓意贵族和皇

233

拾 一味小吃解乡愁

喜饼

气；白绫以爽糖或五仁做馅，代表了女方的贞洁，也有百年好合，白头偕老的意思；红绫最讲究也最贵，以莲蓉做馅，也有用冬蓉的，寓意喜庆的气氛；橙绫则有豆沙或椰丝做馅，寓意小两口今后生活金灿灿。以广州的陶陶居、莲香楼和赞记最为出名。据老人家讲，喜饼是送给亲友的，新娘自己不能吃，因为吃的是自己的福气。

除了这些名饼之外，还有顺德大良嘣砂，形态甚美，形似金黄色蝴蝶，因顺德俗称蝴蝶为"嘣砂"，故名。甘香酥化，咸甜适度，尤其是南乳的香味，能在口中持久回荡。香港人爱吃"蝴蝶酥"，吃的时候，脆响满嘴，趣味横生。

香港将传统中式饼食统称为唐饼，元朗则是香港唐饼的重镇。其中，最古老的是大同老饼家，坚持用手工制作，传递出纯朴、可贵的人情味。

香港的蜂巢蛋卷，加入了法国天然牛油，香味格外浓郁。嫩黄色的原味蛋卷最为经典，此外还有朱古力、椰汁、咖啡、榴莲等口味，甚至还有加入黑松露的，让人一口酥心，幸福满满。

澳门钜记的紫菜肉松蛋卷也是我特别喜欢的。在蛋卷上包上紫菜，或许是从日本的寿司中得到的灵感，却有了意想不到的风味。薄薄的一片紫菜，不仅为蛋卷增添了一丝轻盈的脆感，还与肉松里应外合，形成了一种鲜美的"和声"。紫菜肉松蛋卷非常好吃，一口咬下去，香香脆脆，回味无穷。

中山小榄出产荼薇蛋卷。荼薇又称荼蘼，任拙斋诗云："一年春事到荼蘼。"意指，荼薇花凋谢之后，春天也就过去了。此花在广东多有种植，屈大均《广东新语》云："广人多种荼蘼，动以亩计，其花喜烈日，当午浇灌则大茂……以甑蒸之取露，或取其瓣拌糖霜，暴之兼旬，以为粉果心馅，名荼蘼角，甚甘馨可嗜，然犹以大西洋所出者为美。"

荼薇蛋卷是以鸡蛋浆烘干为皮，荼薇花瓣、配以椰蓉、白砂糖为馅，经特定工艺精制而成，既有浓郁的椰子和鲜蛋的香味，又有浓郁的荼薇花香，会让人产生一种轻盈的幸福感。

北人食面，南人食米。大湾区的人中意靓米制作的米粉。最常见的有陈村粉、沙河粉和濑粉。

我家就挨着陈村，每每有外地的客人到来，总要带他们去黄但记试一试最正宗的陈村粉。明清以降，顺德陈村是珠江水系东江、西江、北江重要的航运贸易枢纽，曾是广东"四大名镇"之一，"陈村谷埠"影响着广州米市涨跌。正由于这得天独厚的优势，1927年，陈村人黄但创制了一种粉，后来被人称为"陈村粉"，其最大的特点是薄、爽、滑、软，正所谓，"薄如蝉翼、纯白若雪"，时至今日，一直选用糯性适中早籼米，屈大均在《广东新语》对籼米赞赏有加，称其"气味清芬，性温无毒，最可以和脾养胃"。为保证口感，黄但记坚持纯手工制作，用青石磨磨米浆，韧性适中，干湿适中。在我看来，陈粉村最大的特点是薄，因为薄，所以特别能吸收其他食材的味道。招牌清拌粉，是最传统的吃法，切成幼条状，配以炒香的芝麻、酸姜丝及秘制的酱汁，每一口都能品尝到米的纯真香味。近几年，小店扩张成了大酒楼，样式也增加了许多，竟然还有酸菜鱼。吃完酸菜鱼，我觉得还不过瘾，又在鱼汤中加入了斋粉，低调的粉充分吸收酸菜的鲜味，带一点微微的辣，口感十分出众。此外，XO酱陈

拾 一味小吃解乡愁

村粉、牛腩捞陈村粉、煎酿陈村粉都很好吃。

沙河粉，起源于广州沙河，一般用储存半年左右的开平晚造米，保证足够的硬度，制作时，采用帽峰山的山泉水，米浆倒入竹窝篮后，旋即将竹窝篮半立，任其自然流淌，如同高山流水，称为泼浆。待浆水厚薄均匀地覆盖竹窝篮后，蒸制四五分钟，香滑可口，富有弹性。炒牛河，用沙河粉是最佳选择，要猛火快炒，可分干、湿两种炒法，我相对喜欢湿炒，酱汁让粉条变成了浅咖啡色。猪油仿佛点亮了每一根粉条，放到嘴边，轻轻一吸，嗦的一声，便乖乖游入了口中。最让我着迷的是与粉一起炒制的绿豆芽，本地人叫银芽，粉条的韧与银芽的脆相间，彼此一唱一和，妙趣横生。

如果你觉得炒粉油腻，也可以选择濑粉。濑粉是汤粉的一种，"濑"字很生动、形象，取义于"水从细沙上流过"，我见过制作的过程，米浆懒洋洋地流动着，好像很不情愿似的。这道小吃的意头也很好，有着长长久久、如意吉祥的寓意，润滑爽口而有弹性，非常可口。

大湾区内濑粉比较出名的地方有佛山高明、东莞厚街、中山三乡、广州西关和恩平牛江。粉从选料到制作，工序颇为复杂，简单来说，用米粉团放入架在沸水大锅上的濑粉木槽中挤压；这样，木孔中就"濑"出又长又韧又爽又滑的粉条。濑粉条煮熟之后就把它捞起来放进冷水里"过冷河"，这样可以使濑粉更有口感。

高明濑粉是一道以晒干的粘米粉为原料，晚造的合水黄谷米，辅以葱、姜、蒜、花生、头菜丝、鸡蛋丝，再配以肉丝或煎香的鱼饼丝为配料。东莞最出名的是烧鹅濑，深圳大鹏的人喜欢在濑粉中加入海鲜。香港人也爱吃烧鹅濑粉，他们认为濑粉与烧鹅是最佳拍档。镛记鹅濑是餐饮名店镛记酒家的当家菜，以鲜甜浓美著称。

除此之外，还有一些极富地方特色的粉。比如，德庆的竹篙粉口感显著区别于普通河粉，且需籇竹篙挂晾制作，芡汁独特，爽口柔韧，米香味十分浓郁。怀集岗坪切粉，始于一千多年前的宋代，在岗坪镇睦渊、地灵等几条村落中尤为盛行，切粉韧劲较好、爽口、米香味浓，甚为有名。一是米好，一是水好，村中有两方古井，数百年来，无论是下大雨，还是洪水漫进井里，井水依然保持着清澈如常，用这里的井水制作出来的切粉特别清甜爽口。

同样是米粉,恩平人最喜欢的是狗尾仔。狗尾仔的名字听起来很可爱,其实它与狗并没有什么关系,只是两头尖中间粗、形似狗尾巴的粉条,夹起一根,微微发颤,确实像小狗在摆动着尾巴撒娇。这是恩平人家的传统美食,制作时,将木薯粉与面粉、糯米粉按比例混合搓成粉团后,以人手将它逐条搓成两头尖中间粗,晶莹透亮,爽口弹牙,不管是清炒还是煮汤,味道都十分的鲜美。这还是一道充满浓郁亲情的小食,出嫁的女儿回娘家,总会陪着母亲一起做狗尾仔,食物之中,带着绵绵不绝的温暖情意。狗尾仔的做法甚多,我吃过一次炒狗尾仔,口感很特别,像肉皮一般香、韧。

珠海斗门早餐喜欢吃虾米糍,是一种以虾米为辅料的"千层糕",虾需选用沙虾,灼熟晒干,香味悠长,一层层雪白的米粉层叠,将虾米和葱粒缀于其上,鲜香十足,嫩滑爽口。

在我的印象中,全国大部分地方,小吃和点心似乎没有太大区别,是可以混为一谈的,而在大湾区,两者却是有区别的,点心一般特指茶楼的出品,花式繁多,造型精致,而小吃是街边的美食,朴实无华,风味独特。当然,这种划分也并非一成不变,很多街边的小吃,渐渐登堂入室,成了茶楼的点心,就像一个普通人家的女孩,嫁入了豪门。

伦教糕,也叫白糖糕,采用隔年籼米和白砂糖制作,因首创于顺德伦教而得名,一般切成三角形,充满细密的气孔,厚薄如柚子皮,柔软如舌头,一口咬下去,充满弹性,口感甜中带酸,白糖经过蛋清的过滤,甜得刚刚好,酸是米浆自然发酵,隐隐约约,<u>丝丝缕缕</u>,甜酸结合,给舌头尖带来一种特别的清香,就像一个穿白裙子,扎着马尾辫,素面朝天的邻家姑娘,清纯甜美,人见人爱。

伦教糕的出现颇有一点传奇的,据说是因为一次吵架产生的,相传在清朝咸丰年间,顺德伦教墟有一间专营白粥、糕点的小店,店主叫梁礼成,一天,他不知何故,和妻子拌嘴,起因是什么,我们已经不得而知,但估计吵得不轻,以至于连生意都没做。第二天,他意外发现,前一天做的米浆,蒸出来竟然甜中带酸,味道十分特别,街坊们吃后,赞不绝口,成了一款经典点心。有诗云:"玉洁冰清伦教糕,甜酸爽韧领风骚,仙泉淘得琼浆白,蒸出岭南第一糕。"

以前，伦教糕并非四季皆有，是夏日里才有的时令小食，夏日午后，骄阳似火，总有人骑着自行车，走村串巷地叫卖，在村口嬉戏的孩子们一听到叮叮当当的声音，便心头发痒，口水直冒，跑回家找了牙膏皮、鸡毛鸭毛来换。在那个物质贫乏的年代里，能拥有一小块伦教糕，就是无与伦比的幸福，他们在大榕树下小口小口地品咂着，尽量拉长着幸福的时光。

沙翁因外着白糖，形似老翁，故名"沙翁"，曾经是风光无限的一道小吃，现在已经比较少见了，成了一道怀旧的小吃，一份往日的情怀。香港的泰昌饼家、澳门的南屏雅叙仍有制作，风味十分地道传统。沙翁制作的过程颇有意思，圆滚滚面团的在油锅中不停翻跟斗，像老顽童一样，欢乐地膨胀，慢慢变成金黄色，然后，像熊一样，在白砂糖上笨拙地打滚。沙翁一定要现炸现吃，这时的沙翁外脆内松，内部像蜂巢一样空，咬上一口，热乎乎的甜蜜与蛋香，立刻迸发出来，甘香可口，松软怡人，深情款款的旧时光瞬间重现，被幸福包裹的感觉美好无比。对于孩子来说，沙翁的体型过于硕大，记得香港有一个美食家，写过一件趣事，每次吃沙翁的时候，他都嫌自己嘴巴太小，盼望着自己能够快快长大，因为这样，嘴巴就能变得很大，可以像大人一样豪气十足地将沙翁一口吞下。

大湾区的人把油炸的食品称为"油器"，并将油条、咸煎饼、牛脷酥称为"油器三宝"。

油条，在大湾区叫油炸鬼，做法与其他地方类似。香港人喜欢把油炸鬼用莹润如雪的肠粉皮包起，然后切成小块，淋上豉油，撒上葱花，取名"炸两"，吃的时候，既有肠粉的细嫩爽滑，又有油条的蓬松酥脆。和香港很多点心一样，炸两其实也是广州传过去的，20世纪40年代，广州泮塘一家名叫"嚼荷仙馆"的小茶居，点心师傅为应付当时的物资短缺，想让食客花最少钱，但同时可吃到肠粉及油炸鬼两款美食，一经推出，颇受欢迎。如今，在广州不太常见，可在香港却大放异彩。

咸煎饼，据说是从南乳炒花生肉中得到灵感，在原料加入南乳，以增加香味，在低油温慢慢炸开，颜色金黄，边脆而饼心酥软微向内凹陷，整个外形就像毡帽，皮脆心软，甜中带咸，松香怡人。

牛脷酥，乍一看很像矮矮胖胖的油条，其实并不是一回事，它因形似牛舌而得名。粤语中，牛舌被称为牛脷，牛脷酥是用面粉、猪油和牛油做成，由于面种内包了酥心，所以口感与油条截然不同，其外层松软，内层松脆，散发着油酥的浓香。

油器家族，成员众多，比较常见的还有咸水角、煎马蹄糕、煎菱角糕、炸春卷、炸云吞、煎萝卜糕，均为香口之物，是佐粥的上佳选择。

萝卜牛腩是广州有名的传统小吃，如果进一步细分，牛腩又可以分为崩沙腩、爽腩和坑腩，各有其美，各有所爱，我最喜欢的是爽腩，软糯弹牙，回味无穷。牛腩性温，萝卜偏寒，两者结合，相得益彰。正牌的牛腩一定要将牛腩与牛骨一起煲熬数小时，香味撩人，是女孩子们的最爱，她们一边吃，一边逛街，吃着吃着，有几缕长发散落下来，便会用小手指轻轻勾于耳垂，那一低头的温柔，让人心动不已。香港中环的九记牛腩非常出名，不过，我去的是英皇中心旁边的一家无名小店，牛腩都是大块大块的，麻将般大小，让我很是满足。香港人喜欢放咖喱，我却还是喜欢原汁原味。

除了牛腩，大湾人也爱吃牛杂，这原本是有钱人才有的高级享受，现在却成了一道十分平民化的美食。牛脆骨、瘦肠、肥肠、牛腩、牛膀、牛筋、牛肚、牛膜、牛心……牛的不同的部位，有着不同的口感，或爽脆，或弹韧，或软烂，在口腔中形成完美的交响，让牙齿充满意外的惊喜。

香港人最爱的街头小吃是咖喱鱼丸，辣椒酱和甜酱的味道，使之成了劲道弹牙的辣鱼蛋更好吃，尤其是竹签穿成一串，边走边吃，甚为写意。相比之下，知道虾籽扎蹄的人相对少一些，这是香港名店陈意斋的招牌，该店1927年创建于佛山，后迁至香港，延续着老佛山的味道。所谓虾籽扎蹄，就是将虾籽包裹在腐竹卷里。做的时候摊开一张腐皮，放上虾籽层层折好，然后用绳子扎起来上锅蒸。吃的时候放凉，解开绳子切成块。腐竹卷很扎实，口感弹牙，虾籽味极鲜甜。

惠州有一种糕，叫敛糕，我也是很喜欢的，一来是它古朴本真的样子，二来是它有比其他的糕点蕴含着更深沉的情感，可以说，惠州人的一生都离不开它，从出生、婚仪、寿诞、丧事，都有它的身影，喜事要蒸红敛糕，丧事蒸白敛糕，出生满月，外婆要蒸红敛祝贺。如果作为做满月送礼用的，则要在每个敛糕表面的中间处，用红花粉盖上一朵小红花，以示如意

敛糕

阿嬷叫

吉祥。新婚回门，外家要蒸红敛糕作为回礼。一个小小的敛糕，见证着欢笑，也见证着悲伤。在白敛糕里，我们品尝到对逝去亲人的悲伤与怀念。在红敛糕里，我们品尝到对生命的喜悦，对幸福的期盼。我不知道，敛糕是如何得名的，但"敛"有收拢的意思，或许，在亲人离去时，要将悲伤节制；当喜事临门时，则希望这样美好的时候，能够长留。

刚出炉的敛糕松软甜韧，放凉后则比较清甜，有糯米的柔韧和黏米的爽口。夏天时，用敛糕干煲糖水，清凉又解渴，也是一种不错的小吃。

在惠州众多的小吃中，让我念念不忘的还有"阿嬷叫"，这是一道普通得不能再普通的小吃，是惠州人世代流传的记忆。用料很简单，白萝卜丝、虾米、肉粒和已调好味料的面粉浆，用小网篓舀放进沸油锅中慢火煎炸，成小碗状，外酥内软。油锅一开，浓郁的香味便弥漫了大半条街。关于它的起源，有好几种说法，我最喜欢其中的一种。说是每当小贩开油锅时，总有一个小孩闻香而来，在旁边围观，久久不愿离去，小贩担心滚油溅伤小孩，便急中生智说："阿嬷叫你赶快回去！"孩子一听，信以为真，赶紧跑回家去。长此以往，这个名字就传开了。炸好的阿嬷叫，金黄酥脆，咬开时，咯吱一声，芳香扑鼻，尤其是萝卜，清香甘甜。冬日里，吃一口热乎乎、油汪汪的"阿嬷叫"，温暖的感觉便会传遍周身。据说，回乡的游子们，都会叫上一份，因为吃了阿嬷叫,才是真正回家了。吃阿嬷叫的时候,我心里却生起了一份酸楚,仿佛听到逝去的奶奶唤着我的乳名,叫我回家,唉,人到中年,许多亲人都消失于时光深处,如果有阿嬷叫你回家,那是何等幸福的事情啊!

和阿嬷叫一样,东莞的麻橛也是裹着浓浓祖孙情的一道小食。旧时,春节前,阿嬷总会制作炒米饼,小孩子嘴馋,鼻子尖,哪里有食物的香味,就像穿山甲一样往哪里钻,围着阿嬷的膝盖转个不停,他们眼神楚楚可怜,阿嬷看了心疼,总会随手先做一些,给孙子解馋。这份怜爱之情,多年以后回想起来,仍然觉得美好。

豆腐角是开平的风味小吃,据说脱胎于客家人的酿豆腐,尤以赤坎镇最为出名,制作时先将豆腐切成小方块,再在这些豆腐块中放上新鲜鱼腐,然后放至平底锅上热油煎炸,煎炸时应适时翻动,待至金黄色,撒上胡椒粉和葱花。豆腐角酥、滑、嫩、香,鱼肉的鲜香与豆腐的清香,口感甚好。最有名的是马仔豆腐角和关松豆腐角,如今仍用柴火烹制。

江门人喜欢吃的虾饼,由生虾肉、葱、盐、花椒、甜酒脚少许,加水和面,香油灼透而成。色呈金黄,外脆里软,香鲜可口。香港人则喜欢吃虾糕,成品白如玉,绿如翠,赏心悦目,咸鲜滑嫩,以香醋相佐,别具风味。

开平人特别喜欢吃钵仔糕,这道小吃据说首创于台山,盛行于开平,以前,开平的华侨去北美寻找出路,坐船需历经数月,往往会带钵仔糕充饥。钵仔糕将黄糖、沾米粉、澄面放在一个瓦制的小钵中蒸制而成,吃的时候用竹签串穿插起来吃,细腻嫩滑,味甜洌而清香,口味众多。传统的钵仔糕,米香软糯,如今更为流行的是水晶钵仔糕。东莞厚街的人也喜欢吃钵仔糕,他们称钵仔糕为"坐底糕"。

云片糕是深圳地区传统小食,因其色白、薄片、呈长条形,被民间称为"纸牌糕",相较而言,我更喜欢云片糕这个名字,有片片祥云之意。据《宝安县志》称,清光绪二十七年(1901),福田人黄果等制成中外闻名的深圳云片糕正式投产。坊间曾有诗赞曰:"此糕送与蟠桃会,神仙取糕不取桃。"

云片糕是用咸淡水交界的糯米制作而成,工艺繁复,其外观雪白,薄如书页,拿在手里感觉柔软但有黏性,可以一片片撕开不断,吃到嘴里细腻、甜、糯、香、酥,又因为糖油充足,可以用火点燃。此

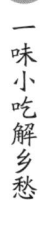

外，还有玫瑰云片糕，带着淡淡的玫瑰香味。想当年，许多华侨同胞一下火车就买深圳云片糕，在云片糕上找到了乡愁。其制作手艺一度消失，许多人和我一样只闻其名，未尝其味。如今，消失了半个世纪之久的云片糕，终于又重出江湖了。

粉果是中山的传统名点，其中以造型别致的"金吒"为代表，"金吒"的外皮十分讲究，以澄面、生粉、水、猪油、精盐拌匀搓皮，再制成圆筒状。金吒的包制要求饱满而不实，形似榄核，摇有响声，而馅料就要求精细。一般以瘦肉、叉烧、冬菇、笋、鲜虾配以生抽、白糖、味粉、蚝油等调味品为馅料，特点是清香、肉鲜皮脆、味道鲜美。最后再将金吒顶部的外皮轻轻往上一拔，尖尖的头部就呼之欲出，就可以上锅蒸煮了。

中山沙溪，还有一种独一无二的小食，叫三稔包，风味独具。三稔是中山人对酸阳桃的俗称，是一种极酸的水果，因粤语"好酸"与"好孙"谐音，所以三稔树通常被前人寓意为"多子多孙"，甚爱之。

三稔包的历史可以追溯到清朝，沙溪申明亭村杨用卿任官在外，回乡探亲期间欲带些家乡特产馈赠同僚，一时无法找到。一天饭后，他顺手拿几片三稔干一边咀嚼一边踱步，忽见一乡亲送来一碟熟姜，他随手拿一块放入口中与三稔干共嚼，顿觉味道新奇，酸辣适口，香甜有味，心中顿觉一亮。其后他用三稔干包裹姜丝等物，加上各种配料制成食品赠送同僚。

三稔包就是用三稔作皮，将木瓜、生姜切成细丝，采用干草粉末、芝麻、白醋、片糖等作为配料，然后一起倒入锅中熬成糖胶，接着塞入三稔干在里面，搓成橄榄形，晒至八成干，就可以食用。初入口酸酸甜甜，清香宜人；细细咀嚼，香脆柔辣的味道齐袭喉咙，如万箭齐发，随之整个口腔顿感清凉生津。

在我看来，节日是人类最美好、最了不起的发明之一。中国人过节，似乎总离不开一个"吃"字，这也是孩子们喜欢过节的最主要原因。不过，我们家却是个例外，我记得，小时候，父母总是很忙，除了春节和端午，其他节日都是视而不见的，看到村子里的其他孩子吃着各种节日的小吃，我总是特别羡慕，即使是一个不起眼的油糍，也会让我口水泛滥，恨不得冲上去一把抢过来。或许正因为如此，当了父亲之后，我特别重视每一个传统节

炸煎堆

日,希望让我的孩子通过美食对中国的传统文化产生感性的认识。

春节,是一年中最隆重的节日,和全国大部分地方一样,大湾区的人会制作各种各样的美食。《广东新语》中曰,广州之俗,岁终家家做各种茶点。书中这样记载——煎堆,"以糯粉为大小圆,入油煎之","以烈火爆开糯谷,名曰炮谷,以为煎堆心馅";米花,"以糯饭盘结诸花,入油煮之,名曰米花";沙壅,"以糯粉杂白糖沙,入猪油脂煮之,名曰沙壅";白饼,"以糯粳相杂炒成粉,置方圆印中敲击之,使坚如铁石,名为白饼"。这些迎春点心,是用来"以祀先及馈亲友"之物。

廿九"开油锅",年前家家户户要开油锅,街头巷尾到处弥漫着食物美好的香味儿。

煎堆、蛋散、油角和开口枣最为常见。

煎堆和我老家的麻团有几分相似，它源自顺德龙江，"煎堆碌碌，金银满屋"，因为在煎制的过程中，会越变越大，意头很好。用糯米粉做皮，炸至金黄，表皮匀布芝麻，爆谷馅甘蜜味浓，其皮酥脆异常。我在顺德一家农家菜馆，吃过最大的煎堆，与篮球一般大小，薄如气球，吹弹可破，一上桌，大家立刻像孩子一样欢呼起来。

蛋散酥脆，因为配料有鸡蛋加上入口即化的特点，咬下去，像散了架似的，故名。制作时在面粉中加入猪油、鸡蛋、南乳、盐，做成小蝴蝶结的形状，落油镬炸，面像是伸懒腰一样慢慢膨胀，一直炸到浅黄色时便捞起，蘸麦芽糖食用，一口下去，咔嚓作响，香气四溅，那一份美妙和满足，让人如坠云端，飘飘欲仙。

油角又叫角仔，形似荷包，金灿灿的，我倒觉得它胖乎乎的，如小孩子的脚丫一般可爱。油角里面包着芝麻砂糖或豆沙、薯蓉，酥脆甘甜，寓意新的一年油润富足。

开口枣，早在明朝之前就在民间出现，有的人叫"细煎堆"，也是我最喜欢的，面粉和鸡蛋揉匀、用油炸成，它在油锅中翻滚，上端裂开，好像在哈哈大笑。开口枣酥脆蓬松，无比可口，吃完一个，满口余香，经久不散。

开平人过年，喜欢吃咸鸡笼，因由形状像小半圆的鸡笼而得名，馅料有虾米、花椒、葱粒、马蹄粒、叉烧粒、鸡蛋丝、萝卜粒、香芹粒、花生粒等十多种，口感鲜美，酥而不硬，脆而不软。

中山人过年，喜欢做金钱圈，外圆内方，状似一枚铜钱，加上油炸而成，色泽金黄，因此得名金钱圈，吃起来香脆可口，轻轻一咬，就咔嚓一下在嘴里碎裂开来，是孩子们最爱的年食。不少定居香港、澳门的中山人都来购买，无论他们离开中山多少年，惦记的还是老家的食物。

元宵节自然是要吃汤圆的。

惠州有一道经典的小吃，叫鸡油汤圆，色泽金黄，香甜怡人，是许多人小时候的记忆，如今已难得一见了。

开平人喜欢咸汤圆，汤圆里没有馅料，但汤里原料丰富，白萝卜、鱼饼、大白菜、广味腊肠、瘦肉丁、葱等多种配料，撒一点胡椒粉，那种"甜、香、鲜、咸"的立体口味，别有一番滋味。

东莞人喜欢吃糖不甩，又叫如意果，因为糖浆很黏，粘在上面的花生、芝麻不会被甩掉，所以叫"糖不甩"。它和汤圆

糖不甩

有几分相似，不过，它没有馅，也没有汤水，经过用加入了姜的糖浆烹炒后呈现出金黄灿烂的颜色，由于在翻炒过程中糯米丸完全吸收了糖分，吃起来口感柔滑中带着软糯的筋道，糖的甜与姜的辛香完全渗入丸中与米香结合在一起，柔滑清甜。再撒上炒好的花生碎和鸡蛋丝，咀嚼起来就在柔中多了脆与香，简单却不失丰富。

糖浆熬制是其中的关键所在，挂浆的糖不甩略呈焦黄，晶莹剔透，让人怦然心动。吃的时候，要趁热，如果冷了，就粘在一起，真的甩不掉了。

在东莞东坑，糖不甩曾经跟男女姻缘相关，旧时的人都比较含蓄，媒人带小伙去女方家，如果端上桌上的是糖不甩，说明女方看中了男方，要是煮打散鸡蛋的腐竹糖水，就说明这门亲黄了。

糖不甩是一道意头很好的甜品。旧时东莞横沥曾有这么一个习俗，闺女出嫁前，父母要亲手煮糖不甩，相信父母在做这道甜品的时候，心绪必定是复杂的，有千般的不舍，也有万般的祝福。

清明时节，气候清爽，景物明朗，客家人有吃艾粄的习俗。艾粄有甜咸之分，相比之下，我更喜欢甜的，在甜味的进攻下，艾叶的涩味节节败退，最后只留下令人愉悦的清香，这也是春天是最迷人的香味。馅料有炒香的花生米，芝麻和糖粉。艾粄蒸好后呈墨绿色，刷上一层花生油，咬上一口，如年糕一般香韧可口，清香四溢，绵绵不绝，甜中隐约有一丝苦味，余味悠长，如满嘴的春光，沁人肺腑，芬人齿颊。

"清明前后吃艾糍，一年四季不生病。"这句客家的谚语是有依据的。《本草纲目》中说，"艾叶味苦，性微温……灸百病……春季采嫩艾做菜食，或和面做如弹丸大小，每次吞服三五枚，再吃饭，治一切恶气"。

清明吃艾粄有各种传说，其中，惠州的客家人认为，"冇食清明粄，唔好揽禾秆"，意思是清明没有吃艾粄，到了秋天，收稻谷就没力气。东莞凤岗的客家人则认为吃艾粄可以防雷劈。除了艾粄，客家人还喜欢制作萝卜粄、刀切粄、仙人粄等。

清明时节，恩平人要用烧饼拜山祭祖。

恩平烧饼

恩平烧饼又叫"恩平烧"，源自明朝，已经有了六百多年的历史，主材料为糯米，经过烘烤的恩平烧饼散发着糯米的清香，有黄糖和白糖两种，配以冰肉及芝麻；还有一种以豆沙或莲蓉为馅料，入口软滑的特点，夹着烧猪肉吃，更加甘香滋润。

恩平烧饼是许多人童年的美好记忆，因为从清代开始，当地清明节时有一个习俗叫——"望山派饼"习俗，所谓"望山"就是看别人家拜山祭祖，一轮仪式过后最后就是放鞭炮，鞭炮一响，小朋友们就像野猪一样往前冲，因为拜山的主人家就会拿烧饼来派了，基本上是一人一个，有的一人两个，一下午下来，有十几个，

肇庆裹蒸粽

端午食粽，是中国人传承久远的传统，从晋代开始，粽子被正式定为端午节食品，在大湾区内，粽子品种甚多，口味各异，绝不雷同。清人李调元撰写的《南越笔记》中写道："端午为粽，以冬叶裹者曰灰粽、肉粽，置苏木条其中为红心。以竹叶裹者曰竹筒粽，三角者曰角子粽，水浸数月，剥而煎食，甚香。"

其中，肇庆的裹蒸粽最为有名。

"除夕浓烟笼紫陌，家家尘甑裹蒸香。"清代诗人王士祯曾这样形容肇庆的裹蒸粽。本地特有的冬叶包裹、水草包扎。馅料丰富，猪肉、绿豆、五花肉或者腊肠、咸蛋黄，经过长时间的煲煮，食材的香味融入糯米之中，甘香软滑、齿颊留香。

肇庆的裹蒸粽历史悠久，始于秦汉。清道光《肇庆府志》所载，"枲新糯，磨新绿豆，猪肉为馅，以冬叶裹之，于宅前垒砖为灶，置宽肚瓦缸于上，用历年来积聚之松根树头为薪，火不得间，通宵达旦以为炊，天明，呼儿以尝新。新正携之拜年相馈赠之物。此俗为外邑罕见"。

肇庆的裹蒸粽体形硕大，清香扑鼻，拆开冬叶后，会让小朋友先吃掉裹蒸的五个角，据说，这样一来，小朋友会快高长大。

在那个物资匮乏的年代，这样的美味的烧饼，尤其显得珍贵。如今，恩平烧饼已从祭祀用品向特色小吃转变，口味有叉烧烧饼、芝麻烧饼、冰肉烧饼、肉松烧饼、陈皮烧饼、豆沙烧饼等。

与恩平不同，开平人清明节用的是软饼。开平软饼，是清明必不可少的祭品，开平人把清明祭祖的拜山活动称为"行山"，故又称行山饼。开平软饼，表面白白的软饼，有韧韧的口感，外香脆内软。当地人认为，吃了行山饼，就会得到祖先的庇佑。

广宁人清明祭祖用品中粽子是必不可少的，取"众子"之意。其中，最有特色的是烧鸭粽。

拾 一味小吃解乡愁

东莞道滘也产裹蒸粽,主要是用料讲究,做工精细。选用晚造糯米、自制咸蛋黄、五花腩肉、精选绿豆、湖南特产莲子、上等冬菇,配以作料蒜蓉、沙姜、茴香、八角、五香粉、白糖等,用泡软洗净的上好青竹粽叶包好,加以东莞咸草绳捆绑密实,经沸水浸泡,明火滚煮。腌肉加蒜蓉沙姜。其技术要点是配料要均匀,火候要掌握得好,煮到六至八个小时,出炉时蛋香、肉香、米豆香融为一体,芳香四溢,令人垂涎,食时加幼砂白糖,使人食欲大振,欲罢不能。

中山出产芦兜粽,与一般的粽子形状不同,芦兜粽圆棒形、粗如手臂。配料也分甜、咸两种。甜的有莲蓉、豆沙、栗蓉、枣泥;咸的有咸肉、烧鸡、蛋黄、干贝、冬菇、绿豆、叉烧等,标配两个咸蛋黄、三块猪肉,咸蛋黄要想去腥,最关键是要把表面的蛋白冲洗干净。

客家人喜欢灰水粽,现在在惠州不少山区,村民还沿用着传统方法制作灰水粽:其中,最重要的是一种叫蚊惊草的植物,一升灰一升米,要烧一升的蚊惊草灰,约需30公斤的蚊惊草。将蚊惊草混合干芭蕉叶和稻草一起烧成灰,沉淀一天后,把这些灰装进布袋,放到水里重复煮沸几次,将灰渣滤掉,再将灰水静置,待灰水中的杂物沉淀下来,剩下的灰水用来泡糯米,在灰水里浸泡约一至两天,待糯米被泡得金黄色时,就可以包裹粽子了。包好的灰水粽用竹丝串好,直接放入大锅里煮六到八个小时,不需要再加入其他的作料。蒸熟的灰水粽,色泽金黄,晶莹透明,可以直接吃,也可以用白糖或红糖蘸着吃,但最佳的吃法是用蜜糖蘸着吃,这样吃起来更清香。

开平出产驸马粽,名字相当霸气,相传,南宋灭亡后,方驸马带着公主来到开平定居,两人时常想念宫廷的点心。方驸马凭着自己的记忆,用本地产的糯米、豆类、肉等做成美点,该点心味道鲜美,风味独特,很快就在当地流传开来,并因为该点心和粽子相似,故称驸马粽。

恩平人裹的粽子别具一格,粽叶是从深山老林采摘回来的,裹粽子的带子则是带刺的野生鹩古,馅料中,会加入一种独特的香料"红蓝"叶,有一种独特的香味。

此外,广州的波罗粽,馅料和普通粽子区别不大,但粽叶选的是蕉叶。台山出产扭角粽、盐腌过的红榄香草中草药,药名"红丝线"。鹤山绿豆带壳粽……各具特色，不胜枚举。

中秋时节，花好月圆。中秋节当日，孩子们总是盼望着天早一点变黑。不是为了赏月，而是为了吃月饼，那可是他们足足等待了一年的美食。

广式月饼，天下闻名。记得有一个日本寿司店的老板曾说过："日本人与中国人都会做的东西，日本人总能做得更好，唯独传统广式月饼，日本人如何都无法超越广东人。"

莲蓉月饼最为经典，是用莲子熬成莲蓉做酥饼的馅料，造型古朴，口感温醇软滑，尤其是蛋黄莲蓉月饼，切开之后，有"长河落日圆"的美妙意境。

据老人们讲，佛山的饼家很会做生意，他们会在月饼中藏金戒指，招徕顾客，为讨吉利。启市当日，第一个入店的客人享有最大的优惠，无论给多少钱，都可以买到一筒店里最名贵的月饼。广州的陶陶居，不但专门设置了观月台，还雇人走街串巷高价回收陶陶居月饼盒，营造出月饼紧俏的感觉。

中秋节，顺德人除了吃月饼，还会给孩子们准备鱼仔饼，鱼仔饼小巧可爱，让人舍不得下口，是许多顺德人童年的美好记忆。

惠州，中秋拜神时要用的月光饼，以公庄出产最为出名，醇厚甜香。和一般月饼满是莲蓉、蛋黄不同的是，公庄月光饼并没有这两种材料。在月光饼中，最重要的原料有两种：一是糯米粉，二是果仁。

有些食物，与时节的关系更加密切，比如，茶果。中山三乡的人爱吃茶果，这里的茶果品种丰富，萝卜糕、芋头糕、三丫苦糕、白水饺、豆捞，还有新鲜的蕉叶做的"叶仔"。珠海唐家湾的茶果也可圈可点，大年初一的大龙糕、油角、糖环，年初七的豆捞，正月十五的糖圆羹，三月三"上巳日"的生粳糕、生粳炊煎堆，四月初八佛诞日的栾樨饼，五月初五端午节的萝兜粽，六月六"百花生日"的百叶甜茶果，七月十四盂兰节的"叶仔"、炊煎堆；八月中秋节的芋头糕，冬至之日的银糕和菜角等，尤其是茶果汤，将粘米粉用开水开浆，搅拌时慢慢下水，使之由稠变稀。然后烧锅下油，放入白虾、香芋丝和盐。起锅后倒入上汤，待汤煮沸后，用壳舀一壳米浆，沿锅边慢慢浇濑，制成一层细腻的薄膜。当膜呈出金黄色后，用锅铲切成细条状，使其落于锅中

客家茶果

浸汤,故称"濑镬边",鲜味浓郁,软嫩清口,粉韧爽滑,风味独特。

食物是节日的赞美诗,节日是食物的咏叹调。这些与节日结伴而行的食物,美好、朴素,被我们赋予了许多特殊的情感,体现了人与自然的依存关系,有着丰富的情感内涵,或对先人的缅怀,或对自己辛苦劳作的犒劳,或对新的一年的美好期待……食物就这样深情地呼应着节日,在四季轮回中周而复始,镶嵌于我们的记忆中,成为挥之不去的温暖,最终演变成代代相传的文化基因。

除了种类繁多的小吃,大湾区内的各式甜蜜的糖水也特别能俘获人心。在我们老家,吃喜酒时候,父亲总提醒我要留点肚子,因为,最后会有一大碗甜锅饭压轴,而在大湾区内,一场完美的宴席,总会以一道糖水作为甜蜜的句号。糖水店总会开到很晚,夜深人静,其他的商铺早已歇业,糖水店却依旧灯火通明,明亮的灯火如蜂蜜一般诱人。店里的客人以女性居多，有叽叽喳喳的闺蜜，有像拔丝苹果一样形影不离的情侣，也有神情忧郁的单身女子。一杯糖水，就像一封温柔的情书，让他们带着甜蜜的余味进入梦乡。

糖水是离幸福距离最近的美食。可以说，没有什么食物，比糖水更能让人迅速获得幸福的感觉了，因为，母亲清甜的乳汁是我们最初品尝到的糖水。

《黄帝内经》中说："天食人以五气，地食人以五味。"五味之中，最让人难以抗拒的味道就是甜味。"南甜北咸，东辣西酸"，大湾区的人对甜味无比眷恋，就像阳光一样，不可或缺。我太太是广东人，对糖水情有独钟，她总说："炎炎夏日，看到色调如水果般清新的糖水店，就像沙漠中见到绿洲一般惊喜。"

物产决定了口味，大湾区的人之所以爱喝糖水，自然与这里悠久的制糖史密不可分。东汉的杨孚在《异物志》中曾记载："（甘蔗）长丈余颇似竹，斩而食之既甘，榨取汁如饴饧，名之曰糖。"他还详细记述了岭南制糖的流程："榨取汁如饴，名之曰糖，益复珍也。又煎而曝之，既凝而冰，破如砖，其食之，入口消释，时人谓之石蜜者也。"

在宋代以前，糖还是奢侈品，只有达官贵人才能品尝，从宋代开始，糖得到了普及，从稀有精贵变成了平民的调味品，当时，广东已成为全国著名的食糖产区，蔗田"连岗接阜，一望丛若芦苇""遍诸村岗垄，皆闻夏糖之声"。到了清末，开始出现一些街边档，贩卖番薯糖水、绿豆沙和芝麻糊。

番薯糖水是最古老、最经典的一款糖水，它看似寻常，来历却一点也不小。明末徐光启在《农政全书》这样记载："近年有人在海外得此（番薯）种。海外人亦禁不令出境。此人取薯藤，绞入汲水绳中，遂得渡海。因此分种移植，略通闽、广之境地。"

据东莞文史专家杨宝霖考证，番薯是东莞虎门人陈益于明万历十年，冒着生命危险从越南引进的，不过，与《农政全书》记录不同的是，陈益收买酋卒，将薯种藏匿于铜鼓中，想偷偷带回国。正欲开船，多艘越南官船载着多名酋卒前来缉捕他。在这生死关头，中国船员趁着海上风急，高升船帆，开船疾驶，成功逃脱了追捕，将番薯种带回虎门。临终时，陈益写下遗嘱，希望后人每年清明、重阳两节以番薯一对拜祭他。直到新中国成立初期，陈益的后裔每年前往祭祀扫墓时，仍用红

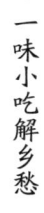

皮番薯作为祭品，并写上"红薯一对，富胜千箱"八个字。

最传统的番薯糖水，要用沙地番薯，去皮切片，放水中浸泡，反复冲洗，洗去淀粉，让糖水清亮不浑浊，然后风干几个小时。番薯是寒性的，所以会加入一片姜，不仅起到调和的作用，还能最大限度地激发番薯的甜味。将姜拍松后，加猪油与番薯同炒，加冰糖增味、红糖提香，方有醇厚绵长的甘香。

番薯糖水，清润爽口，百吃不腻，入口的粉糯与恰到好处的甜，是许多女孩从小吃到大的，如陪同她们成长的经典老歌，百听不厌，当熟悉的旋律响起，心中便会升起无限感动，那份心安，那份温暖，是其他食物难以比拟的。让人不由喟叹，时光带走的美好可以由美食一一归还。

每个地方的人都有自己珍爱的老味道，外人往往不容易理解的。记得汪曾祺就曾在《五味》一文中写道："'番薯糖水'即用白薯切块熬的汤，这有什么好喝的呢？广东同学曰：'好嘢'。"不是广东人，或许还真品不出这道糖水的妙处。

红豆沙、绿豆沙也是糖水中的经典，广州开记甜品，甚为有名，店前有一副对联，我觉得颇值玩味："豆藉火攻衣脱绿，沙因水滚色浮红。"这副对联非名家所撰，据说是一位衣衫褴褛的人在品尝过店里的招牌糖水后所写。最美的味道，都是用心做出来的，每一个环节都需要饱含深情，一丝不苟。绿豆沙一定要用明火煲制，绿豆经过猛火滚、细火熬，便会丢盔弃甲，这时绿豆，如贵妃醉酒，已变得娇弱无力，在火的不断进攻下，越来越酥软，最终变成香绵可口的绿豆沙。传统的做法，会在绿豆沙中，加入臭草和陈皮，臭草这个名字大家可能比较陌生，它又叫九里香、芸香草，香味特别浓烈，煮几分钟，洗个澡，就捞起来，故只留其香，不见其身。绿豆沙一般还会加入海带，起到解毒散结的作用。红豆沙则可加桂花，桂花的香气，温婉、含蓄、优雅，如一个盈盈浅笑的东方女子，惹人怜爱。不管是绿豆沙还是红豆沙，最重要的是加入猪油，因为，豆中没有油脂，会有沙感，加入猪油，口感就会变得润滑，香味也更浓郁。香港的玉叶甜品、澳门的杏香园、莫义记都是传承多年的老店，还能找到往日熟悉的味道，喝上一口，便觉人间美好，万物可亲。

大湾区的女孩们特别喜欢吃双皮奶，

这道糖水已有近百年的历史了。二十世纪二三十年代，董孝华在顺德大良近郊白石村，以养水牛、挤牛奶、做牛乳为业，人称"牛仔华"。一个偶然机会，董孝华得到了"炖奶精华在奶皮"的顿悟，经过钻研和探求，终于创制了清甜嫩滑的双皮奶。所用材料很简单，一碗水牛奶、鸡蛋清、糖而已，那一层凝结的奶皮格外香浓，细细品咂，两层奶皮的味道是不一样的，上层奶皮甘香，下层奶皮香滑润口，确实让人难忘。

除了双皮奶，顺德人还发明了炒牛奶。将牛奶与蛋清混合下锅软炒，使之凝固如白玉，炒牛奶入口香滑，奶香扑鼻。大良炒牛奶是中国烹饪技术中"软炒法"的典型菜例，已有七十多年的历史，是用鸡蛋清和新鲜水牛奶混合，加入虾仁、烤鸭丝，用上等花生油炒制，上碟再撒上炸榄仁或腊肉粒，颜色纯白，如装在碟子中的雪山，可用筷子或匙羹吃，牛奶味香浓软滑。

还有一种吃法，叫炸甜牛奶，就是将鲜水牛奶、白糖、椰糠放入碗内拌匀，稍加热调成糊状，放入器皿内蒸熟，晾凉后放入冰箱内冷冻至硬，切成块，裹上脆浆，用热油炸至松脆而成。《中国名食百科》评价此菜："大小似骨牌，色泽似蛋黄，外皮酥脆甘香，内里松化软滑，奶香宜人，营养丰富。外皮脆而不硬，内心鲜嫩可口。"

和双皮奶同样出名的是姜埋奶，以广州沙湾出产最为正宗。其他地方叫姜撞奶，而沙湾却叫姜埋奶。据沙湾本地人说，"'埋'是指合并、黏合、包容，一起围着这个'埋'，和谐就叫作'埋'，集聚、团聚。但是'撞'呢，是指碰撞，是摩擦的意思"。我觉得，撞和埋各有所长，"撞"有气势，生动形象，"埋"讲人情，意味深长。

和很多特色小吃一样，这道甜品是有故事的。相传在沙湾镇，曾有一个年迈的老婆婆犯了咳嗽病，她儿媳妇很是着急，本来姜汁可治咳嗽，但姜汁太辣，老婆婆无法喝下去，这时儿媳妇不小心把奶倒入装姜汁的碗里，奇怪的是，过了一会牛奶凝结了，婆婆吃下去后顿觉满口清香，第二天病就好了，从此以后，这道美味的甜品便诞生了。

吃姜埋奶是要现做的，要用小竹板刨姜蓉，不能用铁器，否则有铁腥味，而没有竹子的清香；将姜蓉包进纱布，挤压，将淡黄色的姜汁慢慢挤出。炉子上，水牛奶咕噜作响，翻起雪白色浪花，这是沙湾本地的水牛奶，奶香味足、浓度极高，被称为"滴珠牛奶"。这时，牛奶还不能与姜汁相遇，要凉却到七八十度，才能最大限度地保留姜汁的味道。将奶从高处撞入姜汁碗中，奇妙的事情发生了，水牛奶慢慢凝固起来，等到上面可支起勺子而不破损，姜埋奶就大功告成了。

一碗完美的姜埋奶既有水牛奶的醇香，又有姜的芳香，口感如丝绸般顺滑，甜味适中，甜中微辣，像一个有点小脾气的女孩，更加惹人怜爱。吃完一碗，胃里热乎乎的，身体舒展开来，额头微微有汗。当然，也可加入杏汁或椰汁，别有风味，不过，我最喜欢的还是原味。

在大湾区，糖水和老火汤一样，也是讲求季节性的。比如在春季，就吃枸杞和决明子糖水、木瓜炖雪蛤等。夏季，吃海带绿豆糖水、马蹄西米露等。秋季，吃木瓜炖川贝、雪梨银耳糖水等。冬季，吃黑芝麻糊、桂圆和红枣糖水等。

香港人最流行的饮品是丝袜奶茶。如今，丝袜奶茶已经已成为香港文化的一个符号。丝袜奶茶在香港的茶餐厅随处可见，但最正宗的还是兰芳园，这道中西合璧的美味，就是老板林木河于1952年发明的。兰芳园的丝袜奶茶用料讲究，使用高地锡兰红茶叶的粗茶与幼茶冲泡，奶则用马来西亚黑白淡奶，香浓幼滑，口感香馥，韵味悠长。起初，林木河总是拿着茶袋冲泡奶茶，久而久之，被染成茶色，很多客人误以为是丝袜，索性将这种饮品称之为丝袜奶茶，这个有一点香艳的名字，就这样传开了。

在香港，经常听客人说"茶走"，那可不是打包带走的意思，而是不要加入砂糖和淡奶，而要加入炼奶的意思，因为，香港人认为，砂糖惹痰。除了丝袜奶茶，香港还有一种鸳鸯奶茶，混合了奶茶的香滑以及咖啡的浓郁香味。调茶师们有一个颇为形象的比喻，他们觉得，一杯鸳鸯奶茶就像一个小家庭，其中的咖啡代表老公、茶代表老婆，而淡奶则代表孩子，只有三者融洽相处，才能调制出最好的口味。

喜新厌旧是大多数人的通病，可是，我们的味蕾却很奇妙，它既对往日的味道念念不忘，又喜欢追逐新鲜的味道，也正因为如此，美食从业者们对于新味道的探索，一刻也没有停止。

1984年，香港利苑酒家创制出一道甜品，名字很好听，叫杨枝甘露，是一道消暑甜品,起初的名字叫杧果柚子西米露,据说,当时利苑的总经理翻看书籍,看到观音菩萨用手里的杨柳宝瓶取东海海水拯救旱区人民普度众生的故事,觉得寓意很好,便起了这个名字。具体的做法是将柚子拆成肉,杧果则切粒,拌在西米、椰汁及糖水中,雪藏后食用。利苑酒家对食材十分挑剔,选用菲律宾的吕宋杧,芳香浓郁,西柚和泰国白金柚,酸甜怡人,加入了冰糖和蔗糖两种糖熬制,冰糖增甜,蔗糖提香,红黄白三色,明亮而又清新,如夏日清晨带着浅笑的纯真少女,其口感酸甜相间,清馨柔美,果香四溢。喝过之后,夏日昏昏欲睡的身体,便会立刻清醒过来,如置身空翠湿袖的幽谷深林,浑身上下充满了清洌之气。

每次吃杨枝甘露,我必定会先吃杧果,切成丁的杧果明黄诱人,汁水丰盈,杧果果浆则浓稠柔腻,散发着热恋时期才有的甜美味道。对于杧果,我有一种特殊的感情,在我们老家,杧果一直是很稀罕的东西,偶尔得到一个,我总舍不得吃,放在口袋里,不时取出来深吸一口气。小小的杧果,翘着嘴,像一个正在生气的小姑娘。那源源不断的浓郁甜香,总会让我产生一种梦幻般的幸福感觉。到了广东以后,我发现这里居然满街都是杧果树,我们小区里的绿化树,种的也大多是杧果树,初夏时节,树上挂满了果,像挂满了礼物的圣诞树,一到收获时节,空气里到处弥漫着迷人的馨香,令人万分愉悦。

坊间有一句话叫:"世界糖水在中国,中国糖水在广东。"在我看来,糖水之所以大受欢迎,不外乎甜和润,甜是舌尖的愉悦,润则是身体的舒畅。在大湾区,糖水品种繁多,冰糖炖雪梨、木瓜炖雪蛤、莲子百合羹、八宝粥、桃胶燕窝、竹蔗马蹄、木瓜银耳糖水、莲子百合银耳糖水、红枣桂圆糖水等等,不胜枚举。喝糖水的时光,是一天中最甜美的时光。只消喝上一口,你就会觉得灵魂里卷起了一阵清新的微风,幸福的感觉随之绽放。

在所有的食物中,没有一种食物能比小吃更能体现地域的特色,更能让游子们牵肠挂肚了。食物有原产地,我们的味觉也有原产地。

一味小吃解乡愁。有人说,乡愁是中国人"遗传病",它有点像甜酸蛋,半是甜蜜,半是惆怅,半是期待,半是失落,说不清,也道不明,剪不断,理还乱。诗人余光中曾在诗中写道:"乡愁是一枚小小的邮票"，其实，有时候，乡愁可能更加具体，它或许就是一碗不起眼的小吃。吃上一口，便仿佛坐上了时空穿梭机，立刻回到了故乡，回到了童年。

思乡，大多数时候都是与食物有关的。每个人心中，都有一道至爱的小吃，它早已超越了食物本身，里面有故乡的阳光、故乡的云、故乡的亲人。世上的事情就是如此奇妙，勾起我们乡愁的，是那一味朝思暮想的小吃，而治愈乡愁的，也恰恰是生命之初的那一缕缕熟悉味道。

后记

此处安心是吾乡

一幢古建筑，一个古村落，除了物质的存在，更多的是精神的存在，它们静静地屹立在那里，日复一日地讲述着大湾区的故事，大湾区的往事。

此处安心是吾乡

一个外乡人真正融入客居地需要多长时间？在我看来，至少十年。这是一个缓慢而又幸福的过程。在粤港澳大湾区生活了十年以后，我身上发生了奇妙的变化，我开始眷恋这里深厚的历史沉淀，开始眷恋这里浓浓的人情味，开始眷恋这里的一草一木。

一个春日的黄昏，木棉花开得正艳，

长岐

我坐在摇晃的公交车里,就着昏暗的光线,打开了一本叫《印象福贤》的书。作者崔国贤用自己的画笔讲述了佛山这座城市的似水年华。他对这座城市爱得那样深沉,用了十五年的时间,画出了十三米的长卷,画出了刻骨铭心的佛山旧影。我不禁深深地喟叹:人的一生有多少个十五年?用十五年的时间,做一次深情的回眸,该是怎样的一片赤子之心呢?他对这片土地的深情,击中了我内心最柔软的角落,鼻子一酸,眼泪止不住地流出来,一发不可收拾。车上乘客们觉得奇怪,纷纷侧目,我只好用双手遮住眼睛,让泪水肆意蔓延。

我知道,这是幸福的泪水。白居易有言:"我生本无乡,心安是归处",苏轼则说:"试问岭南应不好?却道:此心安处是吾乡。"我知道,对我来说,这一刻的意义非同寻常。从此以后,我的内心深处已经完全认同了这里的文化,从此以后,生养我的江南和我定居的岭南一样,都是我生命中最重要的部分。

烟桥

车到站了，下车的那一刻，我产生了一种强烈冲动——为粤港澳大湾区那些历经沧桑的老房子写一本书。

在现代化的语境下，传统文化与现代文明的角力每时每刻都在进行，如何让两者相容相生，是一个难题。幸好，大湾人对传统文化孜孜不倦的守望，对本土文化发自内心的热爱，使许多历史的印记得以保存下来。时至今日，河涌交错的大湾区，依然保存着许多古老的原生态村落，村民们也依然沿袭着世代相传的习俗，可以说，这些古老的村落正是大湾人精神的初地，这些古老的村落正是大湾人乡愁的居所。

人总是容易忽略身边的风景。和许多人一样，年少时，我也喜欢追逐远方的风景，等到年纪渐长，才突然明白，远方除了遥远一无所有，最美的风景不在远方，就在我们身边。从此以后，我开始了漫长的寻访，背上简单的行囊，在布满苔痕的乡间小路上，在流水与细草之间，寻访那些养在深闺人未识的古老村落，聆听那些传承了一代又一代的故事。这是身体和灵魂的双重旅行，我用脚步丈量着大湾的历史，我用心灵抚摸着大湾文化，在这个幸福而温暖的过程中，我的内心一次次百感交集。

在古村落里，最令我心醉的是古老的祠堂。我一直认为，祠堂是大湾区最优雅的建筑，恢宏的格局、硬朗的线条、庄重的氛围、繁复的雕花……无不让人肃然起敬。沧海桑田，岁月变迁，它们就这样看着世界的云卷云舒、花开花落。在大部分的时间里，祠堂是寂静的，天井里蓄满了时光之水，先人们在沉睡。每到节庆，子孙们从远处归来，集结于此，缅怀祖先的功绩。每遇喜事，祠堂里张灯结彩，欢声笑语，开枝散叶，人丁兴旺，先辈们的荣光，将被一代代地铭记，一代代地传承下去。每遇白事，逝者也会安放到这里，像一滴水，蒸发、升空，成了族谱中一个沉睡的名字。

"细雨人归芳草晚，东风牛藉落花眠。"清代顺德诗人黎简笔下的岭南乡村，是那样的舒缓、恬淡，令人沉醉。如今，走进大湾区的古村落，你仍然感受到这份亘古不变的古意，淡蓝色的炊烟，听粤曲的老人，劳作的妇女，玩耍的孩童……行走在悠长的巷弄，仿佛行走在时光的隧道，石板路被磨得光滑，像一段舒缓的乐章，在上面慢慢地走着，体味着时间流过的沧桑痕迹。风轻轻叩响生锈的门环，屋檐上、老墙上，一只蜗牛在蜿蜒

前行……偶尔，一声鸟鸣响起，在巷子里悠悠地回荡，钻进了紧闭的门缝，消失在一间空荡荡的屋子里，巷子静寂，如同谜语。

　　一个古村落就是一段段鲜活的历史，她的美是双重的，一方面是空间上的，一方面是时间上的。我们走进古村落，会遇见那些消失的时间，遇见那些消失的美好。日复一日，年复一年，时光给这些村落留下磨损的痕迹，湿润的空气让墙壁斑驳，那些尘封的往事，也在时光里发霉了，却依然让我们怦然心动，让我们流连忘返。

　　我们的国家正在经历着前所未有的现代化步伐，经历着城市化进程。城市的发展，一定要以拆除旧的建筑为代价？没有了那些古老的村落、古老的房子，我们的乡愁将在何处安放？

　　在我看来，乡村不是城市的反面，而是城市的根。在城市化的进程中，有幸保存下来的古村落是城市的奢侈品，弥足珍贵。就像英国学者雷蒙·威廉斯在《乡村与城市》中描述的那样："逆着城市街道的喧嚣，似乎可以回溯到一个过往，那里静谧而安详。资本供养的浮华让人迷醉，在这之后总有一些人被耳边的喧闹惊醒，他们开始寻觅往昔——一个自然的、未被破坏的、纯真而充满温情的时代。"

　　世界虽然变化很快，但总有一些东西是永远不变的，我们在奔跑之中，丢失了许多珍贵的东西，而在那些古老的村落里，他们还保存着。所以，当我们与它们相遇时，总是感觉特别的亲切，特别的温暖。

　　人是被文化滋养的，我们应该对自己的文化充满敬意，否则，我们就是精神的乞丐，就是无家可归的人。文化并不虚无，而是共同的记忆与习俗。对于共同记忆和习俗的破坏，就是从源头上将城市的文化基因删除。一幢古建筑，一个古村落，除了物质的存在，更多的是精神的存在，它不仅是历史的遗存，更像是我们共同的祖先，它们静静地屹立在那里，日复一日地讲述着大湾区的故事，大湾区的往事。

　　一个地域找不到文化的根，就等于一个人没有灵魂。没有人会尊重一个没有历史的地方，也没有人会尊重一个没有底蕴的地方。从这个意义上说，我们应该将每一个古老的村落当成我们的祖先，将每一幢古老的房子当成我们的亲人，要像保护我们的眼睛一样保护他们，要像爱惜我们的生命一样爱惜他们。